오신통 2

오신통 2

초판1쇄 인쇄 | 2019년 10월 16일
초판1쇄 발행 | 2019년 10월 21일

지은이 | 이원호
펴낸이 | 박연
펴낸곳 | 한결미디어

등록 | 2006년 7월 24일(제313-2006-000152호)
주소 | 서울시 마포구 모래내로 83 한올빌딩 6층
전화 | 02-704-3331
팩스 | 02-704-3360
이메일 | okpk@hanmail.net

ISBN 979-11-5916-122-3 979-11-5916-120-9(set) 04810

오신통

2. 세상을 바꾼다

이원호 지음

한결미디어
HANGYEOL MEDIA

차례

1장
나는 괴물이다

"일가족 4명의 시신은 병산병원에 안치되었습니다."

TV에서 기자가 소리치듯 말했는데 얼굴에 생기가 떠올라 있다. 젊은 기자, 특종보도에 신이 난 것이다. 리모컨으로 TV를 끈 김승구가 길게 숨을 뱉었다. 오피스텔 안, 밤 11시. 내일은 하바로프스크 출장이다. 러시아 상무관 톨스토이의 주선으로 하바로프스크 주지사를 만나러 가는 것이다. 하바로프스크에 팩스코 매장을 설치하려고 5년 전부터 서울 팩스코 법인에서 추진하고 있었지만 허가가 나지 않았다. 하바로프스크 마피아의 방해 공작 때문이다. 상권을 딱 틀어쥐고 있는 마피아가 하바로프스크 주 정부는 물론 모스크바의 실력자까지 조종해서 매장 설립을 보류시켰다. 팩스코에서 엄청난 투자를 하면 경제에 도움이 될 것인데도 그렇다.

그러나 소파에 등을 붙이고 앉은 김승구는 조금 전 TV에서 본 일가족 자살 사건을 떠올렸다. 실직에 비관한 남편이자 아버지가 가족들을 방에 모아놓고 연탄가스 자살을 했다. 아이들은 7살, 5살짜리 딸이다. 그때 목소리가 울렸다.

"다 구해낼 수는 없어."

가라앉은 목소리, 지장보살이다.

"그렇다고 선별해서 구해줄 수도 없고."

"누가 뭐래요?"

이맛살을 찌푸린 김승구가 투덜거렸다.

"앞으로 날 찾지 마쇼. 할머니가 나타난 후에는 그놈이 꼭 찾아오니까."

"어쩔 수 없는 거다."

"할머니 생각은 틀렸어. 이 세상에 악(惡)은 없어지지 않아. 두 팔이 달린 것처럼 한쪽은 선, 다른 쪽은 악이야."

"그래서 그놈이 온 것이라니깐."

"내가 다섯 개 능력을 받은 대가란 말이오?"

"그래."

"능력 내놓으면 그놈이 없어져?"

"그럴 수는 없지."

"중생을 구제하는 지장보살님이니까 내가 여기서 도망가는 방법을 알려주쇼."

"네가 스스로 알게 돼."

"내가 그놈 친구가 되는 것이 낫겠다는 생각이 드네요. 창에 찔리지도 않고."

"그런 생각이 들 거다."

"그런다고 할머니가 날 도끼로 패지는 않겠지요?"

"썩을 놈."

"왜 온 거요?"

"네가 도와줄 일이 있어."

"또 창에 찔리겠군."

김승구가 투덜거렸다.

"지장보살님도 당해보쇼. 지옥이 따로 없다니까."

"견디는 만큼 강해지는 거다."

그러더니 지장보살이 짧게 웃었다.

"그 고통을 당하면서도 나를 찾지 않은 네가 자랑스럽다."

"죽으면 죽었지 왜 찾아요, 존심 상하게."

"그럴수록 넌 더 강해지는 거다."

그러더니 지장보살이 덧붙였다.

"부처께서 과연 잘 고르셨어."

상계동의 단독주택 안, 이곳은 산기슭인 데다 말만 서울시 행정구역이지 시골이나 같다. 좁은 1차선 도로는 포장도 되어 있지 않고 민가는 드문드문 떨어져 있는 데다 축사가 많다. 박영하의 남편 최기형도 돼지 70마리를 키우고 있는데 손이 많이 가는 일이어서 잠잘 때만 빼고 축사에서 산다. 밤 10시 반, 최기형이 손에 돼지 때리는 작대기를 들고 박영하를 보았다.

"이년이 물 덥혀 놓으라니까 또 까먹었어?"

"데울게요, 데울게요."

두 손을 싹싹 빌면서 박영하가 사정했다.

"금방 데워요. 좀만 기다려."

"내가 오늘은 버릇을 고쳐주지."

그 순간 최기형의 작대기가 바람을 가르고 날아가 박영하의 어깨를 쳤다.

"아이고오!"

목구멍이 찢어질 것 같은 비명이 집 안에 울렸다. 돼지기름이 배어서 반질반질한 작대기는 지름이 2센티가 넘어서 맞으면 금방 피부가 부풀어 오른다. 낭창낭창해서 끔찍한 고통이 오는 것이다. 다시 날아간 작대기가 박영하의 등판을 쳤고 비명소리가 더 높아졌다. 그때 최기형의 두 눈이 치켜떠졌고 눈이 번들거렸다, 초점이 멀어진 눈에 악물린 입.

"으아악! 아아아악!"

비명이 계속되었고 이제 박영하는 방바닥에서 사지를 버둥대다가 웅크렸다가를 반복하고 있다. 반쯤 죽을 때까지 때리지만 급소는 피한다. 때리고 나면 맞은 자리가 붉게 부풀어 올랐다가 퍼렇게 멍 자국이 남는다. 이틀에 한 번꼴로 매질을 당하는 터라 박영하의 몸은 뱀이 뒤엉켜 지나간 것처럼 끔찍했지만 외출이 금지된 데다 찾아오는 사람도 없는 곳이다. 축사에서 집이 1백 미터쯤 떨어져 있는 터라 축사에 오는 사람도 이쪽은 찾지 않는다.

이윽고 매질이 끝났을 때는 박영하가 거의 실신을 했을 때다. 결혼 16년 차. 최기형이 매질을 시작한 것도 이곳에서 돼지를 키울 때부터였으니 4년이 된다. 처음 그 짓을 했을 때는 서로 놀랐다가 최기형의 사과를 받고 말았는데 그것이 버릇이 되었다. 매질이 점점 심해졌지만 박영하의 반발은 비례해서 약해졌고 지금은 밖으로 도망칠 엄두도 내지 못한다. 처음 몇 번은 도망치려고 시도했다가 무지막지하게 맞았기 때문이다. 그 후로는 주눅이 들어서 때리면 맞고 비는 것으로 끝난다. 최기형도 때리는 것에 쾌감을 느끼게 되면서 일이 안 풀리거나 기분이 나쁠

때 무자비하게 박영하를 때리게 되었다. 가쁜 숨을 몰아쉬면서 최기형이 작대기를 내던졌을 때다. 뒤에서 무슨 소리가 났기 때문에 최기형이 고개를 돌렸다.

"억!"

놀란 최기형이 상반신을 젖혔다. 사내 하나가 서 있었던 것이다. 뒤쪽에는 문도 없는데 들어와 서 있다.

"누구야?"

최기형이 놀라 물었을 때 김승구가 조금 전에 던진 작대기를 집어 들었다.

"딱!"

작대기로 최기형의 머리꼭지를 정통으로 내려친 김승구가 이번에는 목을 후려쳤다.

"퍽!"

"악!"

머리와 목을 연거푸 맞은 최기형이 비틀거렸을 때 김승구의 매질이 시작되었다.

"으아아악!"

김승구의 매질은 최기형보다 3배는 더 강했고 모질었다. 등판을 한 번 후려치면 구렁이 몸통만큼 부풀어 올랐다.

"사람 살려!"

몸부림을 치면서 최기형이 악을 썼다. 머리통을 맞는 바람에 몸의 기능을 잃고 쓰러졌지만 고통은 배가되었기 때문이다. 그러나 매질은 더 계속되었고 최기형은 죽음에 대한 공포까지 겹쳐 오물을 지리기 시작했다. 먼저 소변이 쏟아져 나오더니 몸의 기능이 풀리면서 항문이 열리고

변이 뿜어졌다. 방 안에 금방 악취가 덮였다.

"자, 정신 차려요."

김승구가 엄격한 표정으로 박영하를 보았다. 박영하는 최기형이 매 맞는 과정에서 깨어났다. 그러고는 방구석에 붙어 앉아서 최기형이 뻗어 버리는 것까지 본 것이다. 김승구가 손을 집게처럼 만들어 코를 쥐면서 말했다.

"이놈이 매 맞으면서 똥 쌌어요. 어, 냄새 지독하네."

그때서야 박영하가 물었다.

"누, 누구세요?"

"지장보살."

김승구가 정정했다.

"지장보살이 보낸 사람이오."

"그게 누군데요?"

놀란 박영하가 숨을 들이켰다.

"이 근처에 살아요?"

김승구가 박영하 위아래를 훑어보았다. 매 맞을 때 헝클어졌던 옷을 겨우 추슬렀지만 아직 미친년 같다. 박영하는 나이가 44세. 최기형과의 사이에는 자식이 없다. 김승구가 물었다.

"혹시 뭘 외우거나 읽은 거 없어요?"

"오늘 점심때 밥 짓다가 휴지 태우면서 읽은 게 있어요."

"뭔데요?"

"저 위쪽 절에서 나눠준 종인데."

"뭘 읽었는데요?"

"몰라요."

"뭐라고 쓰였는데요?"

"옴 염만타자 사바하."

그 순간 숨을 들이켠 김승구가 박영하에게 말했다.

"짐 싸서 나갑시다."

똥오줌 다 싸고 널브러진 최기형은 아직 깨어나지 않았다.

박영하에게 대림동의 연립주택 한 곳에 살도록 해주고 회사에 출근했기 때문에 10시가 다 되어서 사장 포크너의 방으로 들어갔다. 러시아 출장 때문에 본부장 클라크도 함께 들어갔고 정미나도 끼었다.

"어, 오늘 오후 비행기지?"

포크너가 자리를 권하면서 김승구에게 물었다. 포크너의 시선이 정미나를 스치고 지나갔다.

"예, 오후 4시 비행기입니다."

"톨스토이가 호의적이라니까 다행이지만 블라디보스토크는 마피아들이 꽉 잡고 있어서."

입맛을 다신 포크너가 말을 이었다.

"주지사도 그놈들이 조종한다고. 모스크바의 실력자들, 푸틴 대통령도 그놈들을 밀어준다는 소문이 났어."

"예, 최선을 다해보겠습니다."

김승구가 대답했을 때 클라크가 포크너에게 물었다.

"만일 하바로프스크에 팩스코 매장과 법인 설립이 허가된다면 그 자리에서 계약을 해도 됩니까?"

"그놈들이 잠시 정신착란에 걸린 경우를 말하는 건가?"

클라크의 말을 농담으로 받은 포크너가 의자에 등을 붙였다. 마피아는 작년에 포크너에게 팩스코 법인과 매장 설립 대가로 1억 불과 이익금의 20퍼센트 상납을 조건으로 내걸었던 것이다. 팩스코 회장 킹스턴이 노발대발하면서 차라리 그 돈을 아프리카에 기부하겠다고 했다. 그 후로 마피아와 팩스코 사이는 더 벌어지게 되었다. 인사를 마치고 사장실을 나왔을 때 클라크가 김승구에게 말했다.

"시장조사나 하고 와, 5년 동안 포기했던 일을 기대하고 있지는 않으니까."

김승구는 웃기만 했다.

공항으로 가는 버스 안에서 정미나가 물었다.

"팀장, 러시아 마피아를 잘 아세요?"

"무슨 말이야?"

김승구가 되묻자 정미나의 얼굴에 웃음이 떠올랐다.

"위험하다고 들어서요."

"그래서?"

"그런데도 출장을 가시는 것이 이상하기도 해서요. 목숨을 걸고 가는 거 아녜요?"

"그렇군. 그러고 보면 정미나 씨도 마찬가지 아냐?"

"난 팀장 따라서 가는 건데요."

"안 갈 수도 있었잖아."

"그럴 수가 있나요?"

"어쩔 수 없이 따라왔단 말인가?"

"절반쯤은요."

"내가 이상해?"

"요즘은 목숨 걸고 회사 일 하는 사람이 어디 있어요? 그런 사람은 기네스북감이지."

"그런가?"

"옛날 50년쯤 전에는 그랬다고 하더군요. 지금 그런 이야기 들으면 이해가 잘 안 가지만."

정미나의 얼굴에 쓴웃음이 번졌다.

"할아버지들이 가끔 그런 무용담 이야기를 했다가 웃음거리가 되죠."

"그렇군."

"팀장이 그 흉내를 내는가 해서요."

"가끔 그런 돌연변이가 한 번씩은 생겨나는 법이지."

"팀장이 돌연변이에요?"

"아니."

김승구는 벌렸던 입을 다물었다. '다섯 개의 능력을 쥔 몸'이라고 말할 뻔했던 것이다. 몸 안에 '지장보살'과 '악마' 둘이 들어가 있는 '괴물'이라고 말할 수도 있겠다. 정미나가 김승구의 입을 보다가 고개를 돌렸다. 다음 말이 이어질 줄 알았던 것 같다.

"상계동에서 이상한 사건이 발생했습니다."

늦은 점심을 먹으면서 강만수가 말했다. 경찰서 안 구내식당에서 둘은 김치찌개 백반을 먹는 중이다. 유건창은 듣기만 했고 강만수가 말을 이었다.

"상계동 변두리에서 축사를 하던 부부인데 남편이 정신 이상이 된 채로 축사 안에서 발견되었어요. 부인은 가출했는지 보이지 않고요."

"그것이 뭐가 이상해?"

"남편이 몽둥이로 제 몸을 때리면서 옴 바라, 어쩌구 하면서 고래고래

소리를 지르고 있었답니다."

다시 유건창이 잠자코 찌개를 떠먹었고 강만수가 말을 이었다.

"몽둥이로 어떻게 제 몸을 두들겼는지 발견되었을 때는 머리부터 피투성이가 되어 있었다고 합니다."

"…"

"그래서 잡아다가 치료를 하고 곧 정신병원에 넣는다는군요."

"돼지들은 어떻게 하고?"

그것이 걱정이 된 유건창이 묻자 강만수가 고개를 기울였다.

"글쎄요, 옆에 양돈하는 축사가 좀 있으니까 나눠 갖든지 하겠죠."

"돼지들만 안됐군."

젓가락을 내려놓은 유건창이 강만수에게 눈을 흘겼다.

"꼭 돼지고기 먹을 때 축사가 어쩌고 하는군."

"그러게 말입니다."

남의 일처럼 강만수가 대답했다.

"인연이 그렇게 이어지나 봐요. 몇 사람만 거치면 지구인은 다 인연으로 얽혀 있다잖습니까?"

새똥빠진 소리로 들은 유건창은 외면했다.

하바로프스크행 아에로플로트 안, 정미나와 나란히 앉은 김승구는 저도 모르게 타심통(他心通)을 발동, 속마음을 듣는다. 그렇다. 저절로 타심통이 작동되었다. 말릴 겨를도 없이.

'내 선입견이 문제였어. 전문대학 1학년 수료 학력이라고 무시했던 것, 이건 수정해야 될 것 같아. 결단력, 지도력, 그리고 영어, 러시아어는 말할 것도 없고 상담 능력이 발군이야. 더구나 사내답게 생겼지. 임하경하고 사귀는 관계라고 소문이 났던데 그건 아닌 것 같은데. 모르지, 둘이 은밀히 만나는지. 얘를 보는 임하경의 눈빛이 수상했어. 그 옆에 조수년도 그렇고. 뭐, 어때? 연애 안 해본 연놈이 어딨어? 다 한두 번씩 겪었지. 나도 마찬가지 아냐?'

그때 김승구가 길게 숨을 들이켜면서 타심통을 끊었다. 인간은 복잡한 동물이다. 생각이란 것이 한도 없게 지속되어서 별놈의 상상을 다 한다. 그 '생각'까지 억누른다는 건 좀 무리인 것 같다. 밖에 나타나는 행동으로만 '처벌'하는 것이 낫지 않을까? 정미나가 고개를 들었기 때문에 김승구가 생각을 그쳤다.

"저기요."

"뭐가 저기야?"

무뚝뚝하게 말을 받았더니 정미나가 눈을 흘겼다. 그 순간 김승구의 가슴이 찌르르 울렸다. 감동을 받은 것이다. 이 눈빛에는 여러 개 감정이 함축되었다. 유혹, 호감, 기대 등이다. 전(前) 같으면 몰랐지, 그냥 넘어갔지. '다섯 개의 능력'을 갖게 된 후에는 눈빛만 봐도 다 읽는다. 그때 정미나가 말을 이었다.

"저, 솔직히 처음에는 팀장을 무시했어요. 운 좋게 오더 받고 진급한 것으로 알았죠."

"전(前)에 했던 말 같은데."

"이젠 진짜로 팀장의 조원이 된 것이 행복해요."

"아부가 심하군."

비행기는 동해를 북상하는 중이다. 날씨가 맑아서 방에 앉아 있는 것 같다. 그때 정미나가 말을 이었다.

"사장님한테 지시를 받았어요."

정미나가 똑바로 김승구를 보았다.

"제가 팀장 조원이 된 것은 우연이 아니라고요."

"…."

"사장님이 팀장 감시하라고 먼저 저를 불러서 지시를 했기 때문이라고요."

"…."

"좀 수상하니까 보고를 하라는 거죠."

"…."

"일 끝나면 제가 원하는 부서에 진급을 시켜서 보내주겠다고 약속을 했고요."

"그런데."

김승구가 한숨을 쉬고 나서 정미나를 보았다.

"왜 그 비밀을 나한테 털어놓는 거지? 진급 안 할 거야?"

"난 그 짓 못 하겠어요."

정미나가 고개를 저었다. 두 눈이 번들거렸지만 입술에는 웃음을 머금고 있다.

"이제 속이 시원해요, 비밀을 털어놓아서. 사장한테 보고할 일이 있으면 팀장하고 상의부터 할게요."

하바로프스크 공항에는 아무도 마중 나오지 않았기 때문에 둘은 곧장 택시를 타고 시내 '러시아호텔'에 체크인 했다. 오후 6시 반이 되어 가고 있다.

"내일 시장 면담이라고 스케줄에는 적혀 있지만."

엘리베이터에 오르면서 정미나가 웃음 띤 얼굴로 말을 이었다.

“희망사항이죠?”

“글쎄, 봐야지.”

“면담 신청도 하지 않았잖아요.”

“가보면 알게 될 거야.”

“또 하니백화점에서처럼 미리 예약했어요?”

“톨스토이가 연락한다고 했어.”

엘리베이터에서 내린 김승구가 발을 떼면서 말했다. 둘의 방은 복도 끝 쪽에 나란히 붙어 있다.

오신통(五神通)의 능력을 다 쓰면 어떤 일도 가능하다. 그러나 문제가 있다. 주변 사람들에게 그 결과를 이해시켜야 한다. 대놓고 오신통을 사용할 수 없기 때문이다.

저녁을 먹을 때 정미나가 생각난 듯 물었다.

“팀장, 여자 있어요?”

“많아.”

그 순간 정미나의 얼굴에 그늘이 졌다. 감정을 숨기지 못하는 성격이다. 그러나 금방 원상으로 돌아가는 것을 보면 감정 변화도 빠르다.

“많다는 건 없다는 것하고 같다던데.”

정미나가 커피 잔을 들면서 말을 잇는다.

“마음 주는 여자가 많다는 말인가요?”

“그런 셈이지.”

“그 중에 임하경 씨도 들어가요?”

“그렇게 보여?”

“같은 조원이었다가 공장으로 보냈다가 다시 복구시킨 사연도 있고.”

"그게 어때서?"

"보통 사이는 아닌 것 같아서요."

"오해하지 마. 손도 안 잡았어."

"우리가 여기에서 한 방을 써도 아무도 모를 텐데요."

"그러고 싶어?"

"저는 그래도 돼요."

"난 싫다."

"내가 싫어요?"

"아직 그런 생각 안 해봤으니까."

"무슨 생각인데요?"

"이런 이야기로 끌고 가지 마."

"내가 여자로 매력이 없어요?"

그때 포크를 내려놓은 김승구가 지그시 정미나를 보았다. 이곳은 호텔 2층의 양식당이다. 둘은 송아지 고기에 아무르 강에서 잡힌다는 생선찜을 먹고 있었는데 김승구는 보드카를 곁들였다.

"때가 올 거야."

김승구가 한마디씩 말을 이었다.

"그때 어떤 일이 일어날지 두고 보기로 하자."

천안통(天眼通)으로 보면 되겠지만 놔둘 것이다. 그것이 자연스럽다. 미리 답안지를 보고 베끼는 것처럼 인생을 살지는 않겠다.

보드카 잔을 쥔 김승구가 빙그레 웃었다. 이쪽을 향해 웃었기 때문에 정미나는 긴장했지만 김승구는 '악마'를 향해 웃은 것이다. 이 순간 진실을 발견했다. 내가 천안통, 타심통, 숙명통 등 오신통을 사용하지 않고 정미나를 침대로 데려간다면 너하고는 상관없는 일이다.

오전 9시 반, 하바로프스크 주지사 겸 시장 안드레이 말렌코프의 비서실장 쥬코프가 비서로부터 보고를 받는다.

"한국 서울 팩스코 사장 대리 김이라는 자한테서 연락이 왔습니다. 지사님 면담을 하고 싶다는데요."

"팩스코에서?"

어젯밤 과음을 한 쥬코프는 겨우 출근을 한 참이다. 심기도 안 좋고 속은 더 안 좋은 쥬코프가 이맛살을 찌푸렸다.

"그놈들이 지사님을 만나자고?"

"예, 실장님."

"웃기고 있네."

"10분 후에 다시 연락을 한다고 했는데 뭐라고 전할까요?"

"1년 후에 다시 연락하라고 해."

"예, 실장님."

비서가 웃지도 않고 몸을 돌렸다.

그 시간에 김승구는 시베리아호텔의 라운지에서 안쪽 자리에 앉아 있는 사내에게 다가가고 있다. 사내는 40대쯤으로 비대한 체격이었는데 단정한 양복 차림이다. 김승구가 다가가 섰을 때 뒤쪽에 있던 사내 둘이 옆으로 다가왔다. 그때 김승구가 물었다.

"카리스크 씨?"

"누군데?"

사내가 김승구 좌우로 다가선 사내들을 손짓으로 멈추게 하고 물었다.

"스보르카 씨를 만나려고 왔는데."

김승구가 유창한 러시아어로 말을 이었다.

"난 한국 팩스코 사장 대리인이오."

"팩스코?"

사내가 눈썹을 모으더니 다시 물었다.

"팩스코가 왜?"

"하바로프스크 시장 말렌코프를 만나려고 했더니 절차가 까다롭더군."

"그래서?"

"아무래도 대리인을 하나 정하고 로비를 하는 것이 나을 것 같아서."

"그래?"

쓴웃음을 지은 사내가 눈으로 앞쪽 자리를 가리켰다.

"거기 앉지, 미스터."

그러고는 손짓으로 옆쪽의 두 사내를 제자리로 돌려보냈다. 붉은 얼굴에 금발인 카리스크는 스보르카의 보좌역이다. 스보르카가 누구냐? 하바로프스크 마피아 보스 중의 하나다. 앞쪽 자리에 앉은 김승구가 카리스크에게 말했다.

"스보르카 씨가 내 대리인이 되었으면 좋겠는데."

"우리 보스를 아나?"

"하바로프스크에서 모르는 사람이 있나?"

"발렌스키나 표도르를 찾지 않은 이유는 뭐야?"

"그건 내 마음이지."

"네 마음이라고?"

"내가 여기 와서 선택을 했다는 말이야."

"네가?"

카리스크가 김승구의 아래위를 훑어보는 시늉을 했다.

"네가 팩스코한국 사장의 대리인이라고 했지?"

"그렇다니까?"

"팩스코가 러시아에 매장을 세우려고 한다는 건 알고 있어."

"5년 전부터 시도를 했으니까."

"왜 안 된지 알지?"

"그래서 당신을 만나고 있는 게 아닌가?"

"조건이 있어?"

"지금 당신한테 말하라는 이야기야?"

"그래."

"그럼 당신 보스한테 그렇게 말해도 돼? 카리스크 씨가 먼저 자기한테 말하라고 했다고."

그때 카리스크가 자리에서 일어섰다. 눈썹이 치켜 올라가 있었지만 외면한 채 뱉듯이 말했다.

"기다려."

하바로프스크에는 10여 개의 마피아 조직이 상권을 장악하고 있는데 그중 가장 우세한 조직이 발렌스키파였고 두 번째가 쥬코프파, 세 번째가 스보르카파다. 지금 김승구는 스보르카파를 찾아온 것이다. 스보르카파는 운송업을 주(主) 사업으로 하는 마피아 조직으로 자체 운송회사를 운영하고 있다. 김승구는 하바로프스크 지역 마피아를 분석한 후에 스보르카를 파트너로 결정한 것이다. 카리스크가 돌아왔을 때는 15분쯤 후다.

"가지, 미스터."

카리스크가 선 채로 말했다. 그때서야 김승구가 시선을 마주치고 '골' 속의 생각을 듣는다. 조금 전 카리스크가 보스 스보르카하고 이야기를 나눈 장면이 펼쳐졌다.

"그놈이 날 찾은 이유는 말하지 않았단 말이지?"

"예, 팩스코 대리인이라고만 말했습니다."

"그놈이 우리를 스폰서로 삼으려고 그러나?"

"모르겠습니다."

"발렌스키나 표도르를 젖혀두고 왜 나를 찾는 거야?"

"그것도 모르겠습니다."

카리스크가 그 이유를 물어보았다고는 말하지 않았다. 스보르카가 눈을 가늘게 뜨더니 다시 물었다.

"발렌스키가 보호 조건으로 1억 불을 내라고 했다지? 이익금의 20퍼센트하고 말이야. 그걸 나한테는 깎으려고 할까?"

"그럴 가능성도 있습니다."

"내가 팩스코하고 손잡으면 발렌스키, 표도르가 방해를 하겠군."

"당연하지요."

"넌 어떻게 생각해?"

"1억 불쯤 받으면 해볼 만한 것 같습니다. 무마 비용으로 5천쯤 이곳저곳에다 쓰면 되지 않을까요?"

"좋아, 한번 말이나 들어보자. 데려와."

그 장면이 머릿속에 박힌 건 순간이다.

"아, 반갑네."

2층 사무실에서 스보르카가 자리에서 일어나 김승구를 맞았는데 김승구는 초면이 아니다. 조금 전에 카리스크의 '골' 속에서 꺼낸 '필름'을 보았기 때문이다.

"반갑습니다."

악수를 나눈 김승구가 앞쪽 자리에 앉았다. 시베리아호텔은 스보르카의 소유다. 그래서 2층에 커다란 사무실을 차려 놓았는데 스보르카 의자 뒤쪽 벽에 곰의 머리가 박제되어 걸려 있다. 마치 산 곰이 벽을 뚫고 나온 것 같다. 사무실 문 좌우에는 곰만 한 체격의 경호원 둘이 서 있었고 소파에는 김승구와 카리스크가 나란히 앉았다. 그때 스보르카가 지그시 김승구를 보았다. 스보르카는 58세, 소련군 장교 출신으로만 알려져 있는데 하바로프스크의 마피아가 되었다. 그동안 생사의 고비를 수십 번 겪었기 때문에 지금은 교활한 늑대가 되어 있다.

"팩스코에서 날 지목한 건가?"

불쑥 스보르카가 묻자 김승구는 고개를 저었다.

"내가 선택한 겁니다."

"젊은 나이에 그런 권한이 있나?"

"난 미군 특수부대 레인저 출신입니다. 레인저 상사로 제대했고 훈장을 몇 개 받았지요."

"무슨 훈장인데?"

"은성무공훈장, 동성무공훈장, 특공대장훈장입니다."

"내가 특공대장훈장은 잘 알지."

스보르카의 회색 눈동자가 번들거렸다.

"그게 연금은 없지만 특공대원한테는 가장 영예로운 훈장이지."

"잘 아시는군요."

"내가 스페르나츠 출신이야."

"아이구, 그러십니까? 저도 스페르나츠에 대해서 좀 압니다. S-447부대하고 작전을 한 적이 있거든요."

"오, S-447."

숨을 들이켠 스보르카가 김승구를 보았다.

"지금도 그 부대가 있나?"

"아프간에 있다가 철수하고 몇 개 분대만 남았습니다."

"난 S-207부대였어."

"그럼 칸다하르에 주둔했던 부대 아닙니까?"

"넌 진짜 레인저였구나."

커다랗게 고개를 끄덕인 스보르카가 제가 먹던 잔에 보드카를 따라 내밀었다.

"마셔라, 전우."

"감사합니다, 대장."

"이런 인연이 있나?"

"드물지요."

김승구가 한 모금에 보드카를 삼켰다. 방에 들어와서 오신통을 하나도 작동하지 않았다. 이것은 인연이다. 인연이 실현되었다. 옴 염만타자 사바하.

"내가 듣기로는 팩스코가 러시아에 진출하는 조건으로 작년에 발렌스키파에서 1억 불과 이익금의 20퍼센트를 요구했다던데, 맞지?"

스보르카가 묻자 김승구가 고개를 끄덕였다.

"맞습니다."

"나한테는 얼마 내놓을 거냐?"

"그건 지금 회사에 연락을 해보지요."

"해봐."

스보르카가 의자에 등을 붙이며 말했다.

오전 10시에 팩스코 한국 법인 사장 포크너는 재무담당 전무 머피하고 오늘도 비자금 문제를 상의하고 있었다. 핸드폰이 울렸을 때 발신자를 본 포크너가 쓴웃음부터 지었다. 김승구였기 때문이다.

"이놈이 러시아에서 봉변이나 안 당했는지 모르겠군."

핸드폰의 통화 버튼을 누르기 전에 그렇게 말한 포크너가 귀에 붙였다. 그러나 김승구하고는 직통 전화를 개설한 입장이다. 김승구의 목소리를 듣자 부드럽게 대답은 했다.

"아, 무슨 일이야?"

"예, 지금 스보르카 씨 사무실에 와 있습니다."

"누구?"

"예, 미하일 스보르카 씨 말입니다."

그 순간 포크너가 숨을 들이켜고는 앞에 앉은 머피를 보았다. 그러고는 손바닥으로 송화구를 막고 머피에게 말했다. 눈동자의 초점이 멀어져 있다.

"김승구가 미하일 스보르카 사무실에 있다는 거야."

머피는 러시아 마피아 족보를 안다, 작년에 하바로프스크를 장악한 마피아를 1위에서 10위까지 적어놓고 연구했기 때문에. 결국은 1위 발렌스키가 1억 불과 20퍼센트를 내놓으라고 해서 킹스턴이 파토를 놓았지만. 숨을 고른 포크너가 송화구를 가린 손바닥을 떼었다.

김승구가 부른다.

"여보세요?"

"아, 듣고 있어. 말해."

포크너가 대답했다.

"그래, 무슨 일이야?"

"우리 측 조건을 듣고 싶답니다. 사장님이 지금 말씀해주시지요."

"조건 말인가?"

"예, 지금 말입니다."

"작년에 회장님이 정하신 기준선이 있어. 허가와 보호비로 3천만 불에 이익금 5퍼센트야. 그것도 3년 후에는 5퍼센트 이하로 조정한다는 것이지."

발렌스키가 요구한 조건과는 엄청난 차이가 난다. 그래서 팩스코 측에서 거부해버렸던 안이다. 마피아 측에는 아예 제시도 하지 않았다. 김승구가 확인하듯 물었다.

"그럼 그 조건 아래서 스보르카 씨하고 합의하면 됩니까?"

"스보르카라면 3위 조직 아닌가? 그 조건을 받아들인다면 회장님도 기뻐하실 거네."

"알겠습니다."

"가능할 것 같나?"

미심쩍은 말투로 포크너가 물었기 때문에 김승구도 아리송하게 대답했다.

"잘 모르겠습니다. 아직 말도 내놓지 않아서요."

"그렇게만 된다면 자네는 '러시아 법인장'이 될 수도 있어."

이렇게 이야기할 정도면 그만큼 될 가능성이 없다는 증거일 것이다. 통화를 끝낸 김승구가 스보르카를 보았다. 스보르카와 시선이 마주쳤고 회색 눈동자가 작아지는 느낌이 들었다. 김승구의 눈으로 눈동자가 빨려들었다가 다시 원상으로 회복되었기 때문이다. 그때 어깨를 늘어뜨린 스보르카가 말했다.

"좋아, 2천만 불에 5퍼센트로 하지. 3년 후에는 5퍼센트 이하로 조정하고."

1천만 불을 더 깎았다.

러시아호텔 로비에서 기다리던 정미나가 다가오는 김승구를 보더니 어깨를 올렸다가 내리면서 물었다.

"어디 갔다 오세요?"

"시내."

"부지런하시네요."

오전 11시다. 정미나는 늦게 일어나서 지금 나왔다. 김승구하고 11시에 로비에서 만나기로 했기 때문이다. 김승구가 손목시계를 보고 나서 말했다.

"12시에 하바로프스크 주지사 말렌코프 씨하고 점심 먹기로 했어."

정미나는 숨을 죽인 채 굳어졌고 김승구가 말을 이었다.

"곧 스보르카 씨가 차를 갖고 올 거야, 같이 가자고."

"스보르카 씨가 누구죠?"

"마피아."

앞쪽에 앉은 김승구가 말을 이었다.

"팩스코 파트너가 되기로 계약을 했어."

"언, 언제요?"

"조금 전에."

정미나가 입을 벌렸다가 다물었다. 왜 혼자 갔느냐고 물어보려다가 말았던 것이다. 가서 도와주기는커녕 방해만 될 존재가 따진다는 것은 말도 안 된다. 그때 라운지로 거구의 러시아인들이 들어왔다. 그들은 모두 김승구를 향해 다가오고 있다. 스보르카의 부하들이다. 기가 질린 정미나가 침만 삼켰을 때 김승구가 자리에서 일어섰다.

"가자고."

차 안에서 가다리던 스보르카가 정미나를 보더니 반색했다.

"음, 아주 좋은데."

"내 조수 미스 정이오, 스보르카 씨."

김승구가 그렇게 소개했어도 스보르카는 칭찬을 이었다.

"아주 침대에서 뛰어나겠어. 내가 척 보면 아는 사람이야."

"잘 부탁합니다."

정미나가 영어로 인사를 하자 스보르카가 활짝 웃었다.

"목소리도 좋군."

여전히 러시아어로 말했지만 웃는 얼굴이어서 어색하지는 않았다. 리무진 뒷좌석에서 김승구와 정미나는 스보르카와 마주보고 앉아 있다. 차가 출발했을 때 어느새 정색한 스보르카가 이번에는 영어로 김승구에게 말했다. 정미나에 대한 배려다.

"말렌코프는 나한테 맡겨, 김. 그놈은 뇌물을 좋아하니까 내가 알아서 할 거야."

"알았습니다."

"일주일 안에 허가서를 받도록 하겠네."

"나도 돌아가서 바로 착수금을 보내지요, 스보르카 씨."

정미나는 둘의 대화를 들으면서 이제는 놀라지도 않았다. 하니백화점에서 한 번 당했기 때문인 것 같다.

말렌코프의 비서실장 쥬코프는 김승구를 흘겨보았지만 스보르카의 분위기에 압도되어 제대로 말 한 번 못 했다. 말렌코프가 웃음 띤 얼굴로 김승구에게 말했다.

"다행이오. 스보르카 회장이 후견인이 되어 주신다니. 이제 팩스코가 하바로프스크 경제에 도움이 되어줬으면 좋겠소."

"틀림없이 도움이 될 것입니다."

김승구가 유창한 러시아어로 말했다.

"대규모 투자가 시작되면 건설 경기부터 상승될 것입니다. 이것이 모두 주지사님의 공적이 될 테니까요."

"미스터 김은 젊은 나이에 대단히 유능하시군. 아는 것이 많으신 것 같습니다."

말렌코프가 감동한 표정을 지었지만 절반은 가볍게 대하는 기색이 끼어있다. 김승구가 웃음 띤 얼굴로 대답했다.

"주지사님 정책에 적극 협조하겠습니다. 무슨 일이건 저에게 연락만 해주시면 해결해드리겠습니다."

그러자 말렌코프가 이를 드러내고 웃었다. 말렌코프는 50대 중반으로 비대한 체격이다. 스보르카와 시선을 마주친 말렌코프가 웃음 띤 얼굴로 대답했다.

"말씀만 들어도 고맙습니다. 스보르카 회장이 추천할 만한 분이시군요."

정미나는 얼굴에 웃음을 띠고 있었지만 러시아어는 알아듣지 못하는 터라 속이 부글거리는 중이었다. 영어, 일어, 중국어까지 마스터했지만 다 빼놓고 러시아다. 회사 일이고 뭐고 자존심이 상해서 다른 건 생각나지도 않는다.

밤 12시, 이 시간에는 킹스턴이 팔팔하게 돌아다닌다는 것을 아는 터라 포크너가 망설이지 않고 전화를 걸었다.

"왜 그래?"

과연 킹스턴이 바로 전화를 받는다.

"보고드릴 일이 있습니다."

"좋은 소식인가?"

킹스턴의 목소리가 높아졌다.

"이봐, 포크너. 재수 없는 소리는 내일 해라. 그게 네 신상에도 이롭다."

"회장님, 러시아에 진출하게 되었습니다."

포크너가 호흡을 가누었을 때 바로 킹스턴이 물었다.

"진출해? 어떻게?"

"제가 하바로프스크 지역에 오래 공을 들인 결과가 나왔습니다."

"하바로프스크?"

"예, 회장님."

"작년에 그 더러운 새끼들한테 1억 불에 이익금 20퍼센트를 떼는 조건을 받았지 않아?"

"예, 그랬지요, 회장님."

"그걸 받아들였단 말이냐?"

"그럴 리가 있습니까?"

"그럼 뭐냐?"

"다각도로 검토하고 여러 명을 만나 조정했습니다. 시장 정보 수집을 여섯 번이나 했고요."

"결론을 말해."

"마침내 스보르카 조직을 통해 하바로프스크 주지사 말렌코프를 만나 사업허가서를 받게 되었습니다."

"너, 지금 하바로프스크야?"

"아닙니다, 서울입니다."

"그럼 언제 말렌코프를 만났는데?"

"예, 제가 대리인으로 김승구를…."

"김승구라니?"

"예, 영업부 간부입니다."

"간부? 클라크가 영업부 간부지?"

"예, 회장님."

"김 누구라고?"

"예, 김승구라고…."

"가만, 내가 들은 이름 같은데."

"예, 저기, 대영의 빅 오더를 딴…."

"아니, 그것보다…."

그러다가 킹스턴이 생각해내고 말했다.

"존한테 들은 것 같군. 수상한 놈이라고 한 것 같은데."

"예, 그것이…."

"그놈을 보냈어?"

"예, 회장님, 제 대리로…."

"조건이 뭐냐? 1억 불? 그따위 조건이면 네 목을 딸 거다."

"아닙니다."

포크너가 어깨를 펴고 소리쳤다.

"2천만 불에 이익금 5퍼센트이고 3년 후에는 5퍼센트 이하로 조정하는 조건입니다, 회장님!"

"으음."

탄성을 뱉은 킹스턴이 마침내 아끼던 말을 내놓았다.

"잘했군, 좋은 소식이야."

그러더니 다시 덧붙였다.

"그쪽이 급했는지 어쩐지 모르지만 아주 잘된 계약이다."

"어떻게 된 거죠?"

오늘도 호텔 식당에서 저녁을 먹으면서 정미나가 물었다. 오후 7시 반, 1시간쯤 전에 스보르카와 헤어지고 둘이 남았다. 그동안 꿔다놓은 보릿자루처럼 따라만 다니던 정미나는 이제 완전히 기가 죽었다. 싸움에 진 개처럼 꼬리를 다리 사이에 넣고 머리를 숙인 형국이나 같다. 그렇게 물었지만 시선도 마주치지 못하고 있다. 김승구가 대답했다.

"스보르카에 대해서 연구를 한 거야. 그래서 그런 조건에도 합의가 된 거지."

애매했지만 더 이상 물을 입장도 안 되고 기력도 떨어진 정미나다. 첫째 팀장이며 조장인 김승구가 대공(大功)을 세웠는데도 조수 신분인 자신은 하나도 도와주지 못했다는 자괴감이 열등의식으로 번져 숨도 쉬기 싫어졌다. 정미나에게는 처음 닥친 시련이다. 그때 김승구가 정색하고 물었다.

"지금 이 상황에서 정미나 씨가 저조한 상태라는 거, 이해는 가는데 얼른 극복하는 것이 나을 거야."

"알아요."

고개를 끄덕인 정미나가 김승구를 보았다.

"진심으로 심복하는 것이 가장 좋은 방법 같아요. 그것밖에 없고요."

"내가 정미나 씨 감정까지 신경 쓸 겨를이 없다는 거 알고 있지?"

"압니다."

어느새 정미나의 눈에 눈물이 고였다.

"제 일생에서 이렇게 제가 위축되고, 작아 보이는 경우가 처음이어서요. 모두 제 탓인데, 죄송해요."

"포크너한테 보고나 잘 해."

웃음 띤 얼굴로 말한 김승구가 샴페인 잔을 들었다.

"그 작자는 킹스턴 회장한테 제 공이라고 이미 보고했겠지만 말이야."

안 들었어도 뻔하다.

"도대체 어떻게 된 거야?"

포크너한테서 전화가 왔을 때는 정미나가 저녁을 먹고 방으로 돌아왔을 때다. 오후 8시 45분, 포크너는 킹스턴한테 이미 보고를 했지만 자세한 내막을 알고 싶은 것이다.

"팀장이 스보르카에 대해서 조사를 하고 왔습니다."

정미나가 들은 대로 말했다.

"팀장이 보고를 했겠지만 말렌코프 주지사 반응도 좋습니다. 곧 허가서도 발급될 것입니다."

"그, 허가서 발급일에는 내가 갈 테니까 김승구한테 보류하라고 해."

정미나가 그런 말은 직접 하라고 하려다가 침을 삼키고 나서 대답했다. 비열하다.

"네, 사장님."

"언제 주지사의 허가서가 작성되지? 김승구한테 물어 봐. 내가 그때 가야지. 일개 팀장이 서명을 할 수 있나?"

"네, 사장님."

"별일 없지?"

"예, 하지만…."

"하지만 뭐냐?"

"제가 조금 전에 호텔 종업원한테서 들었는데 다른 마피아 조직에서 우릴 암살한다는 소문이 났대요. 그래서 방 밖으로 나가지 말라고 합니다."

"아아!"

포크너는 여기 안 올 것이다.

"당연히 내가 가서 서명을 해야 되겠지만."

다음 날 아침, 전화를 걸어온 포크너가 말했다.

"내가 요즘 일정이 바빠서 그러니까 김 팀장 자네가 회사 대표로 서명을 해."

"알겠습니다."

김승구의 시선이 앞에 앉은 정미나를 스치고 지나갔다. 정미나가 포크너한테 한 이야기를 들은 것이다. 이제 정미나는 완전히 이쪽 편으로 붙었다. 포크너가 말을 이었다.

"주지사의 허가서를 받은 즉시 계약대로 이행하겠다고 전하게."

"알겠습니다."

"그리고."

호흡을 조정하려는 듯이 잠깐 뜸을 들였던 포크너가 말을 이었다.

"여기서 준비팀이 나가겠지만 김 팀장이 하바로프스크에 머물면서 일을 도와줬으면 좋겠는데, 스보르카하고의 관계도 있고 말이야."

"제가 여기 주재하란 말입니까?"

그 소리를 앞에서 들은 정미나가 놀란 듯 눈을 크게 뜨고 상체를 세웠다. 그때 포크너가 말을 이었다.

"자네만 한 적임자가 없어. 회장님도 자네 공적을 높게 평가하셨어."

"내가 여기 마피아들의 표적이 되어 있다는 것 모르시지요?"

그렇게 묻고는 김승구가 정미나를 향해 입술 끝을 비틀어 보였다. 그러고는 핸드폰의 스피커폰 버튼을 누르고 탁자 위에 놓았다. 정미나와 같이 듣겠다는 표시다. 그때 포크너가 놀란 듯이 물었다.

"표적이 되어 있다니, 무슨 말인가?"

"암살 타깃이 되었단 말입니다. 다른 조직이 저부터 제거해서 사업을 방해하려는 겁니다."

앞에 앉은 정미나가 눈으로 웃었다. 그때 포크너가 한숨을 쉬었다.

"위험하군."

"생각할 시간을 주시지요."

"그, 그러지."

"솔직히 전 여기서 나가고 싶습니다."

"아니, 미스터 김, 이렇게 대공을 세웠는데 지금 빠지면 어떻게 한단 말인가?"

당황한 포크너가 말을 이었다.

"잘 생각해주게."

"알겠습니다."

통화가 끊겼을 때 김승구가 앞에 앉은 정미나를 보았다.

"어떻게 생각하나?"

"뭘요?"

"내가 이제 어떻게 하는 게 낫겠어?"

"이용해야지요."

"뭘?"

그때 정미나의 두 눈이 반짝였다. 그러고는 상반신을 기울였는데 젖가슴의 깊은 골짜기가 드러났다. 스웨터 목 부분이 넓어서 그렇다. 정미나가 그런 자세로 김승구를 보았다. 거리는 50센티밖에 떨어지지 않았다. 옅은 향내도 맡아졌다.

"제 말대로 하시겠어요?"

"뭘?"

"이 기회를 이용하는 방법을 말이에요."

"정미나 씨가 방법을 만들겠다고? 어떤 방법을?"

"팀장의 위치를 이 기회에 대공에 걸맞게 상승시키는 거죠."

정미나가 또렷하게 말했다.

한 시간 후인 오전 10시 반, 김승구와 정미나는 시베리아호텔의 스보르카 사무실로 들어섰다.

"좀 빨리 왔네."

스보르카가 웃음 띤 얼굴로 맞으면서 말했다. 이제는 자연스러운 분위기다. 보좌관 카리스크는 동석했지만 상전들의 대화에 묻는 말에만 대답한다. 김승구와 정미나는 앞쪽 자리에 앉았다. 김승구가 말했다.

"먼저 상의할 일이 있어서요."

오늘 오후 1시에 주지사실에서 '팩스코 하바로프스크 법인 허가서'와 '사업 허가서' 등을 받을 예정이다. 그러니 김승구가 빨리 온 셈이다.

"뭔가?"

"스보르카 씨가 우리 회장한테 전화를 걸어서 나를 '러시아 법인장'으로 임명해야 파트너가 되겠다고 해 주시지요."

"오, 그러지."

대번에 동의한 스보르카가 얼굴을 펴고 웃었다.

"당연히 미스터 김이 '러시아 법인장'이 되어서 나하고 손발을 맞춰야지. 어느 개아들 놈이 '러시아 법인장'으로 온단 말인가?"

"한국 속담에 죽 쒀서 개 준다는 말이 있습니다."

"죽이 뭔데?"

"아니, 재주는 곰이 부리고 돈은 중국 놈이 먹는다는 말도 있지요."

"중국 놈들이 짠돌이지."

옆에서 정미나는 둘의 러시아어 대화를 개들이 서로 짖는 것 같은 소음으로 듣고는 있었지만 분위기는 파악하고 있다. 잘 돼 간다. 그때 스보르카가 손을 내밀었다.

"그, 팩스코 회장 놈 전번을 이리 내."

그로부터 10분 후, 포크너가 비서를 통해 스보르카의 전화를 받는다. '하바로프스크의 스보르카'라고 하는데 안 받을 수가 없었기 때문이다. '나중에' 연락하라고 했다가 '오늘 계약이 취소된다'라고 한다면 인생 종친다.

"예, 서울법인 사장 포크너올시다."

다른 때는 안 그랬는데 포크너가 제 직위부터 먼저 말한 것은 스보르카에 대한 경계심이다. 제 직급을 '갑옷'처럼 의식한 것 같다. 그때 스보르카가 말했다.

"아, 당신 회장 전번을 알려줘요, 지금 당장, 1분 안에."

"예? 무슨 말씀이신지?"

"오늘 오후에 사업허가서 받는 거 아시지, 주지사한테서 말이오?"

"예, 압니다. 덕분에…."

"덕분이고 지랄이고 당신 회장한테 할 이야기가 있어."

"뭐, 뭣인지 제가…."

"미스터 김 이야기야. 미스터 김 이야기를 하려는데 당신이 끼어들 거야?"

"아니, 무슨 문제가 있으시면…."

"회장한테서 미스터 김을 '러시아 법인장'으로 임명하겠다는 약속을 받아야 사업허가서를 받겠어. 그러니까 회장 바꿔."

"아아, 그러시군요."

어깨를 늘어뜨린 포크너가 말을 이었다.

"그것도 제가 추천해서 회장이…."

"개 같은 소리 하고 있네. 지금 당장 바꿔줄 수 없단 말이지?"

"예, 10분, 아니 20분만 기다리시면 제가 연락을 드리지요."

"당신 목소리는 더 이상 듣기 싫고 회장이 나한테 직접 연락하라고 해."

"예, 스보르카 씨."

"난 팩스코에 대단히 호의적이오, 포크너 씨."

"잘 알고 있습니다."

"난 목숨을 걸고 이 사업을 맡은 거요. 그것은 미스터 김도 마찬가지야."

"압니다."

"그럼 전화 기다리겠어."

그러고는 통화가 끊겼다.

스보르카는 영어도 유창해서 앞에 앉은 정미나도 다 들었다. 이제는 사람 소리로 들은 것이다. 통화가 끝났을 때 스보르카가 웃음 띤 얼굴로 김승구에게 말했다. 이번에는 러시아어다.

"회장이 20분 후에 연락을 해올 거야."

이번에는 다시 개 짖는 소리였지만 정미나는 무슨 말인지 알 수 있었다, 이 '러시아 법인장' 아이디어는 정미나의 머리에서 나왔으니까, '오신통'이 없는 머리에서.

그 20분 사이에 일어난 일.

포크너가 즉시 킹스턴에게 전화를 했다. 서울 시간 10시 45분, 플로리다 시간은 오후 8시 45분. 킹스턴은 요트 안에서 전화를 받았다.

"무슨 일이야?"

"예, 하바로프스크의 스보르카한테서 방금 연락이 왔습니다, 회장님."

"계약금 올려 달래?"

요트 안의 바에서 술잔을 내려놓은 킹스턴이 인상을 썼을 때 포크너의 목소리가 이어졌다.

"아닙니다. 오후에 허가서에 서명하기 전에 김승구를 '러시아 법인장'으로 임명해 달라는 것입니다. 그래야 믿고 일을 할 수 있다는 겁니다."

"김승구를?"

"예, 회장님."

"그놈은 아직 나이도, 그리고 경력도 몇 년 안 되었잖아? 그리고…."

그리고 또 있다. '존'한테서 이번 비자금 사건에서 '의심스러운 놈'이라는 보고도 받았다. 그때 포크너가 말했다.

"스보르카는 김승구를 법인장으로 임명해야 사업허가서를 받겠다고 합니다."

"두 놈이 짠 건가?"

"그것보다 믿을 만한 놈을 찾는 것 같습니다. 그리고…"

"또 뭐냐?"

"김승구는 다른 마피아 조직들의 암살 타깃이 되었다고 귀국시켜 달라고 하는 입장입니다."

"암살 타깃이 되었어?"

"예, 현지 정보원의 보고도 그렇습니다."

정보원은 정미나다. 그때 킹스턴이 결심했다.

"좋아, '러시아 법인장'으로 임명하지."

"그럼 회장님께서 스보르카한테 연락을 해 주시지요."

"내가? 그 마피아한테?"

킹스턴이 펄쩍 뛰었다.

"너는 뭐하는 놈이야? 네가 대신 말해! 임명장 내가 보낸다고! 그리고 '러시아 법인장 김승구' 이름으로 허가서에 사인하면 되지 않아?"

맞는 말이다.

스보르카와 통화를 끝낸 지 18분 45초 만에 다시 포크너의 전화가 왔다. 그때까지 김승구와 정미나는 스보르카와 함께 앉아 있었다. 시간은 정미나가 카운트한 것이다. 김승구, 스보르카가 개 짖는 소리만 냈기 때문에 시간을 잰 것이다, 심심해서.

10분 후에 김승구와 정미나는 시베리아호텔을 나와 숙소인 러시아호텔로 가는 리무진에 올랐다. 물론 스보르카가 타라고 내준 리무진이다. 정미나는 좌석에 등을 붙인 채 시치미를 뗀 표정이지만 만족한 분위기가 드러났다. 콧구멍이 가끔 벌름거리는 것을 보면 다시 기도 살아났다. 포크너는 킹스턴의 지시를 스보르카에게 전한 것이다. 김승구는 오늘부터 '러시아 법인장'이 되어 말렌코프 주지사와의 팩스코러시아 법인 설치와 사업장 설치 허가서에 사인을 한다. 법인장 자격으로 사인을 하는 것이다. 이것은 모두 정미나의 공적이다. 자세히 말하면 김승구의 법인장 승진이 정미나의 '잔머리'에서 나온 것이다. 그러니 기가 살 수밖에 없다. 그때 김승구가 힐끗 정미나를 보았다.

"자, 말해."

"뭘요?"

같은 표정으로 정미나가 물었기 때문에 김승구가 혀를 찼다.

"대가."

"나중에."

바로 대답한 정미나의 콧구멍이 이번에는 눈에 띄게 벌름거렸다. 기가 더 살아났다는 표시다. 김승구가 고개를 끄덕이더니 의자에 등을 붙였다. 인정한다는 표시다.

하바로프스크시 중심부의 러시아백화점 사장실 안, 소파에 앉아 있던 60대 사내가 고개를 들고 앞에 선 사내를 보았다.

"오늘 몇 시에 사인한다고?"

"오후 1시입니다, 회장님."

부동자세로 선 사내가 대답했다.

“‘팩스코 투자협정서’와 ‘러시아 법인 허가서’ ‘매장 설치 허가서’까지 일괄 허가를 내준다고 합니다.”

사내는 시선만 주었고 서 있는 사내가 말을 이었다.

“스보르카 씨가 말렌코프 주지사하고 급진행한 것 같습니다.”

“발렌스키가 모스크바에 간 사이에 해치웠군.”

“그렇습니다, 회장님.”

“표도르는 알고 있겠지?”

“알고 있겠지만 나설 명분이 없지요, 팩스코 일은 전부터 발렌스키가 맡았으니까요.”

“스보르카 이놈이 내 뒤통수를 쳤군.”

어깨를 부풀린 사내가 서 있는 사내를 노려보았다.

“이 병신아, 그놈들이 이렇게 하는 동안 넌 뭐하고 있었단 말이냐? 넌 송장이냐, 이 개새끼야?”

앉아 있는 사내는 러시아백화점 회장 브레즈네프다, 63세. 러시아백화점은 유통그룹으로 아웃렛 15개, 소매점 127개를 운영하고 있다. 물론 러시아백화점 그룹은 마피아 1위인 발렌스키 조직과 파트너 관계다. 브레즈네프는 발렌스키의 검은 돈을 세탁해 주고 서로 대가를 주고받는다. 발렌스키가 팩스코에 1억 불과 20퍼센트를 요구한 것도 러시아백화점과의 관계 때문이다. 받아들이지 못할 조건을 내걸었고 만일 받아들였다면 이익금 20퍼센트를 토해내면 금방 망했을 테니까. 그것을 알고 있는 스보르카가 팩스코와 손을 잡은 것은 발렌스키, 러시아백화점 연합과 ‘한번 해보자’는 의미일 수도 있다. 그때, 서 있는 사내가 입을 열었다. 비서실장 푸가노프다.

“이틀 안에 체결이 된 협정입니다, 회장님. 팩스코 직원 놈은 그제 오후 늦게 도착했습니다. 그야말로 눈 깜빡하는 사이에 진행되었습니다."

눈만 부릅뜬 브레즈네프에게 푸가노프가 말을 이었다.

"이미 모스크바 당 위원회에서도 승인을 했고 푸틴 대통령도 사인을 한 일입니다. 이제 되돌릴 수는 없습니다."

그야말로 기습을 당한 것이다. 어깨를 부풀렸다가 내린 브레즈네프가 잇새로 말했다.

"어디, 제대로 일이 되는가 보자."

"발렌스키 씨한테도 연락했으니까 곧 돌아오실 것입니다."

푸가노프가 위로하듯 말했을 때 브레즈네프가 들고 있던 보드카 병을 냅다 던졌다. 보드카 병이 푸가노프의 가슴에 맞아 술 벼락을 치면서 떨어졌다. 다행히 바닥에 양탄자가 깔려 있어서 깨지지는 않았지만 술이 그대로 흡수되었다. 양탄자를 벗겨내려면 대공사다. 세상 이치가 다 그렇다. 재수 없으면 엎어져도 뒤통수가 나간다.

하바로프스크 주지사 겸 시장 안드레이 말렌코프는 허가서에 사인을 하더니 김승구의 직책을 보고 웃었다.

"팩스코러시아 법인장 김승구시군요."

"예, 이번에 진급했습니다."

"축하합니다, 김 사장."

"감사합니다."

"자, 사진 찍읍시다."

어느새 언론 매체들이 잔뜩 대기하고 있었기 때문에 말렌코프가 김승구의 어깨를 안고 사진기자들 앞으로 다가갔다.

"내일 러시아 방송에 보도될 거요."

말렌코프가 사진기자들을 향해 웃어 보이면서 말을 잇는다.

"아마 푸틴 대통령도 이 장면을 보실 거요."

그 소리에 김승구가 수십 명의 사진기자, 언론매체 기자들을 둘러보았다. 한국인은 없다. 갑자기 맺은 계약이어서 한국 언론매체에는 연락을 안 한 것이다. 기자들 뒤쪽에 서 있던 스보르카가 김승구의 시선을 받더니 빙그레 웃었다. 스보르카는 허가서 사인을 주고받을 때는 옆에 있었지만 어느새 뒤로 빠진 것이다. 김승구는 구석 쪽에 서 있는 정미나를 보고는 손짓으로 오라는 시늉을 했다. 그러자 정미나가 고개를 젓더니 손가락으로 브이(V)를 만들어 보였다. 얼굴에 웃음이 떠올라 있다.

그날 저녁, 말렌코프 주지사의 초대로 김승구와 정미나, 스보르카는 영빈관에서 파티를 했다. 말렌코프가 주최한 파티다. 말렌코프는 물론 정부 관리, 부시장, 경찰청장까지 참석한 파티인 것이다. 김승구는 정미나와 함께 나란히 앉았는데 모두의 시선이 정미나에게 쏠렸다. 파티장에서 드러난 정미나의 미모는 압도적이었다. 여자들을 참석시키지 않아서 더욱 두드러졌다. 술이 취할수록 뜨거운 시선이 더 모였고 그 열기를 흡수한 정미나의 몸에 후광이 비치는 것 같았다.

파티를 끝내고 호텔 앞에서 스보르카와 헤어졌을 때는 밤 11시가 되어갈 무렵이다. 스보르카가 데려다 준 것이다. 둘이 되어서 엘리베이터로 다가갈 때 정미나가 김승구의 팔을 끼었다. 김승구가 돌아보았더니 정미나가 이를 드러내고 활짝 웃었다. 말렌코프가 권한 보드카를 세 잔, 스보르카가 두 잔, 경찰청장이 건넨 두 잔까지 모두 일곱 잔의 보드카를 마신 정미나의 눈 주위와 볼이 빨갛게 달아올라 있다. 그때 정미나가 물었다.

"어때요, 오늘 밤?"

엘리베이터에 오른 정미나가 팔을 끌어당겨 바짝 몸을 붙이면서 다시 물었다.

"내가 방으로 가요?"

"보드카 일곱 잔으로 몸이 뜨거워졌어?"

"응, 엄청."

"술기운이야?"

"술기운으로 용기가 난 거죠."

"좋아, 우리 둘이 다시 파티를 하지."

김승구가 팔을 풀고는 정미나의 허리를 감아 안았다.

"가까운 네 방으로 가자."

선반에 놓인 보드카 한 병을 둘이 나눠 마시고 났을 때 정미나가 같은 말을 두 번씩 되풀이하더니 소파에 등을 붙이고 나서 그대로 쓰러졌다. 잠이 든 것이다. 술을 마시는 것을 보면 가정교육이 잘 된 것 같다. 김승구는 소파에 쓰러진 정미나를 안아서 침대에 눕혔다. 그리고 누운 정미나를 잠깐 내려다보다가 곧 옷을 벗기기 시작했다. 정미나는 누운 대로 팔이 들렸다가 내려지고 다리가 들리는데도 인형처럼 늘어져 있다.

김승구는 욕실로 들어가 수건을 빨아 와서 정미나의 발도 깨끗하게 닦았다. 가지런하고 매혹적인 발가락이었다. 발가락도 얼굴을 닮는다. 이제 정미나는 팬티와 브래지어 차림으로 누워 있다. 그대로 둘까 하다가 정미나가 가져온 반바지 잠옷과 셔츠로 갈아입히고는 침대 시트로 덮었다. 벗긴 옷을 가지런히 개어서 옷장에 놓고 술병과 술잔도 치운 다음 방에 돌아왔을 때는 오전 1시가 되어갈 무렵이다. 옷을 벗고 소파에 앉았더니 옆에서 할머니가 말했다.

"너도 슬슬 부처님이 다 되어가는구나."

이번에는 김승구가 놀라지도 않고 대답했다.

"감정을 누르는 거죠. 지금은 섹스를 할 상황이 아네요."

"옳지, 나한테 영어를 쓰는구나."

할머니가 유창한 러시아어로 말했다.

"이 빌어먹을 놈아. 내가 네 머리 꼭대기에 올라가 있다는 걸 잊지 말아라."

놀란 김승구가 한숨을 쉬었다. 할머니는 보이지 않고 목소리만 계속되고 있다.

"지장보살님, 여기 나타나신 이유는 뭡니까? 진언 외우는 러시아 놈도 있어요?"

김승구가 묻자 대답이 돌아왔다.

"잊지 말라고 나온 거다."

할머니의 목소리가 엄숙해졌다.

"난 어디든 언제든 너한테 있어. 나도 글로벌이야."

글로벌이란 말을 안 썼으면 그런대로 엄숙하게 받아들일 텐데 김승구가 저도 모르게 혀를 찼다. 지장보살은 분명하지만 이쪽저쪽 세태와 어울리다 보니까 '푼수 끼'가 좀 붙으셨다. 할머니의 목소리는 더 이상 들리지 않았기 때문에 김승구는 '러시아 법인장'이 된 첫날밤을 혼자 잤다.

다음 날 아침 7시 반에 호텔 안 뷔페식당에서 아침을 먹은 김승구가 정미나의 핸드폰에 문자를 날렸다.

'오늘은 스보르카 씨 변호사와 함께 회사 등록, 사업장 등록 등 절차

를 끝낼 예정이니까 정미나 씨는 호텔에서 쉬도록.'

어제 보드카에 뻗어서 기절한 상태였기 때문에 지금도 한밤중일 것이다. 문자를 찍는 동안에도 브래지어와 팬티 차림이던 정미나의 미끈한 몸이 떠올랐기 때문에 김승구는 한숨을 쉬었다. 옴 바라 마니다니 사바하.

모스크바, 서북쪽 교외의 저택, 울창한 밀림에 둘러싸인 3층 대저택은 마치 중세의 성(城) 같다. 2층 응접실, 소파에 깊숙이 등을 묻고 앉은 사내는 60대 초반쯤으로 대머리다. 붉은 얼굴, 거구였지만 단정한 양복 차림. 오전 8시 반인데도 손에 보드카 잔을 쥐고 있다. 바로 하바로프스크 제1의 마피아 조직 보스 발렌스키다. 앞에 선 사내는 아들 유리, 35세. 역시 거구에 검은 머리, 검은 눈동자다.

"아버지, 제가 먼저 하바로프스크로 가겠습니다."

유리가 말하자 발렌스키는 코웃음부터 쳤다.

"네가 가서 뭘 하려고?"

"우선 그놈을 죽여야죠."

"그놈이라니?"

"그, 팩스코에서 온 놈 말입니다."

"그럼 그 허가서가 무효가 될 것 같으냐? 투자 협정서는?"

"어쨌든 그놈들 사업이 시작되지는 못할 것 아닙니까?"

뒤쪽에는 사내 둘이 서 있었는데 눈만 껌벅이고 있다. 그때 발렌스키가 한 모금에 보드카를 삼키더니 긴 숨을 뱉었다.

"병신 같은 놈."

"예?"

누구한테 하는 욕인지 분간이 안 된 유리가 물었을 때 발렌스키가 유리 뒤에 서 있는 두 사내 중 하나를 손짓으로 불렀다.

"야, 바샤, 이 병신한테 그러면 안 되는 이유를 설명해줘라."

병신이 유리라는 것이 밝혀졌다.

"예, 보스."

40대쯤의 마른 체격인 사내가 한 걸음 앞으로 나서더니 입을 열었다.

"푸틴 대통령이 '잘되었다'고 한 사업입니다. 만일 그런 사건이 일어나면 당장 FSB가 조사에 들어갈 것입니다."

FSB는 연방보안국으로 KGB가 해체된 후에 그 임무를 인계받았다. 유리는 눈만 껌벅였고 바샤가 말을 이었다.

"푸틴의 지시를 받지 않더라도 FSB에서 그 사건을 조사, 피의자를 처단할 것입니다."

"그 피의자가 누구겠냐?"

불쑥 발렌스키가 묻자 바샤는 입을 다물었다. 발렌스키가 술잔을 든 손으로 유리를 가리켰다.

"저 돼지 같은 놈이다."

유리는 어깨를 추켜올렸지만 입을 열지는 않았다. 발렌스키를 노려본 채 굳어져 있다. 발렌스키가 쓴웃음을 지은 얼굴로 말을 이었다.

"저 새끼는 한 번도 당한 일이 없으니까 기고만장이야. 왜냐? 모두가 뒤를 봐 주었기 때문이지. 본인은 그걸 모른단 말이야."

"아버지."

"닥쳐! 이 개자식아!"

버럭 소리친 발렌스키가 뒤에 선 바샤에게 소리쳤다.

"돌아갈 준비해!"

"발렌스키가 곧 돌아올 거야."

법원에 허가서를 제출하고 돌아오는 차 안에서 스보르카가 말했다.

"우리가 선수를 쳤기 때문에 당장에 눈에 보이는 방해공작은 못 하겠지만 가만있지는 않을 거네."

"예상하고 있습니다."

김승구가 고개를 끄덕였다.

"발렌스키하고 러시아백화점하고 파트너 사이 아닙니까? 러시아백화점에서 가장 적극적으로 나오지 않겠습니까?"

"잘 아는군."

쓴웃음을 지은 스보르카가 말을 이었다.

"그놈들이 하바로프스크뿐만 아니라 시베리아를 다 먹으려고 했지. 그놈들이 더 커지기 전에 자네가 잘 온 거야."

스보르카는 팩스코를 '자네'라고 불렀다.

눈을 뜬 정미나는 옆을 보았다. 혼자다. 창밖은 환했다. 고개를 돌려 옆쪽 탁자의 전광시계를 보았다, 오전 11시 45분. 벌떡 몸을 일으킨 정미나가 제 몸을 보았다. 잠옷을 입었다. 말끔하다. 그 자세로 어젯밤 기억을 떠올렸다. 소파에 앉아서 술 마시던 장면이 남아 있다. 김승구의 웃는 얼굴, 그 후로는 없다. 필름이 끊긴 것이다. 다시 고개를 숙인 정미나가 제 몸을 보았다. 파자마를 입었다. 파자마를 들춰 보았더니 팬티는 그대로다. 팬티까지 들추고 안을 보았다. 흔적이 있을 리가 있나.

바로 그 시간에 스보르카가 김승구에게 묻고 있다.

"참, 자네, 그 파트너, 괜찮던데, 지금 뭐하고 있나?"

하루 늦었다. 만 20시간이 늦었다는 말이다. 뭐가 늦었느냐? 정보다. 왜냐하면 회장과 서울법인 사장 간의 급작스러운 결정이었기 때문이다. 그것을 미국 본사에서 김승구한테만 통보했던 것이다. 그래서 '한국 법인'의 사무실 직원들은 20시간이 지나서야 김승구의 '러시아 법인 사장' 소식을 알게 되었다.

"언니, 들었어요?"

상담실에 둘이 앉자마자 유지나가 물었다. 눈을 크게 뜬 데다 숨소리도 가쁘다. 임하경이 고개만 끄덕이자 유지나는 숨을 고르고 나서 말했다.

"세상에, 세상에…."

"시끄러."

"팀장 된 지가 언제라고 이제는 사장이야, '러시아 법인 사장', 아이고."

"아, 시끄럽다니깐."

"회사가 난리 났어. 다 팀장 이야기 하느라고 일도 안 해."

"야, 일 좀 하자."

"언니는 일이 손에 잡혀?"

유지나가 눈을 흘겼다.

"나도 러시아로 갈 거야."

놀란 임하경의 표정을 본 유지나가 어깨를 폈다.

"조장들이 러시아로 가겠다고 한대."

"뻔하지, 덕 본 사람들이겠지."

"언니는 안 갈 거야?"

"간다면 보내준대?"

그때 상담실로 클라크가 들어섰기 때문에 둘은 말을 그쳤다. 둘을 본 클라크가 웃음 띤 얼굴로 물었다.

"거기도 김 팀장 이야기하는 중이야?"

"예, 본부장님."

자리에서 일어선 유지나가 바로 대답했다.

"지금 러시아로 전근할 수 있는가 상의하고 있어요."

"가능하지."

클라크가 임하경을 보았다.

"임하경 씨도 러시아 가고 싶어?"

"천만에요."

상담실을 나가면서 임하경이 머리까지 흔들었다.

"유지나 씨 생각이죠. 저는 전혀 생각 없습니다."

오후 5시가 되어서야 호텔로 돌아온 김승구가 정미나에게 말했다.

"난 여기서 사무실 빌딩도 구해야겠고 여러 가지 할 일이 남았으니까 정미나 씨는 내일 아침에 귀국해."

"제가요?"

놀란 정미나가 김승구를 응시했다. 호텔의 라운지 안이다. 정미나가 다시 물었다.

"제가 도움이 안 되죠?"

"무슨 말이야?"

"실제로 그렇잖아요? 도움 드린 것이 뭐가 있어요?"

"앞으로 할 일이 많아."

김승구가 정색했다.

"지금은 며칠 쉬어도 돼."

"팀장은 여기 계실 건가요?"

"본사에서 오는 팀들을 만나야지."

그때 정미나가 불쑥 물었다.

"저, 어제 벗겼어요?"

"응, 갈아입히기만 했지, 발도 씻기고."

"발, 발을 씻겨요?"

"젖은 수건으로. 잘 때 발은 씻고 자야지, 안 그래?"

"…."

"꼬랑내가 좀 나더군."

외면한 정미나의 얼굴 한쪽이 붉어졌다. 김승구가 말을 이었다.

"클라크가 '한국 법인'에서 '러시아 법인'으로 옮겨갈 전출 희망자를 모집할 거야. 가서 클라크를 도와줘."

"네, 사장님."

정미나가 불쑥 사장이라고 불렀기 때문에 김승구가 웃었다. 정미나한테서 사장 소리는 처음 듣는다.

2장
시베리아의 여인

“이봐, 커크, 여기 부사장으로 와.”

김승구가 말했을 때 클라크는 숨을 들이켰다. 사무실 안, 클라크는 하바로프스크에 있는 김승구의 전화를 받고 있다. 오후 5시 반이다. 오늘 하루 종일 사무실 분위기는 뒤숭숭했다. 뒤늦게 러시아 TV 화면을 카피해서 한국 TV에 김승구가 나왔고 그것이 팩스코한국 분위기를 ‘벙’ 뜨게 만든 것이다. 팀장이 사장이 되었다. 그것도 대(大) 러시아 법인의 사장, 한국보다 10배는 큰 시장이다. 땅덩어리도 크지만 잠재력을 말한다. 회사에서는 하루 종일 김승구 이야기뿐이었고 특히 김승구의 4팀은 충격이 컸다. 팀장이 러시아 법인 사장이 된 것이다. 그때 클라크가 입을 열었다.

“김, 내가? 어떻게 그렇게 된단 말이야?”

클라크의 목소리가 갈라져 있다. 부사장이 어떤 자리인가? 중역이다. 지금 클라크는 영업팀 본부장이지만 아직 이사가 안 됐다. 내년쯤 될까 고대하는 중이다. 그전에 러시아 법인 부사장, 서열로도 이사보, 이사, 상무, 전무, 그다음이 부사장이다. 무려 4계단을 솟구쳐 올라간다. 클라크의 눈앞에 러시아의 여자 높이뛰기 선수 '마리야 라시츠케네'의 모습이 떠올랐다. 클라크는 '마리야 라시츠케네'의 광팬이다. 그녀의 미끈한 몸이 솟아올랐다가 떨어질 때의 궁둥이를 1만 번도 더 보았다. 핸드폰에 저장해놓았기 때문이다.

"이봐, 커크, 듣고 있어?"

김승구가 다시 물었을 때 클라크가 헛기침부터 했다.

"김, 4계단이나 승진하는 거야. 그거 회장이 승낙할까?"

"커크, 여긴 마피아 소굴이야, 암살당할 염려가 있는 곳이라고. 한국처럼 밤늦게 돌아다닐 수도 없는 곳이야."

"그쯤은 견딜 만해."

"내가 밀어붙일 테니까 당신은 간다고만 해, 할 수 있지?"

"내가 러시아에서 팩스코의 신기록을 세우지."

"바버라는 돌아갔어?"

"응, 어제 셋이."

클라크의 목소리가 가라앉은 것은 목이 메었기 때문이다.

"모두 자네한테 안부 전하라고 했어."

"잘됐군."

"난 이제 어떤 것도 두렵지 않아, 김."

클라크의 목소리에 다시 활기가 돌아왔다.

킹스턴의 비서실장 푸시킨은 이름에서도 표시가 났지만 러시아계다. 조부 때 이민 와서 3대째인데 가정교육을 잘 받았기 때문에 러시아어에 유창하다. 오전 10시 반, 푸시킨이 킹스턴의 전화를 받는다. 푸시킨은 지금 '킹스턴섬'의 사무실에 있다. 요트에 타고 있는 킹스턴이 전화를 한 것이다.

"예, 회장님."

"러시아 법인 사장은 그 어린놈을 간판으로 내세우기로 하고 실무를 책임질 부사장을 골라 보내야겠다. 기조실에서 적임자를 오늘 오후 3시까지 물색해 놓도록."

"예, 회장님."

통화가 끊겼을 때 푸시킨이 길게 숨을 뱉었다.

"젠장, 차라리 내가 가고 싶군."

푸시킨의 눈동자가 먼 곳을 보는 것처럼 초점이 멀어졌다. 사무실에는 혼자뿐이다. 의자에 등을 붙인 푸시킨이 혼잣말을 이었다.

"내가 이러고 있다가 제명대로 살기 힘들지."

킹스턴의 옆에서 그가 저지르는 온갖 범죄를 도와주는 죄도 있는 것이다. 처음에는 도왔다가 지금은 거의 공범 수준이다. 그런다고 킹스턴처럼 엄청난 부(富)를 축적한 것도 아니다. 오직 연봉만 받을 뿐이다. 그때 옆에서 인기척이 났다. 고개를 돌린 푸시킨이 소스라쳤다. 사내 하나가 옆쪽 소파에 앉아있었기 때문이다. 더구나 동양인, 젊다.

"너, 누구야?"

놀란 푸시킨이 숨을 들이켜며 물었을 때 사내가 빙그레 웃었다.

"나, 러시아 법인장, 김승구야."

"뭐, 뭣이?"

푸시킨이 방 안을 둘러보며 다시 물었다.

"너, 어떻게 들어왔어?"

"그건 네가 알 필요 없고."

정색한 김승구가 푸시킨을 보았다. 그 순간 푸시킨은 제 눈이 김승구의 눈 안으로 빨려 들어가는 느낌을 받는다. 3초쯤 지났을까? 김승구가 시선을 떼고 방 안을 둘러보는 시늉을 했을 때 푸시킨이 말했다.

"알았어. 앞으로는 이렇게 신족통(神足通)으로 오갈 것 없이 생각을 전해."

그러더니 혼잣소리처럼 말했다.

"야, 신족통으로 금방 태평양을 건너 미국대륙을 횡단해서 여기까지 왔구나."

이건 김승구의 생각을 푸시킨이 전한 경우다. 그때 이번에는 김승구가 말했다.

"내가 앞으로는 지장보살 진언을 외우고 나서 내 생각을 전하기로 하지."

"그러든지."

대답한 푸시킨이 흐려진 눈으로 김승구를 보았다.

"부사장으로 한국 법인 영업본부장 클라크를 추천해야겠군."

"그래, 그 이야기 하려고 왔어."

그때 할머니의 목소리가 울렸다. 이번에는 영어다.

"이 새끼들이 날 찾는 진언을 암호처럼 쓰고 있구먼, 갓 댐."

신족통이란 현생(現生)뿐만 아니라 전후생(前後生) 어느 시대, 어느 곳에도 갈 수 있는 오신통(五神通) 중 하나다. 김승구는 오랜만에 써 보았다. 50년 후의 서울대병원에 가서 클라크의 딸 마리안을 위한 백혈병 약을 얻어왔을 때 후생(後生) 여행을 확인했고 전생(前生)의 자신을 보려고 갔다가 얼른 컴백했다. 이번에는 지구의 절반을 눈 깜빡하는 사이에 갔다가 왔다.

푸시킨은 이제 김승구의 사인만 받으면 생각대로 움직이게 되었다. 하바로프스크는 깊은 밤이다. 소파의 몸으로 돌아온 김승구가 문득 앞으로 어떻게 될 것인가가 궁금해졌다. 그러나 곧 고개를 저었다. 답안지를 보고 시험을 보지는 않겠다. 천안통(天眼通)으로 내 시험지를 보지 않겠다는 말이다. 그때 노크 소리가 났다. 누굴까? 금방 천안통 생각이 났지만 참는다. 예감 때문이다. 문을 열었더니 예상했던 대로 정미나가 서 있다. 정미나는 셔츠에 바지 차림이다. 맨 얼굴에 머리는 뒤로 묶었는데 마치 연못에서 솟아난 연꽃 분위기다. 그렇지, 부처님도 연꽃을 좋아하시지. 시선을 받은 정미나가 말했다.

"들어가도 돼요?"

"왜?"

문을 가로막듯이 서서 그렇게 물었지만 부드러운 분위기다. '그러지마. 나 힘들어.'라는 분위기다. 그러니 정미나의 '기'가 살아날 수밖에.

"자고 가려고요."

"왜, 방에서 쥐 나와?"

그때 정미나가 김승구의 한쪽 어깨를 밀치고 방으로 들어섰다. 정미나한테서 향내가 꽤 진하게 맡아졌다. 씻고 화장을 한 것 같다. 어디를?

수줍다. 회사에서 그렇게 당당하고 코가 피노키오의 누나처럼 서 있던 정미나다. 엄청난 선입견으로 김승구를 천민 취급하던 정미나다. 그 정미나가 지금은 수줍어서 자꾸 김승구의 겨드랑이 속으로 파고든다. 가쁜 숨소리, 신음, 탄성, 땀. 끈적거리는 땀이 마치 꿀 같구나. 그렇게 밤이 지나고 있다. 말? 말 같은 소리하고 자빠졌네. 말이 무슨 필요가 있는가? 말 많은 인간일수록 거짓말이 많은 법이니 명심하라. 옴, 아이구, 안 되지.

"말렌코프가 우리 똥구멍에 말뚝을 박은 겁니다."

러시아백화점 회장 브레즈네프가 말하자 발렌스키는 쓴웃음을 지었다. 이곳은 발렌스키의 '발렌스키건설' 회장실 안. 하바로프스크 중심부에 위치한 20층 빌딩의 최상층이다. 소파에는 발렌스키와 아들 유리, '발렌스키건설'의 부사장인 바샤가 앉았고 그 앞에는 브레즈네프와 비서실장 푸가노프가 자리 잡았다. 오전 10시, 어젯밤 도착한 발렌스키를 브레즈네프가 찾아온 것이다. 브레즈네프가 말을 이었다.

"동지, 팩스코가 들어오면 내 사업은 망합니다. 그놈들 자금력에 당할 수가 없단 말이오. 내가 목숨을 걸고 막아야겠습니다."

브레즈네프가 열변을 토하는 동안 시가를 만지작거리던 발렌스키가 이윽고 고개를 들었다. 둘은 비슷한 연령대지만 체격이 대조적이다. 발렌스키는 대머리에 거구이고 브레즈네프는 마른 체격에 머리숱이 많다. 발렌스키가 입을 열었다.

"방송을 들으니까 팩스코가 3년간 50억 불을 투자해서 2만 명의 일자리를 주고 5년 후부터는 10만 명의 일자리를 준다던데."

"다 거짓말이오. 처음에는 다 그렇지."

"어쨌든 투자금이 들어오는 건 사실 아니오? 계약서에 명시되었다던데."

"그건 그렇지만…."

"팩스코 매장 건설로 건설 경기가 살아날 것이고 내 건설회사도 일감이 생길 수 있고."

이제는 브레즈네프가 시선만 주었는데 눈빛이 서늘했다. 그때 발렌스키가 만지고만 있던 시가를 입에 물었다.

"이봐요, 브레즈네프 씨."

브레즈네프와 시선을 마주친 발렌스키가 시가에 불을 붙이면서 더듬거리며 말했다.

"잘된 거요. 우리한테 노다지가 떨어진 것이라고 생각합시다."

"무슨 말씀이오?"

"쏟아져 들어오는 달러를 모두 우리가 먹잔 말이오."

깊게 빨아들인 시가 연기를 구름처럼 뿜으면서 발렌스키가 말을 이었다.

"놈들을 안심시킨 후에 하나씩 하나씩 먹잔 말이지. 주변에 있는 놈들은 하나씩 제거해 가면서 말이오."

발렌스키가 연기 속에서 얼굴을 펴고 웃었다.

"먼저 손을 대야할 놈들은 스보르카야. 그 개 같은 스페르나츠 졸병 놈을 이 기회에 말살하겠어."

그러고는 덧붙였다.

"그럼 팩스코러시아 놈들은 날개 부러진 새가 되는 거지."

"이게 누구야?"

킹스턴이 서류를 들여다보면서 물었다.

"제임스 클라크, 한국 법인의 영업 본부장 중 하나 아냐?"

서류에서 시선을 뗀 킹스턴이 푸시킨을 보았다.

"이놈을 러시아 법인 부사장으로 추천한단 말이냐? 너 미쳤어?"

"적격입니다. 김승구를 부하 직원으로 데리고 있어서 서로 잘 아는 사이일 뿐만 아니라…."

"그래서?"

"감시역으로 적격입니다. 회장님께서 클라크에게 한 말씀만 해주시면 목숨을 걸고 충성을 할 것입니다."

"본부장에서 네 계단을 승진하는데 충성 안 할 놈이 어디 있어?"

"그중에도 김승구가 거부할 만한 놈이 있으면 안 됩니다, 회장님."

맞는 말이었기 때문에 킹스턴이 어깨를 부풀렸다. 러시아 법인의 고위급 임용은 사장 김승구의 반발을 받으면 안 되기 때문이다. 현재로써는 김승구의 비위를 거스르지 않는 게 낫다. 기가 막히지만 처음에는 놔둬야 한다. 어떻게 딴 러시아 법인인가? 지금도 꿈같은 일이다. '2천만 불'에 '이익금 5퍼센트'라니 금덩어리를 플라스틱 값으로 산 것이나 다름없다. 그러니까 거스르지 말아야 한다.

"좋아."

마침내 킹스턴이 쓴 약을 먹겠다는 것처럼 말했다.

"클라크인지 지랄인지 그놈 전화 연결해."

15분 후, 클라크가 회장 비서실장 푸시킨으로부터 먼저 전화를 받는다.

"클라크, 회장님께서 직접 통화하시겠다네."

푸시킨이 엄숙하게 말했다.

"수천 명 임직원도 있지만 본부장급에서 자네를 특별히 선발하신 것이니까 잘 들어."

"무슨 일입니까?"

긴장한 목소리로 클라크가 물었지만 얼굴에는 쓴웃음이 번져 있다.

서울, 클라크의 사무실이다.

"기다리게. 회장님 바꿔드리겠네."

푸시킨이 '대통령'을 알현시킨다는 분위기로 엄숙하게 말했다.

"회장님이시네."

"나, 회장이야."

킹스턴의 첫마디.

"예, 회장님."

"자네를 러시아 법인 부사장으로 임명하려는데 어떻게 생각하나?"

"예?"

놀란 클라크가 되묻더니 3초쯤 후에 목 메인 목소리로 대답했다.

"목숨을 바쳐 충성을 다하겠습니다, 회장님."

"좋아, 앞으로 자네는 더 출세할 수도 있어, 알겠나?"

"예, 회장님."

"내가 자네를 믿고 있다는 것을 명심하도록, 알겠나?"

"명심하겠습니다, 회장님."

"좋아."

통화가 끝났을 때 클라크는 길게 숨을 뱉었다. 얼굴에는 쓴웃음이 떠올라 있다.

"보스 말이 실현되었군."

클라크가 혼잣소리처럼 말했는데 이 '보스'는 킹스턴이 아닌 것이 분명했다.

그 시간에 김승구는 아무르 강가의 단층 주택 안에 서 있었는데 앞에는 할머니가 앉아 있다. 러시아인 할머니다. 집 안은 조용했다. 할머니 혼자 있는 것이다. 열린 문 밖으로 경사진 아래쪽에 흐르는 아무르 강이 보인다. 이곳은 교외여서 민가가 드문드문했고 대부분이 어부가 산다. 할머니가 고개를 들고 김승구에게 물었다.

"누구여?"

앞니가 여러 개 빠져서 발음이 흐리다. 회색 머리가 수세미처럼 엉켜 있는 데다 얼굴은 갈다 만 밭도랑처럼 주름이 깊게 패었다. 흐린 눈에 물기가 배어서 번들거린다. 쪼그라진 몸. 김승구가 갑자기 나타났어도 놀라지 않는다. 김승구가 한숨을 쉬었다. 갑자기 부르는 소리를 듣고 신족통으로 날아온 것이다. 이 할머니가 불렀다. 천이통(天耳通)으로 들었는데 그것이 진언 같지는 않다. 젠장. 그러고 보니 내가 지장보살의 개여, 뭐여? 부르면 무조건 달려오게 되어 있는겨?

"할머니, 무슨 일 있어요?"

불쑥 김승구가 물었더니 할머니가 물끄러미 시선을 주었다. 힘들게 두서없는 이야기를 꺼내도록 해서 듣느니 숙명통(宿命通)으로 가보자. 할머니에게 시선을 준 채 선 김승구의 뇌에 주르르 할머니의 사연이 입력되었다.

"어머니, 내가 먼저 떠나서 미안해요."

사샤가 누운 채 힘없는 웃음을 띠고 말했다. 이곳은 하바로프스크의 국립병원. 사샤는 폐암으로 병원에 입원한 지 사흘 만에 임종을 맞고 있다. 마리아는 사샤 옆에 앉아서 우두커니 내려다본다. 사샤는 56세. 마리아의 외아들이다. 아무르 강에서 물고기를 잡는 어부로 40년을 살다가 지금 죽는다. 마리아는 남편 이바노프가 25년 전에 죽고 나서 사샤 가족과 함께 살았다. 사샤는 결혼해서 딸 둘을 낳았지만 며느리 소냐가 딸들을 데리고 20년 전에 이르쿠츠크로 떠났다. 이혼을 한 것이다. 그래서 20년 동안 둘이 살았다.

사샤도 말이 없는 어부였고 마리아도 그렇다. 하루 종일 한마디도 하지 않을 때도 있다. 사샤가 잡은 물고기를 팔고 남은 고기를 들고 오면 마리아는 말없이 저녁을 만들어 식탁에 놓는다. 아침에는 사샤가 저 혼자서 빵 조각을 먹고 나서 강으로 간다. 비가 오거나 아무르 강이 얼어서 물고기를 못 잡는 겨울에는 사샤가 일을 찾아서 시내로 나갔다가 저녁에 온다. 일당을 받았거나 고기를 판 돈은 주방 옆쪽 선반 위의 깡통에다 넣어두면 마리아가 알아서 빵을 사고 세금을 낸다. 그렇게 20년을 살다가 사샤가 죽음을 맞는 것이다. 병원에 실려 가기 전까지만 해도 마리아는 사샤가 식욕이 떨어져 있다는 것만 느끼고 있었다. 식사량이 줄었고 밤에 기침을 자주 하는 정도였다. 그러다가 사샤가 제 발로 병원에 가더니 병원에서 마리아에게 연락이 온 것이다. 그리고 오늘, 아니 그날에 사샤가 마리아에게 말했다.

"어머니, 내가 먼저 떠나서 미안해요."

근 20년 동안 사샤가 한 말 중에서 가장 길었다. 그러고 나서 입을 딱 다물더니 두 시간 후에 죽은 것이다. 그것이 사흘 전이다. 시에서 치러주는 장례식이 어제 끝났고 누구한테 연락도 안 한 터라 공동묘지에 묻고 서명하라는 데에 서명만 하고 돌아왔다. 혼자 장례식을 치렀다.

그리고 오늘, 마리아는 두 번째로 성모 마리아를 찾았다. 한 번은 사샤가 눈을 감았을 때, 그리고 조금 전 '앞으로 어떻게 할 거나?' 하는 생각이 들었을 때, 물론 '속으로' 찾은 것이다. 그때 김승구가 나타났다.

"마리아, 난 '성모 마리아'가 보내서 왔어요."

일단 김승구가 그렇게 말했다, 지장보살이란 '러시아 말'도 없을 뿐만 아니라 말해도 못 알아먹을 테니까. 마리아의 흐린 눈에 조금 생기가 띠어졌다. 그러나 입은 꾹 다물었고 의자에 앉은 몸이 더 쪼그라진 것 같다. 마리아는 81세, 허리는 약간 굽었지만 지금도 강가를 걸어 10킬로 위쪽의 어시장까지 오갈 수 있다. 김승구가 말을 이었다.

"성모께서 사샤하고 이바노프한테 가끔 들르라고 했습니다. 그럼 복을 받으실 거라고."

지어낸 말이지만 사람에게 '사는 목적'을 주입하는 것이 가장 중요한 일이라는 것도 알고 있다. 김승구가 주머니에서 1천 루블짜리 뭉치 2개를 꺼내 마리아의 손에 쥐어 주었다. 20만 루블이다. 1루블이 18원쯤 되니 1천 루블은 1만 8천 원, 20만 루블이면 360만 원이다. 김승구가 제 돈을 가져온 거다. 하루에 5백 루블도 안 쓰던 마리아한테는 엄청난 거금이다. 놀란 마리아가 숨을 들이켰고 주름진 눈이 커졌다. 그때 김승구가 말했다.

"이 돈 잘 숨겨두고 써요. 어려울 때 성모님을 찾으면 내가 바로 달려올 테니까."

그러고는 덧붙였다.

"며느리 소냐한테 절대 돈 이야기 하면 안 돼요."

"그, 그럼 타냐는?"

마리아가 처음 입을 열었다. 타냐는 사샤의 큰딸이다. 26세, 1년에 한 번 정도 연락을 해오는 손녀지만 요즘 몇 년간은 뚝 끊겼다. 전화번호도 모르니 연락할 수도 없다. 김승구가 고개를 끄덕였다.

"연락이 오면 사샤가 죽었다는 말은 해줘요. 찾아오면 5천 루블쯤 주고 돈 있다는 말 하지 말아요."

세상에 이런 '성모의 대리인'이 없겠지만 마리아는 굳게 믿었다. 김승구가 마리아의 손을 잡고 말했다.

"내가 바쁘니까 꼭 필요한 때 '성모'를 찾도록 해요."

마리아가 커다랗게 고개를 끄덕였다. 이제는 두 눈에 생기가 가득 차 있다.

"성모 마리아시어, 감사합니다!"

그 순간 김승구는 신족통으로 빠져나왔다.

방의 소파에 기대앉은 몸으로 돌아왔을 때 예상했던 대로 할머니의 목소리가 울렸다, 지장보살 할머니.

"잘했어. 네 순발력, 임기응변은 뛰어나."

"할머니, 아니 지장보살님."

"뭐냐?"

"궁금한 게 있는데요."

정색한 김승구가 허공에 대고 물었다.

"성모 마리아하고 지장보살님이 파트너 관계인가요?"

"뭐?"

"동업자 관계라고 해야 되나요?"

"지랄하네."

"그럼 왜 '성모마리아'를 찾는데 내가 가야 됩니까? 진언을 외는 것도 아니고."

"여기서 어떻게 나를 찾겠냐?"

할머니의 목소리가 높아졌다.

"누가 옴 염만타자 사바하 하겠냐고?"

"그러게요."

"그러니까 '성모 마리아'를 찾는 간절한 마음이면 내가 대신 가는 거지."

"쉽게 말해서 동업자 관계군요, 그렇지요?"

"그분도 아시고 있을 거다. 그리고 이해하시겠지."

"그분이 지장보살님 일을 처리해줄 때도 있을까요?"

"할 거다."

그러고는 더 이상 목소리가 들리지 않았다.

2억 불, 이번에 머피가 인수할 비자금이다. 팩스코한국 법인의 투자비 명목으로 한국의 5개 은행이 각각 3천만 불에서 7천만 불까지 현금으로 인수하는 것이다. 한국의 5개 은행은 그것이 '검은 돈'인 줄 짐작하면서도 입금시킨 후에 정상적인 이익금 명목으로 다시 출금시킨다. 깨끗한 돈이 되어서 세계 각지로 나가는 것이다. 이것이 팩스코 회장 킹스턴의 비자금이다. 한국은행은 단기간 달러를 유치, 세탁해 주는 조건으로 5퍼센트의 이자를 떼는 터라 엄청난 이익을 낸다. 그 돈이 무슨 돈인가를 따질 필요도 없는 것이다. 돈만 진짜면 된다.

"콜롬비아에서 출항이 이틀 늦었기 때문에 배는 내일 밤에 평택항에 도착합니다."

머피가 말하자 포크너가 고개를 끄덕였다. 오후 5시 반, 이곳은 포크너의 방이다.

"이번에도 현찰이겠지?"

"예, 컨테이너에 들어 있습니다."

"비서실팀이 몇 명 왔지?"

"제이슨 스튜드가 인솔해서 7명입니다."

"그놈들은 일 끝내고 바로 떠나라고 해, 존 그놈의 자식 때문에 경찰이 우리를 의심하고 있으니깐."

"알겠습니다."

머피가 긴 숨을 뱉었다.

"돈이 올 때마다 간이 졸아드는 것 같습니다."

"나도 그래."

포크너가 둘만 있는 방 안을 둘러보는 시늉을 했다.

"도대체 이게 몇 번째야."

"제가 서울 근무를 한 지 1년 만에 시작했으니까 아마 20번은 될 것 같네요. 1년에 5번은 받았으니까요."

"젠장, 건마다 1억 불이 넘었으니까 40, 50억 불은 되겠군."

"엄청난 금액이죠. 우리만 그 돈을 받는 게 아니니까요."

"또 있을까?"

눈을 가늘게 뜬 포크너가 묻자 머피가 한숨부터 쉬었다.

"배가 중국으로도 가는 것 같습니다."

"중국?"

"한국보다 2배는 더 많이 가는 것 같습니다."

머피의 얼굴에 쓴웃음이 떠올랐다.

"콜롬비아에서뿐만 아니라 자메이카, 멕시코, 베네수엘라에서 떠나는 배가 중국으로 간다는 겁니다."

"누가 그래?"

"중국의 알렌입니다."

"으음."

마침내 포크너의 입에서 굵은 신음이 터졌다. 알렌 드론은 '팩스코중국'의 자금 담당 부사장이다. 중국 팩스코는 한국과 규모나 매출이 비슷하지만 '자금 세탁량'은 더 많은 것이다. 그때 포크너가 흐려진 눈으로 머피를 보았다.

"머피, 이젠 우리도 공범이 되었어. 발을 뺄 수도 없는 신세야."

머피가 외면했고 포크너가 말을 이었다.

"지금 손을 씻는다고 해도 지금까지의 일만 갖고도 15년 형을 받을 거야."

"아마 그전에 죽겠지요."

외면한 채 머피가 말을 이었다.

"우리가 아직 목숨을 부지하고 있는 것도 그 때문이기도 하겠지만요."

맞는 말이다. 지난번 750억 사기 사건에 대해서 즉각적인 처벌을 받지 않은 이유가 '자금 세탁' 담당을 새로 만드는 것이 어려웠기 때문인지도 모른다. 비밀 업무는 '입'이 적을수록 안전한 것이 원칙이다. 포크너가 길게 숨을 뱉었다.

"이번에 회장이 연봉을 2배로 올려 주겠다고 한 말에 위로나 받아야겠군."

비자금 처리하는 대가로 지금까지 포크너나 머피는 연봉을 5백만 불 가깝게 받았다. 일반 중역보다 5배쯤 더 받은 셈이었는데 2배 올린다면 10배다.

벽에 등을 붙이고 팔짱을 낀 자세로 둘의 이야기를 듣던 김승구가 길게 숨을 뱉었다. 이곳은 포크너의 사무실 안, 안쪽 화장실이다. 신족통으로 날아와서 둘의 이야기를 들었다. 천이통(天耳通)은 쓸 필요도 없고, 녹음기의 버튼을 눌러 녹음을 중지시킨 김승구가 그 자리에서 사라졌다. 하바로프스크에서 서울까지의 거리를 따지는 건 부처님을 모욕하는 행위다.

클라크가 웃음 띤 얼굴로 서류를 덮었다. 앞에 앉은 5명의 사내들은 모두 4팀의 조장들이다. 4팀장이 누구냐? 바로 김승구다. 김승구는 본인이 32조장을 겸하면서 6개 조를 관리하고 있었으니 6개 조 중 5개 조장이 다 모인 셈이다. 클라크가 입을 열었다.

"좋아, 러시아 법인 부사장 직권으로 당신들을 러시아 법인 영업팀으로 전출시키기로 하지. 물론 포크너 사장한테 승인을 받아야겠지만 말이야."

의자에 등을 붙인 클라크의 얼굴에 여유가 느껴졌다. 전(前)에는 볼 수 없었던 여유다. 사장한테 이사도 못된 본부장이 승인을 받으려면 '얼어' 있어야 정상이다. 그런데 지금 클라크는 대(大) 러시아 법인 부사장으로 오늘 아침에 발령을 받은 것이다. 부사장이라니, 김승구는 '경천동지' 할 실적을 세워 '점퍼'처럼 사장이 되었다고 쳐도 클라크는? 클라크가 말을 이었다.

"사장도 자네들이 러시아로 따라오는 것을 기뻐하실 거네. 이제 자네들은 러시아 법인의 핵심이 되는 것이지. 물론 그럴 작정이겠지만 말이야."

"사장님의 기(氣)를 받고 싶은 것이죠."

장수철이 클라크의 말을 받았다.

"러시아에서 저도 힘껏 뛰고 싶습니다. 마피아는 각오하고 있습니다."

고개를 끄덕인 클라크가 5명을 둘러본다.

"하나가 빠졌군, 4팀에서."

모두 대답하지 않았지만 그것이 누군지 다 안다. 34조장 임하경이다. 임하경이 지원하지 않았다.

"언니가 안 가더라도 난 지원할 거야."

유지나가 말하자 임하경이 고개를 끄덕였다. 임하경과 유지나는 회사 아래층 커피숍에서 마주앉아 있다. 커피 잔을 든 임하경이 유지나를 보았다.

"지금쯤 본부장실에 모두 모여 있을 거야. 아마 내 이야기 하겠지."

"5개 조장이 다 들어간다던데."

유지나도 조원들과 연락을 주고받은 터라 말을 이었다.

"조원들도 다 조장 따라 러시아에 간다고 했대. 우리 4팀은 단결이 잘 되는 거야."

"나만 빼놓고."

혼잣소리처럼 말한 임하경이 외면했다.

"난 회사 안 들어갈 테니까 너는 지금 올라가서 신청해."

"그럴게."

매정하게 일어선 유지나가 곁눈으로 임하경을 보았다.

"미안해, 언니."

유지나가 커피숍을 나갔을 때 임하경은 어깨를 늘어뜨리면서 한숨을 쉬었다. 그리고 이 시점에서 김승구와의 인연이 정리되는 것이 낫다는 생각을 했다. 난데없이 팀장이 되더니 러시아 법인 사장으로 변신했다. 이건 '연극 무대'도 아니고 더 이상 휩쓸려 들어가기 싫다. 그때 핸드폰이 울렸기 때문에 임하경이 발신자를 보았다. 김승구다. 숨을 들이켰던 임하경이 핸드폰을 귀에 붙였다.

"네."

"러시아로 와."

김승구가 말한 순간 임하경은 숨을 죽였다. 다시 김승구의 목소리가 수화구에서 울렸다.

"닥터 지바고 영화 보았지? 거기서 눈 속의 궁전 같은 집 기억나? 개가 끌던 썰매가 있었던가?"

"…."

"여기 벌판의 눈을 보면서 그 장면이 떠올랐어. 그리고 그 썰매를 임하경 씨하고 내가 같이 타고 달리는 거야."

"…."

"임하경 씨는 웃고 있었는데 행복하게 보였어."

김승구는 눈을 가늘게 뜨고 앞쪽 벽을 보았다. 이곳은 호텔방 안, 그런 장면은 떠올린 적이 없다. 다 거짓말이다. 그저 임하경을 데려와야겠다는 생각뿐이다. 왜냐? 전생을 보았기 때문에.

금의환향했다. 누가? 정미나다. 회사에 나타난 정미나에게 모든 사원의 시선이 모였다. 기혼, 미혼을 막론하고 남자들은 '갈증 난' 표정을 지었으며 여직원들은 동경, 선망, 또는 시기가 담긴 얼굴들이다. 정미나를 본 임하경의 시선은? 본인은 필사적으로 감추려고 했지만 시기다.

"어머, 이뻐."

앞을 지나는 정미나를 보면서 유지나는 그렇게 말했다. 성품이 착하다는 증거다. 고개를 돌린 유지나가 임하경을 보았다. 오전 10시 40분, 사무실 안이다.

"언니, 어디 갔다 왔어?"

"본부장실, 아니 부사장실."

클라크를 말한다. 클라크는 사흘 후에 러시아로 떠날 예정인데 지금 본부장 업무를 인계하랴, 러시아 법인 직원을 선발하랴 정신이 없다.

"거기 왜?"

"나도 러시아 가려고."

"어머나!"

깜짝 놀란 유지나가 곧 얼굴을 펴고 웃었다.

"그럼, 그렇지."

"뭐가?"

"언니가 팀장, 아니 사장한테 무관심할 리가 없지."

"미친."

"비교를 해보면 정미나하고 언니는 막상막하야. 내가 남자라고 해도 둘 중 하나를 고르기 힘들겠어."

"난 아냐."

"뭐가?"

"팀장한테 매달리는 스타일이 아니라고."

"누군 매달린대?"

그때 조금 전에 지나갔던 정미나가 다가왔기 때문에 둘은 입을 다물었다. 다가온 정미나가 웃음 띤 얼굴로 임하경을 보았다.

"임하경 씨, 같이 일하게 되어서 반가워요."

클라크한테서 들은 것 같다. 임하경이 웃기만 하자 정미나가 말을 이었다.

"내가 이번에 러시아 법인 지원자 선발 업무를 맡았어요. 클라크 부사장 보조 역할이죠."

정미나의 시선이 유지나를 스치고 지나갔다.

"임하경 씨가 날 도와줬으면 좋겠어요, 어때요?"

이제는 유지나가 임하경을 보았다. 할까?

"발렌스키가 브레즈네프의 후견인이야. 그리고 서로 상부상조하고 있지."

스보르카가 말을 이었다.

"발렌스키는 조세 포탈을 목적으로 검은 돈을 브레즈네프의 유통그룹에 넣어서 세탁하고 나서 외국으로 빼돌리고 있어. 그 자금이 엄청나."

그러고는 쓴웃음을 지었다.

"나도 다른 소스를 통해서 약간은 그렇게 하고 있지만 말이야."

"우리가 팩스코를 운영하면 우리를 통할 작정입니까?"

"이봐, 김 사장."

웃음 띤 스보르카가 김승구를 보았다.

"다 하는 짓이야. 그렇게 하지 않으면 기계가 돌아가지 않아."

두 손으로 뭔가를 돌리는 시늉을 하면서 스보르카가 말을 이었다.

"기계가 돌아가는 데 윤활유를 넣는 것과 똑같은 거야. 사회도 마찬가지야. 그 기름이 없으면 톱니가 부딪쳐 부서지거나 금방 마모된다네."

어느덧 정색한 스보르카의 얼굴을 본 김승구가 한숨을 쉬었다.

"그래서 우리를 도와주었다고 말하지는 마쇼, 스보르카 회장."

"그래서 자네를 도와준 거야. 마침 생선에 뿌릴 소금을 찾고 있었는데

'딱' 소금 통이 잡힌 셈이었지."

"젠장."

스보르카의 사무실 안이다. 오후 5시 반, 오늘은 팩스코 매장을 건설할 부지 계약을 마치고 돌아온 참이다. 매장 건설은 다음 주부터 시작될 예정이었는데 물론 '스보르카건설'에서 맡는다.

"이봐, 김 사장."

스보르카가 은근하게 불렀기 때문에 김승구가 눈썹을 모았다.

"뭡니까?"

"오늘 저녁은 잘 차려입고 와."

"누구하고 약속 있습니까?"

"아니, 오늘은 최고급 파티장에 가세."

"어딥니까?"

"글쎄, 날 따라오면 돼."

그러더니 스보르카가 덧붙였다.

"거기서 모든 것이 만들어진다네, 사업도, 여자도."

숙소로 돌아온 김승구가 씻고 다시 옷을 갈아입은 후에 소파에 앉았다. 오후 7시 반. 잠시 후에는 스보르카가 보낸 차가 도착할 것이다.

평택, 부두 쪽을 둘러보던 마이오 선장이 항해장 쥬비에게 물었다.

"몇 시부터 시작이지?"

"10분 후에 A구역부터 시작해야 하는데 C구역 127호부터 내려달라고 합니다."

쥬비가 손으로 옆쪽을 가리켰다. 5만 5천 톤급 컨테이너 화물선 이자벨라호는 이번에 40피트 컨테이너 142개, 20피트짜리 355개를 싣고 왔는데 각각 A구역부터 E구역까지 5개 구역으로 구분되었다. 하역 순서는 항상 A구역부터였지만 컨테이너 크레인이 C구역으로 이동하면 된다. 마이오가 고개를 돌려 C구역을 보았다. 중간 부분의 C구역에 실린 127호 컨테이너는 40피트짜리다. 127호는 맨 꼭대기에 놓여서 크레인이 잡기도 편리했다.

야드 트랙터(yard tractor) 기사 오용만은 겐트리 크레인이 날라 오는 컨테이너를 올려다보았다. 현장에서는 컨테이너 크레인을 겐트리 크레인이라고 부른다. 오늘 크레인 기사는 박시병, 오용만과 술친구다. 이윽고 컨테이너가 트랙터 위에 정확하게 멈춰 섰고 슬슬 내려오기 시작했다. 오후 7시 40분.

"오케, 오케."

박시병이 정확히 컨테이너를 내려놓았기 때문에 만족한 오용만이 한마디 했다.

"넌 맨날 술 퍼먹어도 솜씨는 끝내줘."

고개를 든 오용만이 컨테이너 뒤쪽 왼편에 붙은 수하물 표시를 확인했다. C-127이다.

이자벨라호에는 야드 트랙터 3대가 배당되었는데 조재훈은 3번째로 C-88을 받았다. 겐트리 크레인이 C구역부터 '푸기' 시작했기 때문이다. C-88을 싣고 4번 컨테이너 장치장에 도착했을 때는 오후 8시 10분. 장치장 게이트 밖에 나와 있던 경비원 최 씨가 조재훈에게 말했다.

"어, 그거, 2번 부두로 가. 통과 화물이야. 화물 목적지가 변경되었어."

통과 화물은 야드 트랙터 기사들에게 귀찮다. 다시 실리는 배를 찾아

헤매야 하는 데다 부두앞 장치장이 좁기 때문이다. 트랜스퍼 크레인이 겨우 내려놓을 때까지 시간이 걸린다. 주(主) 컨테이너 장치장까지 왔다 갔다 하는 게 편하지만 어쩌겠는가? 어떤 미친놈이 도착지를 잘못 쓴 모양이다.

이곳은 하바로프스크 교외의 주지사 별장, 눈 덮인 설원 복판에 세워진 3층 대저택은 '닥터 지바고'에 나오는 별장에서 '영감'을 얻어서 지었다고 한다. 그러나 영화의 별장보다 더 크고 더 세련되었다. 하바로프스크 주정부가 영빈관으로 만들었지만 시내에서 30킬로나 떨어져 있는 데다 '국빈급' 손님이 별로 없어서 주지사의 과시용 접대나 파티에 가끔 쓰일 뿐이다. 그리고 오늘의 파티는 '스보르카건설'이 주관한 '팩스코 투자 환영회' 형식이다. 주지사 말렌코프와 주 고위 관리 부부는 물론 주의 기업인, 모스크바에서 온 당 간부들까지 초청했다. 물론 경비는 스보르카건설이 부담했다.

"김, 당신 덕분에 이 별궁의 용도가 빛나게 되었어요."

김승구의 손을 쥔 말렌코프가 낮게 말하고는 웃었다.

"내가 이 건물을 짓고 엄청 비난을 받았거든. 주 예산을 낭비했다고 말이오."

따라 웃은 김승구가 주위를 둘러보았다. 영화에서 본 러시아 귀족들의 파티와 똑같다. 무슨 영화였던가? 그렇지, '전쟁과 평화'였다. 옛날 영화였는데 번쩍이는 제복을 입은 장군, 귀족들, 화려한 보석으로 치장한 눈부신 미인들, 넓고 웅장한 홀, 번쩍이는 샹들리에. 그때 말렌코프가 다시 속삭이듯 말했다.

"김, 당신이 주인공이오. 저 여자들 중 아무한테나 뒤로 가서 어깨에 손만 대면 뒤로 벌떡 넘어질 거요."

1미터쯤 옆에 말렌코프의 부인이 서 있었기 때문에 김승구가 숨을 들이켰다. 그때 스보르카가 다가왔다. 스보르카는 말쑥한 정장 차림이어서 영화 속 배우 같다.

"지사님, 김 사장 좀 빌립시다."

김승구의 팔을 잡고 끌면서 스보르카가 말했다. 홀 안에는 3백 명 가까운 남녀가 모여 있었는데 지금은 칵테일파티 시간이다. 영화에서는 떼지어서 춤을 췄지만 이곳에서 그것까지는 안 한다. 안쪽 플로어에서 5인조 악단이 가벼운 음악을 연주하고 있을 뿐이다. 홀 안은 알맞게 소란했다. 곳곳에서 웃음소리가 일어났고 셋씩 다섯씩 모여서 이야기를 주고받는다. 그들 사이로 쟁반에 술을 받쳐 든 남녀 종업원들이 지나고 있다. 한 시간쯤 지나면 옆쪽 식당으로 옮겨가 식사와 술을 마실 것이다. 스보르카가 김승구를 데려간 곳은 메인 홀 옆쪽의 소파가 놓인 방이다. 이곳에도 수십 명의 남녀가 이쪽저쪽에 앉아 있었는데 스보르카는 안쪽으로 김승구를 데려갔다.

"여, 스보르카, 주인공을 데려왔군."

소파에 앉아 있던 붉은 얼굴의 대머리 사내가 웃음 띤 얼굴로 둘을 맞았다. 대머리 옆자리에 앉은 마른 체격의 사내는 시선만 준다. 60대 초반쯤의 사내들이다. 그들을 중심으로 서너 명이 둘러서 있었는데 모두 입을 다물고 있다. 그때 스보르카가 김승구에게 말했다.

"여기, 발렌스키 씨, 이쪽은 러시아백화점 회장 브레즈네프 씨네."

김승구가 둘을 번갈아 보면서 고개를 숙였다.

"말씀 많이 들었습니다. 잘 부탁합니다."

"반갑소, 김 사장님."

발렌스키가 앉은 채로 고개만 끄덕여 인사를 받았지만 브레즈네프는 눈만 껌벅였다. 그때 스보르카가 웃음 띤 얼굴로 브레즈네프를 턱을 들어 가리켰다.

"브레즈네프 회장은 지금 정부를 빼앗긴 기분이 들 거야. 그러니까 이해를 해."

"서로 윈윈 해야지요."

김승구가 대답했을 때 발렌스키가 물었다.

"건설자재를 운반하려면 내 트럭을 써야 되는 것을 알고 계시지?"

"예, 압니다."

"인부도 모두 내 인력조합에서 공급되는 거요. 그 이야기도 들으셨나?"

"예, 들었습니다."

김승구가 웃음 띤 얼굴로 발렌스키를 보았다.

"스보르카 씨하고 상의해서 도움을 받겠습니다."

그때 옆에 서 있던 스보르카가 말했다.

"자, 얼굴은 보았으니까 이제 가서 마시자고."

그러더니 김승구의 팔을 당겼다. 오늘 밤 상견례를 한 셈이다.

"저기, 왼쪽 기둥 옆."

스보르카가 다시 메인 홀로 돌아와 구석 쪽을 눈으로 가리켰다.

"흰 정장 차림의 여자, 검은 머리."

그쪽에 여자가 수십 명 있었지만 김승구는 스보르카가 누구를 가리켰는지 대번에 알아보았다. 거리가 30미터 가깝게 되는 데다 그 사이에 수백 명이 왔다 갔다 하는데도 그렇다. 김승구와 여자의 시선이 마주쳤다. 눈 깜빡하는 사이에 직선으로 연결된 것이다. 아름답다. 눈같이 흰 피부, 멀리서 봐도 피부가 비단결처럼 매끄러운 것을 알겠다. 검은 머리카락, 큰 키, 날씬한 몸매. 그때 스보르카가 말을 이었다.

"나타샤 콜도바, 27세, 콜도바 가문의 외동딸. 콜도바가 누군지 아나?"

"압니다."

여자에게 시선을 준 채 서서 김승구가 빙그레 웃었다.

"전(前) 시베리아 방위군 사령관 콜도바 대장 아닙니까?"

"옳지, 잘 아는군."

스보르카가 정색하고 김승구를 보았다.

"과연 팩스코러시아 사장답군. 콜도바 가문도 조사해 놓았다니."

"그건 기본 아닙니까?"

여자와 시선이 마주친 순간 숙명통(宿命通)으로 과거를 입력시켰다는 것을 스보르카가 알 리 있겠는가? 나타샤 콜도바는 콜도바 대장의 외동딸로 모스크바 대학을 나왔다. 그리고 이르쿠츠크의 치차코프 그룹의 장남 레프와 결혼했지만 2년 전에 이혼했다. 결혼 1년 만이다. 그리고 2년 동안 하바로프스크 남쪽의 저택에서 어머니와 산다. 왜냐하면 콜도바 대장이 나타샤가 결혼하자마자 자동차 사고로 사망했기 때문이다. 시베리아 군부(軍部)의 최고 지휘관으로 군(軍)과 당(黨)에 막강한 영향력을 행사하던 콜도바였다. 치차코프 그룹은 유전개발로 엄청난 부(富)를 축적하고 있는 터라 콜도바의 영향력이 필요했던 것이다. 그래서 정략결혼을 한 것이다. 그러나 콜도바가 사망하자마자 치차코프는 가차 없이 레프와 나타샤를 이혼시켰다. 그때 스보르카가 나타샤에게 시선을 준 채 말했다.

"김, 나타샤는 '시베리아의 여신'이네. 콜도바에 대한 시베리아인들의 추억이 딸에게로 옮겨져서 그렇게 부른다네."

그리고 나타샤의 품위 있고 존경을 받을 만한 행동이 그런 별명으로 불리게 되었을 것이다. 나타샤는 하바로프스크에 요양소와 무료 급식소를 자비로 운영하고 있다.

"자, 나타샤를 소개해주지."

김승구의 팔을 잡으면서 스보르카가 말을 이었다.

"시베리아인들의 환심을 사려면 먼저 나타샤에게 호감을 받아야 돼. 잘 해봐."

사람들을 헤치고 다가가는 동안 나타샤와 4번 시선이 마주쳤다. 앞을 가로막고 왔다 갔다 하는 연놈들 때문에 시선이 막혔다가 뚫리면 부딪치는 것이다. 이번에는 타심통(他心通)까지 발동시켰기 때문에 '머릿속 말'이 다 들린다. 누구는 '가슴으로' 말한다고 '뻥'을 치는데 그쪽에는 심장이 있어서 피가 뛰는 소리가 '벌떡벌떡' 할 뿐이다. 생각과 말은 모두 '대가리' 안에서 나온다. 자, 그 말을 들어볼까?

'이쪽으로 오는데, 나한테 오는가 봐. 잘 생겼어, 코도 크고.'

아무리 품위 있고 고상한 '여왕'이라도 '머릿속 생각'을 꺼내 놓으면 이렇다. 그런 여왕이 똥을 설사로 싸느냐 된똥으로 싸느냐까지 거론하게 되면 열정이 90퍼센트는 소멸된다. 이것이 인간들이 허상을 스스로 만들고 비현실적으로 살아간다는 증거가 될 것이다. 생각이 계속된다.

'젊은 나이에 팩스코러시아 법인장이 되다니 실력은 있는가 봐. 27살이라지? 신문 보았더니 미혼이라던데, 팩스코 사주하고는 아무 관계가 없고. 스보르카하고 동업 관계를 맺었으니까 발렌스키하고 브레즈네프가 견제를 하겠군. 뭐야? 시선을 떼지 않네?'

이윽고 나타샤 앞에 멈춰 선 김승구가 바로 입을 열었다.

"나타샤, 당신은 정말 시베리아의 여신처럼 아름답습니다."

김승구가 정색하고 말하자 나타샤가 이를 드러내고 웃었다.

"고맙습니다. 스보르카 씨하고 함께 오신 걸 보니까 팩스코 사장 맞지요?"

"그래요. 스보르카가 당신을 알려 주었습니다."

"반가워요."

"김승구입니다, 나타샤. 김이라고 불러주세요."

주위의 시선이 모여 있었지만 김승구가 바짝 다가섰다.

"나타샤, 베란다로 나가지 않겠습니까? 여긴 너무 소란스럽네요."

"그래요, 김."

나타샤가 웃으며 끄덕였다. 옴 암바타 암마니 구필구필 사만다 사바하. 중생에게 복을 받으라는 주문을 지금 외운 것은 김승구가 신통력을 쓰지 않았는데도 나타샤의 허락을 받았기 때문이다. 기뻐서 그랬다.

베란다에서 어둠에 덮인 벌판을 향하고 섰을 때 김승구가 입을 열었다.

"나타샤. 내 꿈은 세계 제1의 기업가가 되어서 병들고 힘없는 사람들을 도와주는 겁니다."

나타샤는 옆에 선 김승구를 바라만 보았고, 김승구가 다시 말을 이었다.

"당신한테도 사업체 일부를 맡겨드릴 테니까 하고 싶은 일을 해요, 나타샤."

나타샤가 입을 열었다가 닫았다. 그때 나타샤와 시선을 마주친 김승구가 '머릿속'을 읽었다.

‘뭐라고 하는 거야? 내가 무료 급식소나 늙은이들의 요양소 따위를 관리하는 것이 소망인 줄 아나 봐. 난 시베리아 벌판에 시베리아 디즈니랜드를 세우고 싶어, 병신아. 그것이 내 꿈이야.’

그때 김승구가 말했다.

“내 꿈이 시베리아에 디즈니랜드를 세우는 겁니다. 미국의 디즈니랜드보다 10배는 더 크고 더 볼거리가 많은 디즈니랜드.”

나타샤의 숨이 끊어졌고 김승구가 말을 잇는다.

“그것을 나타샤, 당신한테 맡기겠어.”

컨테이너를 내려놓은 트럭이 창고 밖으로 나가자 안에는 마틴과 쥬노 둘이 남았다. 넓은 창고 안은 40피트 컨테이너 하나와 뒤쪽에 선 둘이 남은 것이다. 쥬노가 창고의 문 쪽으로 다가가더니 버튼을 눌러 문을 닫았다. 커다란 철제문이 양쪽에서 스르르 다가와 곧 문이 닫혔다. 천장에 일렬로 배열된 형광등으로 안은 환하다. 이곳은 안양의 제지공장 창고인데 폐업을 해서 안은 텅 비었다. 깨끗이 청소가 된 창고 안이다. 그때 아래쪽을 내려다보던 제이슨이 자리에서 일어섰다.

“자, 시작해볼까?”

따라 일어선 제리코가 손목시계를 보았다. 오후 11시 45분이다. 지금까지 이층 사무실에서 유리창 밖으로 아래쪽 창고에 컨테이너 트럭이 들어와 컨테이너를 놓고 내려가는 것을 보고 있었던 것이다. 계단을 내려와 컨테이너 앞으로 다가갔을 때 마틴이 제이슨에게 말했다.

“C-127 확인했습니다.”

고개를 끄덕인 제이슨이 컨테이너 뒤쪽에 붙은 검사증을 보았다. 그러고는 눈으로 봉인된 문을 가리켰다.

"열어, 시간 없다."

그러자 마틴과 제리코가 연장을 들고 와 봉인을 뜯고 자물쇠를 열었다.

"연락은 했지?"

제이슨이 옆에 선 피터에게 묻자 피터가 고개를 끄덕였다.

"모두 준비하고 있습니다. 우리가 연락만 하면 1시간 안에 접선이 됩니다."

"200만 불짜리 박스가 100개야. 박스 규격이 다른 건 지폐 단위가 다르기 때문이니까 박스 숫자로 계산하면 돼."

컨테이너 뒷문이 열렸을 때 제이슨이 둘러선 부하들에게 말했다. 모두 7명. 이번 비자금 인수, 배달 책임을 맡고 킹스턴이 직접 보낸 '직속 행동대'다. 먼저 위장용 종이 박스가 나왔기 때문에 둘이 올라가 끄집어내어 던졌다. 종이 박스에 들어 있던 인형이 박스가 찢어지는 바람에 땅바닥에 흩어졌다.

"이번에는 위장용 박스가 꽤 많군."

박스에서 떨어진 인형을 집어 들면서 제이슨이 웃었다.

"잘 만들었는데, 이거 몇 개 가져가도 되겠다."

플라스틱으로 만들었지만 잘 만들어진 공주, 왕자 인형이다. 포장도 고급스럽게 해놓았다.

"콜롬비아산입니다."

제리코도 하나 집어 들고 말했다.

"수출품인데요. 몇 개 가져가렵니다."

"콜롬비아에서 위장에 꽤 신경을 썼군."

제이슨이 콜롬비아에서 비자금을 실은 행동대를 칭찬했다. 그때 인형 박스를 밖으로 내던지던 마크가 짜증을 냈다.

"이거, 돈 박스가 왜 안 나와?"

이미 창고에 인형 박스 20여 개가 던져져 있다.

식사가 끝나고 손님들은 하나씩 돌아가기 시작했다. 밤 12시가 되어가고 있다. 나타샤도 자리에서 일어나 초대해 준 주지사 말렌코프에게 인사를 하고는 로비로 나왔다. 파티장에서 말동무가 되었던 소피아가 다가와 물었다.

"나타샤, 나하고 같이 갈까?"

소피아는 나타샤와 어렸을 때 친구로 착하다. 하바로프스크에서 같은 중학교를 다녔는데 소피아의 아버지는 의사였다. 소피아는 은행 간부와 결혼해서 지금은 3살짜리 딸이 있다. 소피아 옆에 선 남편이 웃음 띤 얼굴로 나타샤를 보았다.

"같이 가시죠."

"아뇨, 그냥 제 차로 가겠어요."

나타샤가 소피아에게 눈을 흘겼다.

"내 차가 똥차지만 히터는 온전해."

몸을 돌린 나타샤가 발을 떼었을 때 옆으로 사내 하나가 다가와 말했다.

"팩스코 김 사장이 후문 앞에서 기다리고 계십니다."

나타샤의 시선을 받은 사내가 정색하고 말을 이었다.

"차 키는 저한테 주시지요, 부인."

저택의 뒤쪽 문 앞에 세워진 차는 대형 벤츠다. 러시아에는 미국차가 드물고 독일산 벤츠가 최고급으로 행세한다. 벤츠도 수십 종이 있지만 기다리고 있는 차는 최고급이다. 나타샤가 다가가자 뒷좌석 문이 열리더니 김승구가 나와 문을 쥐고 기다렸다. 나타샤가 차에 오르자 김승구가 따라 오르면서 말했다.

"댁까지 모셔다 드리지요."

차 안에는 앞쪽에 운전사가 있을 뿐이다. 김승구가 웃음 띤 얼굴로 나타샤를 보았다.

"운전사가 당신 집을 알고 있습니다."

"내가 이혼한 여자인지 알고 있어요?"

불쑥 나타샤가 물었더니 김승구가 고개를 끄덕였다.

"이르쿠츠크의 치차코프 가문이더군요."

"정략결혼이었지만 좋은 남자였어요."

"제 아비의 말대로 따르는 길든 개 같은 놈이죠. 그놈은 병신입니다."

나타샤가 한숨을 뱉었다. 지금까지 레프에 대해서 이야기를 할 때 나타샤는 항상 이렇게 말했었다. 그러면 상대방도 점잖게 긍정을 하고 끝낸 것이다. 그것이 예의라고 믿었다. 그래서 김승구한테서의 이런 반응은 처음이다. 그런데 왜 이렇게 막혔던 목구멍이 뚫린 것처럼 시원할까? 그때 김승구가 말을 이었다.

"내가 하바로프스크에서 기반을 굳히면 바로 이르쿠츠크를 석권할 겁니다. 그럼 치차코프 그룹과 만나게 되겠지요."

"…."

"그 회사를 내가 먹을 겁니다."

그러고는 치차코프 그룹이 음식이나 되는 것처럼 김승구가 입맛을 다시더니 침까지 삼켰다. 차는 눈 덮인 고속도로를 달려가고 있다. 가끔 반대편 차선에서 차가 지났고 이쪽이 다른 차를 추월해서 나갈 뿐 사방은 눈 덮인 평원이 계속된다. 어둠이 덮여 있었지만 흰 눈은 선명하게 드러났다. 그때 나타샤가 말했다.

"저한테 뭘 원하세요?"

김승구가 고개를 돌려 나타샤를 보았다. 타심통으로 보았더니 머릿속이 비었다. 말과 머릿속이 똑같다는 증거다. 김승구가 반짝이는 나타샤의 눈을 응시하며 말했다.

"먼저 내가 드리고 나서 상의합시다."

나타샤의 숨결이 김승구의 턱에 닿았다. 그 숨결 일부분이 김승구의 코로 흡입되더니 옅은 살구 냄새가 맡아졌다. 김승구가 말을 이었다.

"곧 요양원과 무료 급식소를 새 건물로 지어드리지요. 하바로프스크주에서 가장 크고 시설이 좋은 요양원으로 짓겠습니다."

"…."

"내일부터 무료 급식 수준을 높여서 공급하도록 하세요. 내일 오전에 우선 1백만 불을 지원하겠습니다."

"…."

"직원 하나를 보낼 테니까 관리체제를 확충하도록 하세요. 예산은 걱정하지 마시고."

김승구의 얼굴에 웃음이 떠올랐다.

"당신은 시베리아의 여신이죠. 지금까지는 시베리아의 시녀였지만 앞으로는 내가 진짜 여신으로 만들 겁니다."

그러고는 김승구가 뒷좌석에 등을 붙이면서 말했다.

"그 대가요? 그건 당신이 알아서 하시도록, 당신이 여신이니까."

"아니, 이게 어떻게 된 거야?"

제이슨의 목소리가 창고를 울렸다. 지금 제이슨은 컨테이너의 끝에 나와서 밖에다 대고 소리친 것이다. 창고에는 컨테이너에서 꺼낸 인형 박스가 어지럽게 널려 있다. 수백 개다. 박스 대부분이 찢어져서 안의 인형들이 널려있었기 때문에 섬뜩한 분위기다. 그 사이에 선 사내들은 아연한 표정들이었고 안에 있던 사내들도 어쩔 줄 모르는 표정이다.

"바뀌었어?"

이제 제이슨의 외침은 비명 같다. 넓은 창고의 벽에 부딪쳐 나오는 울림이 으스스했다.

"그, 그럴 리가…."

마틴이 고개까지 흔들면서 말했다.

"C-127번이 분명합니다. 밀봉도 되어 있었고요."

"닥쳐!"

버럭 소리친 제이슨이 컨테이너에서 뛰어내리더니 주머니에 든 핸드폰을 꺼냈다. 두 눈을 치켜떴고 눈동자의 초점이 흐려져 있다. 컨테이너에는 인형 상자만 가득 차 있는 것이다.

"그, 그게 무슨 말…."

놀라서 머피가 말까지 더듬었다. 밤 12시 20분, 머피는 사무실에서 연락을 기다리고 있던 참이다. 앞에 앉은 포크너의 얼굴도 이미 굳어지기 시작하고 있다.

"아니, 컨테이너가 바뀌었단 말이야?"

갈리진 목소리로 머피가 확인하듯 물었을 때 포크너는 벌떡 일어섰다.

"뭐? 뭐라고?"

그때 수화구에서 제이슨의 목소리가 다시 울렸다.

“인형 박스란 말이오! 인형 박스! 우리는 C-127번 컨테이너를 분명히 받았으니까 책임이 없습니다!”

“그, 그게….”

“콜롬비아에 확인해 봐요.”

“이, 이것 봐!”

“우리는 보르는 일이오!”

그때 포크너가 소리치듯 물었다.

“뭐가 바뀌었어?”

사장실에는 둘뿐이었지만 머피가 주위를 둘러보는 시늉을 했다.

“컨테이너에 인형 박스만 있답니다!”

머피의 얼굴은 하얗게 굳어 있다.

“이, 이게 어떻게 된 일인지….”

“분명히 보내긴 한 거야?”

“그래서 인수팀이 온 것 아닙니까?”

이제는 머피도 목소리를 높였다.

“난 이 일에 책임 없습니다!”

“콜롬비아에 확인해 봐!”

따라서 소리친 포크너도 어깨를 부풀렸다.

“나도 책임 없어!”

나타샤의 저택은 시내 변두리 주택가의 2층 벽돌집이다. 눈에 덮인 작은 정원이 있고 정문에서 저택 현관까지 20미터쯤의 찻길도 나 있었는데 이곳에서 어머니와 가정부 두 명하고 넷이 산다고 했다. 아버지가 죽은 후로 시 서북쪽의 대저택을 팔고 이곳으로 옮겨온 것이다. 차가 현관 앞에 멈추자 운전사가 서둘러 나타샤 쪽의 문을 열어주었다. 따라 내린 김승구가 나타샤에게 물었다.

"나타샤, 성모님을 찾은 적이 있어요?"

불쑥 물었지만 나타샤가 어둠 속에서 눈을 가늘게 뜨고 웃었다.

"어제 오후에 문득 성모님을 불렀어요."

"왜?"

"그냥 답답해서요."

"그랬더니?"

그때 나타샤가 고개를 기울이더니 생각난 것 같은 표정을 짓고 말했다.

"주지사 비서실에서 오늘 파티에 초대장을 보냈다는 연락이 왔더군요."

김승구가 고개를 끄덕였다. 지장보살이 그렇게 손을 썼군.

평택을 출발한 '마리아 3호'는 남쪽으로 내려가기 시작했다. '마리아 3호'는 1만 2천 톤급 컨테이너 화물선으로 최종 도착지가 러시아 블라디보스토크다. 선장 이골이 항해장 슈바에게 물었다.

"오늘 실은 컨테이너가 몇 개냐?"

"47개요."

슈바가 바로 대답했다. 슈바가 직접 감독했기 때문이다.

"바나나가 15개 컨테이너, 채소가 4개, 그리고 나머지는 돈도 안 되는 잡동사니요."

"젠장, 그중 바나나가 가장 값나가는 것이군."

보드카에 취한 이골이 흐린 눈으로 앞을 보았다. 그러나 배는 전자장치가 완벽하게 갖춰져서 자동운항 중이다. 이골이 손바닥으로 수염을 문지르면서 투덜거렸다.

"돈이나 실은 컨테이너 없나? 그놈 갖고 어디 섬으로나 도망가게."

이골은 63세, 40년 동안 배를 타는 바람에 결혼도 못 했다. 소원이 동남아 여자하고 결혼해서 섬에 사는 것이다. 그때 슈바가 소리 내어 웃었다.

"돈을 실은 컨테이너? 선장은 만화책을 너무 읽으셨어."

이골이 요즘 일본 만화를 자주 읽는다. 일본에 기항했다가 쓰레기통에서 한 보따리를 주웠는데 그림만 봐도 내용을 알 수 있기 때문이다.

"이 개새끼들이…."

기가 막힌 킹스턴이 말을 잇지 못했다. 연거푸 두 번째다. 지난번에는 한화로 750억 원을 은행에서 빼갔지만 이번에는 달러가 든 컨테이너를 통째로 도둑맞았다, 무려 2억 불. 200만 불의 현찰이 든 박스 100개가, 더구나 기가 막히는 것이 그 40피트짜리 컨테이너가 어디로 갔는지 아직도 알 수가 없다는 것이다. 이자벨라호에서 하역한 40피트 컨테이너는 모두 355개, 그중 271개의 도착지가 한국이었고 75개가 제3국으로 트랜스퍼 될 화물이다. 평택에서 다시 배에 실려 중국, 일본, 러시아, 동남아시아 등 9개 국으로 보내진다는 말이다. 9개는 아직 최종 목적지가 정해지지 않아서 '환적지역'에 보관되었다. 킹스턴이 겨우 말을 이었다.

"콜롬비아에서는 분명히 C-127번에 실었다고 하니까 번호를 바꿔치기 했을 거다. 다른 해운사 컨테이너는 없다고 했나?"

"예, 355개가 모두 '네이션 해운'의 컨테이너입니다."

킹스턴의 거친 숨소리를 들은 포크너가 서둘러 말을 이었다.

"트랜스퍼 될 화물을 열어볼 수 없기 때문에 도착지까지 따라가서 확인을 해야 될 것 같습니다."

"누구 장난 같은가?"

"C-127 봉인을 바꿔치기한 것은 분명합니다. 이것은 세관원밖에…."

"콜롬비아 세관원?"

"이자벨라호 안에서 그랬을 리도 없습니다."

"이런 개 같은."

다시 분이 솟구친 킹스턴이 소리쳤다.

"코리아, 한국이 왜 그래? 그놈의 나라에 귀신이 붙은 거야?"

2억 불이다. 콜롬비아에서 거둬들인 마약을 판매한 대금인 것이다. 콜롬비아에서 팩스코를 간판으로 내세운 팩스코 콜롬비아의 매출액은 얼마 안 되지만 마약 사업에서는 그 수십 배의 이익을 낸다. 그리고 그 이익금이 모두 킹스턴의 비자금이 되는 것이다. 콜롬비아 팩스코 공장의 창고에서 미국의 마약 도매상과 현금 거래된 마약은 미국 등 소비국으로, 그리고 현금은 배에 실려 비자금 세탁처인 한국이나 중국으로 보내져 왔다. 그런데 한국에서 연달아 두 번 사고가 일어났다. 초대형 사고다. 그때 킹스턴이 말했다.

"내가 보낸 사람이 곧 도착할 거다. 그 사람 지시를 받도록."

'지시'를 받으라고 했다. 지금 마약 사범으로 잡혀 한국 교도소에 들어가 있는 존과는 신분이 다르다, 존에게는 '협조'하라고 했으니까. 킹스턴이 말을 이었다.

"지금 가 있는 인수팀도 그 사람 지시를 받을 거다."

창고에서 인형 박스 작업을 한 제이슨 일행이다.

"이거 그만둘 수도 없고…"

통화를 끝낸 포크너가 한숨을 쉬면서 말했다.

"사람 환장하겠군."

"내가 할 말입니다."

어깨를 늘어뜨린 머피가 따라서 한숨을 쉬었을 때 문에서 노크 소리가 났다. 그러더니 문이 열리면서 여비서가 몸을 반만 들여놓고 말했다.

"클라크 본부상, 아니 부사상이 인사하러 왔는데요."

"아, 그렇지."

포크너가 생각난 얼굴로 말하고는 비서를 보았다.

"들어오라고 해."

잠시 후에 들어선 클라크는 밝은 표정이다. 그것을 본 포크너와 머피가 동시에 한숨을 내쉬었다.

"저, 인사드리려고 왔습니다. 오늘 출발합니다."

클라크가 말하자 포크너는 손을 내밀었다.

"부럽네, 부사장."

"축하합니다, 클라크 부사장."

이제는 서열이 클라크보다 낮아진 머피가 초점이 흐려진 눈으로 보면서 건성건성 말했다. 분위기가 조금 이상한지 클라크가 둘을 보았지만 영문을 알 리는 없다.

정미나와 임하경은 '러시아 법인'에 지원한 사원 심사를 했다. 물론 둘은 대리급이어서 사원급의 심사를 맡았다. 러시아 법인 지원자가 많았기 때문에 선발 기준에 미치지 못하는 사원도 나왔다. 오늘 오후에 부사장 클라크는 1진을 이끌고 하바로프스크로 떠나는 것이다. 정미나와 임하경은 2진으로 떠날 예정이다. 오후 12시 반, 둘은 회사 근처의 일식당에서 점심을 먹는 중이다. 임하경을 그림자처럼 따라다니던 유지나는 휴가를 내고 내일까지 쉰다. 초밥을 삼킨 임하경이 정미나에게 물었다.

"하바로프스크에선 회사 끝나면 뭘 하죠?"

"시외로 나가면 볼 게 많아요."

정미나가 웃음 띤 얼굴로 임하경을 보았다.

"눈 덮인 들판이 끝없이 이어지죠. 거길 눈썰매로 달리면 영화 주인공이 된 느낌이 들어요."

"정미나 씨는 낭만적이네."

"다 낭만적으로 돼요."

그때 임하경이 정미나를 보았다.

"난 스노모빌을 탈 거야."

"그러시든지."

"사람들 이야기 들어봤어요?"

불쑥 임하경이 묻자 정미나가 '픽' 웃었다.

"그런 거 신경 안 써요."

"정미나 씨하고 사장 사이가 소문났던데."

"둘 사이가 그렇고 그렇다고? 아유, 괜찮네."

"상관 안 해?"

"그럼 어때? 사장하고 애인 사이라는데, 손해 볼 것 없지."

"정미나 씨 대단하네."

"임하경 씨도 마찬가지야."

"내가 왜?"

"러시아에 지원했잖아? 사장하고 기회도 생길 것이고."

"거기 진짜 사장하고 애인 사이야?"

"그래, 맞아."

이제는 정미나가 똑바로 임하경을 보았다. 그러나 얼굴의 웃음기는 지워지지 않았다.

"우린 잤어."

임하경의 시선을 받은 채 정미나가 말을 이었다.

"좋아서 잤을 뿐이야. 약속 같은 건 없어. 바라지도 않았고."

"…"

"임하경 씨도 그런 자세를 갖추면 돼. 욕심은 불행의 원인이 되거든."

"…"

"소유하고 싶다는 욕심을 사랑으로 착각하게 되지. 사랑은 그냥 주는 거야."

"내가 입사가 반년 빠르지만 우리 친구로 지낼래?"

마침내 임하경이 제의했다. 나이는 25세, 동갑이다. 제각기 기조실과 영업부로 갈라져서 얼굴만 알고 지냈을 뿐, 서로 소문은 들었다. 그때 정미나가 고개를 끄덕였다.

"좋아, 내가 위치가 좀 높지만 친구 하기로 하자."

"웃기네, 높기는."

"난 러시아에서 기조실로 배치될 거야."

"누가 그래?"

"사장이."

"자면서 약속 받았어?"

"너, 질투해?"

"침대에서 그런 인사가 자주 일어난다고 들어서. 옛날, 망하는 나라에서 말이야."

그때 정미나가 이를 드러내며 '환'하게 웃었다.

"내가 자자고 했어. 너도 해 봐."

일식당 방에서 벽에 등을 붙이고 선 김승구가 둘의 이야기를 듣고 빙긋 웃었다. 팔짱을 끼고 정미나 옆쪽에 서 있었는데 물론 둘의 눈에는 보이지 않는다. 문득 정미나 생각이 나서 신족통(神足通)으로 달려와 보았더니 둘이 일식당에서 밥을 먹고 있었던 것이다.

'에이그, 썩을 놈. 좋기도 하겠다.'

갑자기 지장보살 할머니의 목소리가 울렸기 때문에 김승구는 혼비백산을 했다. 벽에 붙인 등을 떼었더니 지장보살이 말을 잇는다.

'이놈아, 악마 중에서 색마가 가장 무섭다. 정신 차려, 이 미친놈아. 네가 갈 곳이 있어.'

김승구는 할머니가 소매를 끄는 것을 느꼈다.

"아니, 이게 뭐야?"

저도 모르게 김승구의 입에서 놀란 외침이 터졌다. 보라, 이곳은 산속 골짜기, 아직 이른 봄이어서 황량한 숲. 작은 개울이 흘렀고 주위는 조용하다. 그런데 개울가에 사내 하나가 쪼그리고 앉아 있다. 손에 칼을 지팡이처럼 쥐었고 갑옷 차림, 맨머리, 지친 얼굴, 턱수염이 났지만 젊다. 30대쯤? 김승구를 본 사내도 놀라 몸을 뒤로 젖혔지만 일어나지는 않는다. 정신을 차린 김승구가 문득 차 소리를 듣는다. 그러고 보니 뒤쪽 50미터 거리에 국도가 있다. 트럭 한 대가 지나가고 있다. 한낮, 날씨는 맑다. 그때 김승구가 사내에게 한 걸음 다가갔다. 지장보살이 소매를 끌었다는 것을 깨달았기 때문이다. 사내와의 거리는 5미터밖에 되지 않는다. 그때 김승구는 사내의 허리에서 피가 흐르고 있는 것을 보았다. 김승구가 다가가자 사내는 칼자루를 고쳐 쥐었지만 땅에 박은 칼끝은 떼지 않는다.

"당신 누구야?"

김승구가 그렇게 물었다. 그러고 나서 혹시나 하고 다시 물었다.

"영화 찍어요?"

사내의 눈썹이 모아지는 것을 보고 그것이 아니라는 것을 알았다. 지장보살을 부를까 하다가 김승구가 다시 물었다.

"무슨 일이오?"

그때 사내가 입을 열었다.

"나는 근초고왕의 장수 유백이다."

"에?"

근초고왕이 누구냐? 김승구의 머릿속이 복잡해졌다. 당장 핸드폰으로 조회하고 싶었지만 그럴 여유가 없다. 사내가 다시 말을 잇는다.

"이곳에서 근구수 태자 저하와 함께 고구려 군을 전멸시켰는데 나는 부상을 당해 잠깐 말에서 내린 참이다."

그러더니 사내가 주위를 둘러보는 시늉을 했다.

"그때 갑자기 하늘이 어두워지더니 눈앞이 트이고 나서 나 혼자 앉아 있게 되었다."

김승구가 고개를 끄덕였다. 세상 사람들이 다 이해를 못해도 김승구는 안다.

"장군은 시간을 건너뛰어 미래 세상으로 온 것이오."

"그런가? 내 생각이 맞았군."

사내가 김승구의 위아래를 훑어보며 희미하게 고개를 끄덕였다.

“저기 아래쪽 큰길로 달려가는 거대한 덩어리는 무엇인가?”

“자동차라는 것이오.”

“안에 말이 들었는가?”

“톱니가 수백 개 붙어서 저절로 굴러갑니다.”

“살아 있는 짐승들인가? 그 톱니라는 것이 말이네.”

“물을 먹여 살립니다.”

휘발유가 물이지, 뭘. 이런 이야기는 끝도 없을 것이기 때문에 김승구가 한 걸음 더 다가갔다. 지장보살은 이 사내를 제 시대로 돌려보내라고 한 것 같다. 이곳에 떨어져서 어떻게 살 것인가? 앞날을 잠깐 생각해 보았더니 한숨만 나왔다.

“장군, 돌아갑시다.”

“내가 겁이 나서 더 이상 돌아다니지 못하겠네. 그대가 날 돌려보낼 수 있겠는가?”

“그럴 수 있소.”

다가간 김승구가 사내의 어깨를 짚고는 신족통과 숙명통을 동시에 썼다.

소란하다. 그리고 이곳은 나무가 더 울창한 숲. 골짜기를 흐르는 물줄기도 넓어졌다. 위쪽에서 사내들의 소음이 울렸는데 말 울음소리도 들린다. 나뭇가지 사이로 보이는 깃발, 창, 군사들. 그때 장군 유백이 소리쳐 말했다. 어느덧 엉거주춤 일어서 있다.

“돌아왔네!”

유백이 번들거리는 눈으로 김승구를 보았다.

“그대는 신령님이시구려.”

"난 가야겠소."

김승구가 한 걸음 물러서며 웃었다.

"다른 사람들이 내 모습을 보면 안 될 테니까."

"신령이시어."

유백이 두 손을 모아 쥐고 김승구를 보았다.

"이 은혜를 어찌 보답할 수 있겠소?"

"인연이 이어질 테니까."

김승구가 지그시 유백을 보았다. 그 인연의 증거를 현세에서 찾고 싶다는 생각이 떠올랐지만 이제는 신기할 것도 없다. 분명히 내 주변에 유백의 후손이 어슬렁대고 있을 것이다. 김승구는 유백의 시선을 받은 채 신족통을 작동시켰다, 하바로프스크로!

나타샤가 스보르카의 부하들이 놓고 간 나무상자를 내려다보았다. 나무상자는 거실 한복판에 놓여 있었는데 투박한 판자로 만들어졌다. 아무르 강의 송어를 담는 상자 같다.

"뭘 가져온 거냐?"

다가온 어머니가 걱정스러운 얼굴로 상자를 내려다보면서 물었다. 오후 1시 반, 거실은 넓었고 바닥에 깔린 양탄자는 오래되어서 끝의 실밥이 풀어졌다. 그러나 말끔했고 먼지 한 점 보이지 않는다. 하녀 둘은 콜도바 가문이 번성할 때부터 20여 년이 넘도록 같이 살아왔기 때문에 가족 같다. 그때 나타샤가 허리를 굽혀 상자 뚜껑을 젖혔다.

"아!"

어머니의 입에서 놀란 외침이 터졌다. 그러나 나타샤는 예상하고 있었기 때문에 눈빛만 강해졌을 뿐이다. 상자 안에는 100불짜리 지폐 뭉치가 쌓여있던 것이다. 100불짜리 뭉치 100개일 것이다, 100만 불.

그 시간에 스보르카가 비서실장 카리스크를 향해 소리 없이 웃었다.

"발렌스키를 어제 별장에서 만났지만 그놈이 가만있을 것 같으냐?"

카리스크는 숨만 쉬었고 스보르카가 말을 이었다.

"내가 발렌스키, 표도르보다 10여 년이나 늦게 시작했어도 이만큼 기반을 굳힌 이유가 뭐라고 생각하냐?"

"정보력입니다."

카리스크가 바로 대답했다.

"우리 조직의 정보력이 가장 강하기 때문이죠."

"또 하나가 있다면?"

"큰 사고가 일어나지 않았습니다."

그러자 스보르카가 쓴웃음을 지었다. 발렌스키와 표도르 조직은 각각 한두 차례씩 정부로부터 혹독한 처벌을 받았다. 푸틴이 메드베데프에게 대통령을 인계하고 총리로 내려앉았을 때 발렌스키와 표도르는 물 만난 고기처럼 펄펄 뛰었다. 메드베데프 라인을 이용해서 4년 동안 기업을 2배나 확장했던 것이다. 표도르는 3배 이상 성장시켰다.

그러나 4년 후에 푸틴이 다시 대통령이 되자 둘은 벼락을 맞았다. 똑같이 구속되어서 발렌스키는 6개월, 표도르는 1년 반을 교도소에 수감되었고 기업체는 3분의 1로 축소되었다. 둘이 석방되었을 때 각각 27억 불, 32억 불의 뇌물을 바쳤다는 소문이 공공연하게 퍼졌던 것이다. 그 사이에 스보르카는 마치 '얼음에 덮인 호수 속 고기'처럼 살았는데 메드베데프 시절이나 지금이나 매출액은 비슷했고 순위도 3위를 유지하고 있는 것이다. 그때 스보르카가 입을 열었다.

"이제는 우리가 도약할 시기가 되었어."

"회장님, 팩스코의 등에 타시려는 겁니까?"

"그렇지."

고개를 끄덕인 스보르카가 정색하고 카리스크를 보았다.

"넌 김을 어떻게 생각하나?"

"젊습니다."

"그래?"

"그렇게 젊은 CEO는 처음 보았습니다. 27살이라고 하더군요."

"미군 레인저였어. 훈장도 타고, 미국 시민권자야."

"압니다."

"난 그놈을 이용하려는 거다."

그러고는 덧붙였다.

"아니, 서로 이용하는 것이지."

3장
적과의 동거

"인사드리려고요."

방으로 들어선 나타샤가 조금 어색한 표정을 짓고 말했다. 오후 2시 반, 나타샤가 시내에 있는 김승구의 사무실로 찾아온 것이다. 시내 중심부에 위치한 팩스코러시아 법인 사무실은 10층 건물을 구입해서 사장실이 10층에 있다. 지은 지 2년밖에 안 되는 새 건물인데 그동안 임대도 안 되어서 은행이 압류한 것을 매입했던 것이다.

"잘 오셨어요."

자리를 권하면서 김승구가 웃음 띤 얼굴로 나타샤를 보았다.

"내가 팩스코 매장 건물 부지를 구입하면서 요양원 부지도 알아봤습니다. 공사도 같이 시작할 테니까 내 비서하고 같이 가보시죠."

"정말 감사합니다. 벌써 그렇게까지…."

놀란 나타샤가 김승구를 보았다. 사장실 안에는 둘뿐이다. 사장실은 넓고 쾌적했지만 가구는 책상과 소파뿐이다. 구석 쪽에 냉장고가 있을 뿐 사진 한 장 걸려있지 않다. 나타샤의 시선을 따라 보던 김승구가 말을 이었다.

"팩스코가 콜도바 가문의 후계자인 '시베리아의 여신' 후원자라는 사실이 기업 이미지에 도움이 되거든요."

"그렇게 하시지 않아도 돈 적게 드는 방법이 많을 텐데요."

"나는 진심으로 나타샤 씨를 후원하는 겁니다."

김승구의 얼굴에 웃음이 떠올랐다.

"나타샤 씨의 후원금은 내가 개인적으로 내는 겁니다."

"정말요?"

나타샤가 눈을 크게 떴다.

"어제 주신 1백만 불도 그래요?"

"맞아요."

"김 사장님도 재산이 많아요?"

"나타샤 씨를 후원해 줄 만큼은 돼요."

김승구가 지그시 나타샤를 보았다. 오늘 나타샤는 검정색 재킷에 바지를 입었다. 날씨가 추워서 가죽장화를 신었는데 날씬한 몸매가 더 드러났다. 그때 나타샤가 물었다.

"애인이 되어드릴까요?"

김승구의 시선을 받은 채 나타샤가 말을 이었다.

"대가로 제의하는 게 아녜요. 그러고 싶어요."

나타샤의 얼굴이 조금 붉어졌고 눈동자는 더 번들거렸다. 김승구가 천천히 고개를 끄덕였다.

"나타샤, 당신을 안고 싶지 않은 인간이 이 세상에 있을 것 같습니까?"

말이 길게 이어진 것에 스스로 실망한 김승구가 한숨을 쉬었다. 부처는 오신통(五神通)을 주셨지만 여자를 감동시킬 만한 말재주는 안 주셨는가, 관세음보살. 그 와중에도 지장보살 할머니의 잔소리가 귀찮은 김승구가 관세음보살을 찾았다. 김승구가 말을 잇는다.

"그렇게 합시다. 나타샤, 당신은 내 애인이오."

"그럼."

나타샤의 얼굴이 더 빨개졌다.

"키스라도 해야 되는 거 아녜요?"

"나타샤."

어느새 입 안에 고인 침을 삼킨 김승구가 번들거리는 눈으로 나타샤를 보았다.

"당신은 참 무드를 모르는군."

"김, 당신이 리드를 서툴게 하기 때문인 것 같은데요."

'환장하겠네.'

이것은 김승구의 머릿속 생각이다. 그러나 그 말을 듣고 소파에서 엉덩이를 뗀다는 것은 더 어색하다. 소파에 등을 더 붙인 김승구가 한숨을 쉬고 나서 말했다.

"나타샤, 오늘은 어색하니까 그만둡시다."

"난 결혼생활까지 한 여자예요, 김."

나타샤도 정신을 가다듬은 듯 차분해진 얼굴로 말을 이었다.

"알 것 다 알아요. 언제 어디서든 당신이 요구하면 벗을 수 있어요."

세상에, '시베리아의 여신'이 말하는 것 좀 봐라.

"저건 하바로프스크로 가는 거야."

로칸이 턱으로 앞쪽의 40피트 컨테이너를 가리켰다. 뒤쪽 오른편 위에 C-88이라는 방수 스티커가 선명하게 붙어 있다. '이자벨라호'가 싣고 온 40피트 컨테이너 47개가 평택을 거쳐 블라디보스토크에 도착했다. 이른바 트랜짓 화물로 '마리야 3호'에 실려서 어제 도착한 것이다. 47개 중 15개는 바나나, 4개는 채소, 28개는 잡화가 실렸다. 오후 6시 반, 가가린이 C-88 앞으로 다가가 섰다. 이곳은 블라디보스토크의 트럭 터미널 안, 가가린과 로칸은 '마리야 3호'가 싣고 온 컨테이너 46개를 다 수색했고 채소를 실은 하나만 남았다. 바로 이놈 C-88이다. 화주는 '알렉세이통상', 콜롬비아에서 한 달에 한 번씩 40피트 컨테이너 5, 6개 물량의 과일, 채소 등을 수입한다. 다가선 가가린이 로칸에게 말했다.

"봉인 뜯어."

이미 46개는 뜯어서 안을 다 수색했다. C-88이 마지막 남은 컨테이너다. 뒤쪽에 선 알렉세이통상 직원들은 찌푸린 얼굴이었지만 불평하지 않는다. 가가린이 '특수경찰'이었기 때문이다. '특경'은 세관이나 경찰보다 더 위세가 있다. 연방보안국인 FSB 소속으로 영장 없이 수색, 체포, 연행할 권한이 있는 것이다. 봉인을 뜯고 컨테이너 문을 열었을 때 가가린이 와락 이맛살을 찌푸렸다. 악취 때문이다. 채소가 다 썩었다. 조금 전에 열어본 C-87 컨테이너도 안의 채소가 썩었지만 이놈은 더 썩었다. 문을 연 로칸이 두 걸음이나 물러서더니 가가린을 보았다. 그때 가가린이 고개를 돌리고 말했다.

"문 닫아, 이 회사 망하겠다."

오후 7시 반, 응접실로 들어선 김승구가 숨을 들이켰다. 사내 하나가 앉아 있었기 때문이다. 이곳은 하바로프스크 북서쪽의 주택가, 일방통행로 주위에 숲이 덮였고 드문드문 저택이 세워진 구조다. 그중 2층 벽돌

집 한 채를 구입한 지 오늘이 사흘째. 스보르카가 관리인과 가정부 둘까지 구해주어서 오늘은 차려준 아침밥까지 먹고 출근했다. 저택은 건평이 250평짜리 2층 저택으로 응접실 2개, 방이 8개짜리인데 이쪽 동네에서는 작은 편이다.

"누구야?"

물었지만 건성이다. 대답도 기대하지 않았다. 사내는 악마였기 때문이다. 첫눈에 알아보았다. 악마가 러시아에서 나타난 건 처음이다. 집들이하려고 온 것인가? 김승구가 악마의 앞쪽 소파에 앉았다. 악마는 김승구에게 시선만 준 채 가만히 쳐다만 본다. 엷게 웃음 띤 얼굴, 악마의 얼굴은 볼 때마다 다른데 오늘은 러시아인 모습으로 나타났다, 30대쯤의 잘생긴 용모. 그러나 악마에게는 공통적으로 눈동자가 흔들리지 않는다는 특징이 있다. 영 매력이 없다. 악마가 말했다.

"네가 지장보살 명함을 들고 까불고 다니는데 네 분수를 알아야지."

"뭔 소리여?"

"너는 내 종도 된다는 말이다."

"누구 맘대로?"

김승구의 눈동자가 흔들렸다. 맞는 말이었기 때문이다. 악마는 육신의 절반을 차지하고 있다, 아니 그 이상일지도 모른다. 악마가 마음만 먹으면 괴물이 된다. 평형을 맞추는 것은 개체의 의지라고 했지만 '인간의 의지'는 선(善)과 악(惡)의 대리인에 의하여 조종될 뿐이다. 그때 악마가 지그시 김승구를 보았다. 인형에 박은 유리 눈처럼 보였던 악마의 눈이 열기를 띠고 번들거린다.

"네 초능력은 부처의 소유물이 아니야. 그것을 나도 나눠 써야 한다."

악마가 한마디씩 또박또박 말을 잇는다.

"그래서 나도 부처와 함께 네 몸에 들어와 균형을 맞추려고 했는데."

악마의 얼굴에 쓴웃음이 번졌다.

"그런데 네 몸에서는 지장보살이 활개를 치더구나. 늙은 닭이 날개를 치는 것 같아서 아주 역겨웠다."

"잠깐만, 미스터 데블."

김승구가 손바닥을 펴면서 말을 막았다.

"그건 내 본의(本意)야. 내 마음에서 우러나서, 아니 기꺼이 한 거라고. 오해하지 마."

"이놈이 착각하고 있군."

혀를 찬 악마의 눈빛이 강해졌다.

"너는 능력을 받은 인간이지 부처도, 악마도 아니다. 그러니 지금부터 악마의 본성을 품어라."

그러더니 악마가 얼굴을 일그러뜨리면서 웃었다.

"그렇지, 그 악마의 본성도 네 본의이고 우러나서 한 일이라고 믿는 거다."

다음 순간 악마가 사라졌다.

밤 10시 반, 하바로프스크 중심부의 '이반 식당' 안. 늦은 시간이었지만 손님들이 많다. 이곳은 새벽 2시쯤이 되어서야 문을 닫으니까 아직 초저녁이다.

"로라, 이제 그만 일어나자."

술잔을 내려놓은 유스토프가 말하자 로라는 고개를 저었다.

"조금만 더 있다가."

"늦었어. 집에까지 가려면 1시간 반은 걸릴 거야."

"괜찮아."

"어머니한테 잔소리 들으려고."

"어머니는 오후에 블라디보스토크의 이모 집에 갔어."

"왜 이제야 이야기하는 거냐?"

유스토프의 얼굴에 웃음이 떠올랐다. 금발에 푸른 눈동자의 유스토프는 하바로프스크 국립병원의 의사다. 29세. 로라하고는 작년에 친구 소개로 만나서 지난달에 약혼했다. 석 달 후에 결혼식 날을 잡았지만 아직 둘은 손만 잡았을 뿐이다. 키스도 볼에만 했지 입술을 부딪친 적이 없다. 물론 둘 다 성 경험이 있다. 교제한 상대가 서너 명씩은 되는 것이다. 둘은 만난 순간부터 불이 붙었고 상대방을 향한 욕망이 치솟았지만 억제했다. 결혼할 때까지 참기로 약속한 것이다. 이런 감정이 자랑스러웠기 때문에 아꼈다. 결혼 날이 조바심 나도록 기다려졌다. 지금이 그런 상황이다. 유스토프의 표정을 본 로라가 한쪽 보조개를 만들면서 웃었다. 로라는 검은 머리에 눈동자가 파랗다. 주위가 환해질 것 같은 웃음이다.

"유스토프, 오늘 나하고 같이 있고 싶어?"

로라는 25세, 중학교 미술교사다. 교육자 집안으로 아버지 파블로스키는 이르쿠츠크 대학 학장이다. 고향이 하바로프스크여서 로라는 어머니와 함께 남쪽 아무르 강가의 대저택에서 산다. 유스토프가 고개를 끄덕였다. 두 눈이 번들거리고 있다.

"로라, 못 참겠어."

"나도 그래, 유스토프."

깍지 낀 두 손을 식탁 위에 올려놓은 로라가 상기된 얼굴로 유스토프를 보았다.

"우리가 왜 그런 약속을 했는지 몰라."

"널 아끼고 싶었기 때문이지, 로라."

"나도 그랬어, 유스토프."

"밤마다 네 생각을 해, 로라. 내가 병이 날 것 같아."

"뻔한 병이지."

로라가 눈을 흘겼다. 상기된 얼굴, 입술은 웃음을 머금었다. 교태다.

"거기가 아픈 병이지?"

"그래, 로라."

"의사가 그것도 처리 못 해?"

"손으로?"

"오늘 밤 내가 치료해줄게."

"오, 로라, 성모 마리아시어."

식당 안으로 들어선 김승구가 안쪽에 앉아 있는 로라와 유스토프를 보았다. 옆쪽 테이블이 비었다. 다가가 테이블에 앉는 순간 로라와 유스토프가 김승구를 보았다. 로라와 시선이 마주친 순간 김승구가 뭔가를 빨아들이듯이 숨을 들이켰다. 그뿐이다.

유스토프가 옆자리에 앉았다가 금방 일어나서 밖으로 나간 동양인의 뒷모습에서 시선을 떼고 말했다.

"뭘 시키지도 않고 바로 나가네?"

그때 로라가 자리에서 일어서며 말했다.

"나, 화장실에 좀…."

"응, 그래."

로라가 몸을 돌렸을 때 유스토프는 술잔을 집어 들면서 오늘 밤은 근처의 호텔로 가는 것이 낫겠다는 생각을 했다. 시간을 절약하자. 멀리 갈

것도 없다.

핸들을 쥔 채 앉아 있던 김승구가 옆쪽 문이 열렸으므로 고개를 돌렸다. 이곳은 식당 뒤쪽의 주차장이다. 로라가 들어서고 있다. 옆자리에 앉은 로라가 김승구를 보았다. 어둠 속에서 두 눈이 번들거리고 있다. 김승구가 차를 발진시키자 로라가 물었다.

"어디로 가요?"

"내 집으로 가지."

김승구가 앞쪽을 향한 채 말을 이었다.

"유스토프가 이상하게 생각하지 않도록 전화해."

도로로 나온 김승구의 벤츠가 속력을 내기 시작했다. 핸드폰을 꺼내든 로라가 김승구의 옆모습을 보았다.

"뭐라고 하죠?"

"어머니가 블라디보스토크에 안 가셨다고 해. 어머니한테서 연락이 왔다고."

"그래야겠네."

얼굴을 편 로라가 핸드폰 버튼을 누르면서 김승구를 보았다.

"어떻게 알죠?"

"다 아는 수가 있어."

유스토프가 성모마리아를 부른 순간에 김승구는 둘의 머릿속을 다 '스캔'해버렸다. 그러고는 식당으로 달려왔다는 것을 로라가 알 리 있겠는가? 그리고 보라, 앞쪽을 응시하는 김승구의 번들거리는 두 눈을. 짐승의 눈이다. 지금 김승구는 '악마'가 되어 있는 것이다. 거기에다 그것을 본인이 모르고 있다. 이제 '성모 마리아'는 악마까지 부르는 신호가 되었다. '지장보살'은 어떻게 되었냐고? 그걸 어떻게 알아, 선착순인지도 모르지.

가쁜 숨소리에 섞인 울부짖음, 탄성이다. 쾌락의 절정에 오르고 있다. 로라의 사지가 김승구에게 낙지처럼 붙어서 떼어지지 않는다.

"여보, 여보!"

로라가 소리쳤다.

"사랑해, 여보!"

흐느끼면서 소리치던 로라가 마침내 온몸을 굳히더니 숨이 끊어지는 것 같은 신음을 뱉었다. 절정이다. 김승구가 로라를 안은 채 빙그레 웃었다. 이제 로라는 파멸했다. 유스토프는 기억하지만 애정은 깨끗이 지워졌다. 앞으로 로라는 악마의 노예가 되어서 살아갈 것이다. 노예의 낙이 무엇이겠는가? 쾌락이다.

"와이프가 임신했습니다."

앞에 선 배기남이 말했을 때 김승구가 코웃음부터 쳤다.

"얌마, 맨날 자는데 임신해야 정상이지. 그게 무슨 자랑이냐?"

"하긴 그렇습니다."

"어쨌든 잘 왔다."

"불러주셔서 감사합니다."

"거기 앉아."

김승구가 앞쪽 소파를 가리키고는 지그시 배기남을 보았다. 배기남 같은 심복이 필요한 상황이다. 그런데 마침 배기남한테서 연락이 온 것이다. 김승구가 러시아 법인장으로 갔다는 소식을 듣고 배기남이 안달을 하자 서경아가 함께 가는 조건으로 러시아행 승낙을 한 것이다. 김승구로서는 배기남과 서경아를 옆에 두는 것이 마음이 놓이기도 했다. 대신 서경아는 집에서 살림만 한다는 것이다.

"넌 오늘부터 사장 비서실 과장이야."

"감사합니다."

어깨를 편 배기남이 김승구를 보았다.

"과장쯤 주실 줄 알았습니다."

"빌어먹을 놈, 네가 무슨 일을 했다고."

"앞으로 열심히 하겠습니다."

"네가 할 일이 있어."

김승구가 책상 서랍에서 봉투 하나를 꺼내 밀어놓았다.

"알렉세이통상에 가서 C-88 컨테이너를 사라. 안에 채소가 들었는데 다 썩었어. 내다버릴 작정인데 네가 요령껏 사 봐."

"예, 사장님."

"바깥쪽 썩은 채소를 걷어내면 달러가 든 상자 1백 개가 나온다."

"그럴 줄 알았습니다."

"1상자에 2백만 불씩 들었어. 2억 불이야."

"이번에는 엄청나군요."

"팩스코 콜롬비아에서 마약을 판 돈이야. 한국에서 이쪽으로 빼돌린 거다."

김승구의 얼굴에 웃음이 떠올랐다.

"채소 가격이 6만 불이지만 다 썩었으니까 거름용으로 가져가겠다면서 사라."

"쓰레기 치우는 값을 오히려 받고 가져와야겠습니다."

배기남이 자신 있게 말했다.

"로라, 어젯밤 잘 들어갔어?"

유스토프가 묻자 로라는 핸드폰을 고쳐쥐었다. 오전 11시 반, 학교 교무실 안. 수업을 마치고 교무실로 돌아온 참이다.

"응, 미안해, 유스토프. 먼저 들어가서."

"아냐, 괜찮아. 당연히 들어가야지."

서두르듯 말한 유스토프가 말을 이었다.

"가구 보자고 한 것, 오늘 저녁에 가구점에 가서 예약하지."

숨을 들이켠 로라가 어금니를 물었다가 풀었다.

"유스토프, 우리, 시간을 갖고 생각해보는 게 낫겠어."

"무슨 말이야? 가구가 마음에 안 들어? 그럼 다른 걸로 해."

"그게 아니라 우리 결혼 말이야."

유스토프가 말을 멈췄고 로라가 번들거리는 눈으로 앞쪽을 보았다.

"유스토프, 이유는 묻지 마. 그리고 앞으로 전화도 하지 마. 나한테 생각할 시간을 좀 줘. 부탁이야."

그러고는 로라가 핸드폰을 귀에서 떼었다. 핸드폰을 폐기하고 다른 번호를 갖는 것이 낫겠다는 생각이 들었다.

클라크가 방에 들어섰을 때는 오후 3시다. 하루에도 서너 번씩 만나는 터라 김승구는 앞쪽에 앉는 클라크에게 말했다.

"커크, 본사에서 온 직원 관리는 당신이 맡아. 조직, 인사, 모두 당신한테 권한을 줄 테니까 알아서 결정해."

심호흡을 한 클라크가 커다랗게 고개를 끄덕였다.

"알았어, 김. 팩스코러시아는 '김승구러시아'로 만들어 놓을게."

"겉은 팩스코러시아지만 안은 '김 앤 커크'로 만들자고."

"알았어, 그런데."

클라크가 김승구를 보았다.

"정미나도 영업직을 원해서 임하경하고 같이 영업 팀장으로 발령을 내었어."

"잘했어."

김승구의 얼굴에 웃음이 떠올랐다.

"킹스턴이 재무담당 전무로 머피를 러시아로 보낼 거야."

"머피를?"

눈을 크게 떴던 클라크가 곧 웃었다.

"잘되었군. 모르는 놈들보다 아는 놈이 낫지."

"한국에서 비자금 사고가 일어났지만 머피는 킹스턴의 신임을 받고 있으니까."

"그 비자금이 마약 대금이 맞는 거야?"

클라크가 눈을 크게 뜬 대신 목소리를 낮췄다.

"김, 그걸 어떻게 알아낸 거야?"

"내 능력을 알잖아."

"나쁜 놈."

클라크가 잇새로 말하더니 한숨을 쉬었다.

"내가 그런 놈을 위해서 20년 세월을 바치다니."

"앞으로 잘 하면 돼."

김승구는 클라크에게 두 번째 비자금 2억 불을 통째로 빼앗아 왔다는 말은 아직 하지 않는 것이 낫다고 생각했다. 비밀은 입이 적어야 오래

가는 법이다.

오후 5시 반, 알렉세이통상의 마당으로 나온 배기남이 턱으로 컨테이너를 가리켰다. 40피트 컨테이너가 5개 나란히 세워져 있다.

"저거요?"

"예. 맨 안쪽에 있는 겁니다."

알렉세이통상의 사장 알렉세이가 쓴웃음을 지으녀 말을 이었다.

"냉장 컨테이너를 안 썼더니 이번에는 망했어요."

"글쎄, 다 썩었다면 우리가 쓰레기 처분 대금을 받아야 되는 거 아닙니까?"

"그래도 비닐하우스에 저만 한 비료가 없을 겁니다."

컨테이너 앞에 다가선 알렉세이가 열심히 말을 이었다.

"작년에도 썩었지만 컨테이너당 3천 불을 받았지요."

"어떤 미친놈이. 어쨌든 열어봅시다."

그러자 알렉세이가 뒤따라온 직원에게 눈짓을 했다. 컨테이너 손잡이를 쥔 직원이 한쪽 문을 반쯤 여니 썩은 채소가 주르르 땅바닥으로 떨어지면서 지독한 악취가 풍겨왔다.

"어이쿠."

손으로 코를 쥔 배기남이 소리쳤다.

"문을 다 열어 봐요!"

그러자 알렉세이는 뒤로 물러났고 직원이 문 두 개를 활짝 열었다.

"으악."

배기남이 코를 쥔 채 컨테이너 안을 보면서 비명을 질렀다. 보라, 안은 썩은 채소로 가득 찼다. 엄청난 악취가 뿜어져 나왔기 때문에 배기남이 다시 소리쳤다.

“문을 닫아요!”

30분쯤 후에 컨테이너를 트럭에 실은 배기남이 운전사 옆 좌석에 타고 알렉세이통상의 마당을 나왔다. 알렉세이에게는 3500불을 주었는데 비료 값이다. 돈을 받은 알렉세이는 기뻐서 보드카 한 병을 선물로 주었다.

오후 6시 15분, 사무실에 앉아 있던 김승구가 창밖의 시가지에 어둠이 덮이는 것을 보았다. 이 시간이 일몰인 것이다. 몸이 차가워지면서 눈에만 열이 나는 느낌이 든다. 심호흡을 3번이나 했지만 그 기운이 변하지 않았고 오히려 마음이 조급해졌다. 어제도 이런 현상이 일어났던 것이다.

그때 핸드폰의 벨이 울렸기 때문에 김승구가 발신자를 보았다. 로라다, 어젯밤 ‘육욕의 향연’을 벌였던 로라. 지금은 ‘육욕의 노예’가 되어서 김승구를 찾는다. 오늘 아침에 학교까지 데려다 주면서 전화번호를 알려주었던 것이다. 김승구가 핸드폰을 귀에 붙였다.

“여보세요.”

로라의 목소리가 떨렸다, 기대감과 불안감이 절반쯤 섞인 목소리. 로라가 서두르듯 묻는다.

“오늘 밤 어디서 만나요?”

“오늘 밤은 안 돼.”

김승구가 차갑게 말했다.

“내가 전화할 때까지 기다려.”

“데브린, 하루 종일 밤이 되기를 기다렸어요. 나, 못 참겠어요.”

“기다려.”

"데브린, 제발."

"지금 당장 핸드폰에 찍힌 내 전번을 지워, 로라."

"지울게요, 데브린."

"넌 내 전번을 모르는 거야, 로라."

로라에게는 데브린이라고 말했다, '데블'의 데브린.

그때 김승구가 핸드폰의 전원을 껐다. 이제 로라는 시킨 대로 김승구의 전번을 지우고 기다릴 것이다. 기다리다가 육욕을 참지 못해서 남자를 찾겠지. 그러나 유스토프한테는 돌아가지 않는다. 유스토프의 기억이 지워졌기 때문이다. 왜 로라에게 전번을 주었느냐고? '육욕의 노예'가 된 것을 확인하기 위해서다.

"옳지, 나왔다."

패트만이 앞쪽을 응시한 채 말했다.

"검정색 벤츠, 4567호."

과연 건물 주차장에서 나온 검정색 벤츠가 곧장 좌회전을 하더니 달려가고 있다. 운전석에 앉은 말로이가 곧장 차를 발진시켰다. 오후 6시 45분, 이미 하바로프스크 시내는 어둠이 덮여서 차도를 오가는 차량들은 모두 전조등을 켰다. 패트만이 말로이에게 주의를 주었다.

"거리를 둬, 말로이. 우리는 놈이 가는 곳만 보고하면 된단 말이야."

"걱정 마, 패트만."

말로이가 익숙하게 핸들을 꺾으면서 말을 이었다.

"난 모스크바에서 택시를 3년이나 몰았다고. 이곳 같은 시골은 눈 감고도 다닐 수 있어."

둘은 발렌스키의 말단 조직원으로 오늘부터 김승구의 미행 조에 편

성된 것이다.

김승구의 얼굴에 웃음이 떠올랐다. 천이통(天耳通)으로 둘의 이야기를 들은 것이다. 천이통이란 세상의 모든 소리를 들을 수 있는 능력이다. 그러나 그 소리를 다 듣자면 소음이 된다. 그래서 엄밀하게 말하면 '듣고자 하는 소리'는 다 들을 수 있는 능력이다. 회사에서 나왔을 때 미행 차가 따라오는 것을 보고 '차 안의 이야기'를 들은 것이다.

사거리에서 신호에 걸려 차들이 멈췄다. 말로이의 BMW는 멈춰 선 차들의 4번째다. 김승구의 차는 두 번째. 승합차가 두 차 사이에 있다. 그때 말로이가 핸들을 옆쪽으로 틀었기 때문에 패트만이 물었다.

"왜 그러는 거야?"

그러나 말로이는 대답하지 않고 반대편 차선으로 차를 빼더니 곧장 앞으로 내달렸다, 사거리 복판으로.

"뭐야?"

혼비백산한 패트만이 소리쳤지만 다음 순간 앞으로 덮쳐오는 거대한 트럭을 보고는 입을 딱 벌렸다.

"우자작!"

소리는 그렇게 났다. 오일을 실은 대형 유조 트럭이 말로이의 BMW를 깔아뭉개버린 것이다. 정면충돌이다. 유조차의 거대한 바퀴에 깔린 BMW는 종이처럼 구겨지면서 납작해졌다. 사거리 한복판이다. 그때 신호가 풀렸기 때문에 김승구는 차를 우측으로 꺾어 빈 곳을 찾아 나아갔다. 사거리가 엉망이 되어서 반대 차선으로 나가서야 곧 길이 뚫렸다.

백미러를 보았더니 BMW에서 일어난 불이 유조차로 옮겨 붙는 중이었다. 사거리는 차들이 늘어서서 대혼잡 상태가 되어 있다. 다시 좌회전을 하자 사거리는 보이지 않았고 정상적인 도로가 나타났다. 그때 차 안에서 목소리가 울렸다.

"좋았어."

악마의 목소리다. 웃음 띤 목소리로 악마가 말을 이었다.

"가차 없이 살인하고, 육욕을 채우고, 파괴하고, 절망에 빠뜨려라."

김승구의 두 눈이 번들거렸다. 이제 악마의 목소리가 음악처럼 들린다.

"그럴수록 네 능력은 강해진다. 네 눈짓 한 번에 목숨을 내던지는 여자, 이것이 바로 남자들의 꿈이 아니냐?"

밤, 10시 반. 이곳은 시 북쪽의 공장지대. 경기가 좋지 않아서 폐업한 공장들이 많다. 어둠에 덮인 공장지대 안으로 들어선 벤츠가 멈춘 곳은 안쪽의 플라스틱 공장의 마당이다. 마당 구석에는 40피트 컨테이너가 문이 활짝 열린 채 있고 앞쪽에 산더미 같은 채소가 쌓였다. 썩은 채소는 밖으로 내놓자 금방 얼어붙어서 악취는 나지 않는다. 벤츠에서 내린 김승구 앞으로 배기남이 다가왔다. 어둠 속에서 배기남의 두 눈이 번들거렸다.

"채소 안쪽에 상자 100개가 쌓여 있었습니다. 안은 채소 절반, 상자가 절반을 차지하고 있더만요."

배기남이 손으로 안쪽을 가리켰다. 5톤짜리 탑차가 벽에 붙어 서 있다.

"탑차에 박스를 실었습니다."

"수고했다."

김승구가 웃음 띤 얼굴로 칭찬했다. 혼자 내리고 싣는 작업을 한 것이다. 배기남이 말을 이었다.

"박스 1개를 뜯어보았더니 안에 지폐가 꽉 차 있었습니다. 세어 보지는 못했어요."

2백만 불이다. 세어볼 필요는 없다, 콜롬비아에서 확인했을 테니까. 고개를 끄덕인 김승구가 말했다.

"자, 그럼 날 따라와라. 박스 하역 작업은 내가 도와주지."

이제 2억 불을 숨기는 일만 남았다.

핸드폰이 울렸을 때 임하경이 막 욕실에서 나온 참이었다. 탁자 위에 놓인 핸드폰을 집어든 임하경이 발신자를 보았다. 모르는 번호다. 밤 11시 반, 늦은 시간이다. 이곳은 시내의 아파트 안. 팩스코 사원용 아파트인데 30평형으로 혼자 살기에 넉넉하다. 유지나하고 같은 방을 써도 되지만 '사원용 아파트' 여유가 많았기 때문에 유지나도 한 채 얻어서 '옆집 사람'이 되었다, 정미나도 마찬가지. 임하경이 핸드폰을 귀에 붙였다.

"여보세요?"

"나야, 임하경 씨."

김승구의 목소리, 놀란 임하경이 숨을 들이켰다.

"웬일이세요?"

"오늘 입주했다면서, 축하해."

"감사합니다, 사장님."

사장님 소리는 처음 해본다.

"웬일이세요?"

다가선 임하경이 묻자 김승구가 눈으로 앞쪽 자리를 가리켰다.

"앉아."

임하경이 자리에 앉더니 주위를 둘러보았다. 아파트 건너편의 '바' 안이다. 술에 취한 남녀들로 혼잡했지만, 바 안은 열기로 가득 차 있다. 아파트 건너편은 상가여서 음식점도 많고 늦은 시간인데도 통행인이 많다. 김승구가 임하경의 앞에 놓인 술잔에 보드카를 채우면서 물었다.

"어때, 아파트가?"

"혼자 지내기엔 커요. 방이 두 개에 욕실도, 거실도 큼직해서."

"그래도 혼자 사는 게 편한 모양이야. 둘이 쓰겠다는 사원이 없더군."

"늦은 시간에 무슨 일이세요?"

불쑥 임하경이 묻자 김승구가 이를 드러내고 웃었다. 밤 12시가 되어가고 있기 때문이다. 이 시간에 아파트에서 불러내는 김승구에게 힐난하듯 물은 것이다.

"러시아에 와줘서 고맙다는 인사를 안 했어. 그래서 앞을 지나가다 얼굴이나 보고 말하려고 했는데…."

"정미나하고 잤다던데. 정미나 씨한테서 들었어요."

"맞아."

"그런데 나는 또 왜?"

"또 왜라니?"

"날 왜 불러냈냐고요?"

"내가 얼굴이나 보려고 왔다고 했지."

이맛살을 찌푸린 김승구가 임하경을 노려보았다. 오신통(五神通)을 쓸 생각은 없다. 임하경에게는 헤어진 첫사랑 같은 분위기가 배어나온다. 자신의 몸 어딘가에 상처 흔적이 남아 있는 것 같다. 전생에 임하경이 자신의 '발 닦는 종'이었지 않은가. 그전(前)의 생에서는 자신이 임하경 집의 문지기였을지도 모르지. 억천만겁의 생을 살면서 인연이 이어지지 않는가?

그 순간 김승구의 두 눈이 번들거렸다. 임하경의 시선을 잡은 김승구가 한마디씩 또박또박 말했다.

"너는 내 포로야."

임하경은 숨을 죽였고 김승구의 말이 이어졌다.

"나를 거부할 수 없다, 알았느냐?"

"네, 주인님."

임하경이 시선을 준 채 대답했다.

"거부하지 않겠습니다."

"네 본능은 나를 보면 욕정을 참지 못하게 된다."

"지금도 몸이 뜨거워졌어요."

"그럼 됐다."

"주인님."

임하경이 번들거리는 눈으로 김승구를 보았다.

"난 이제 내 의지로 행동할 수 없게 된 것인가요?"

"내 포로에서 벗어나고 싶으냐?"

"내 자의로 원하게 될지도 모르지 않습니까?"

"때가 되면 알 수 있겠지."

자리에서 일어선 김승구가 임하경을 내려다보았다.

"회사에서는 평상시처럼 행동한다. 명심해라."

"저도 그쯤은 압니다."

임하경이 따라 일어서면서 물었다.

"제 집에 가시지 않겠어요?"

안 갔다. '악마'는 그것을 바랐겠지만 김승구는 임하경을 집으로 돌려 보냈다. 어쨌든 임하경은 '악마의 포로'가 된 것이다. 김승구가 밤에는 악마의 지배를 받지만 본인의 의지가 작용할 수도 있기 때문이다. 그래서 집으로 돌아가는 길에 악마의 목소리가 울렸다.

"참기 힘들 거다."

악마의 목소리에는 웃음기가 섞여 있다.

"네가 성공하려면 '악마의 본성'이 필요할 테니까."

김승구는 대답하지 않았다. 이미 '악마의 본성'을 하나씩 사용하고 있는 것이다. 그때 악미가 말을 이었다.

"네가 대업(大業)을 이루었을 때 너는 악마가 되었을 거야."

저택에 돌아왔을 때는 밤 1시 반이다. 2층 저택에 하인이 넷이나 있지만 밤에 본채 출입은 엄금했기 때문에 김승구는 응접실로 들어가 소파에 앉았다. 저택은 조용하다. 하인들도 잠이 들었다. 소파에 등을 붙인 김승구가 불쑥 진언을 외웠다.

"옴 염만타자 사바하."

지장보살을 부르는 주문이다. 그러나 한참을 기다려도 할머니는 나타나지 않았다. 한참이란 숨 다섯 번쯤 마시고 뱉었을 때를 말한다.

"옴 바라 마니다니 사바하."

중생의 죄를 사해달라는 진언.

"옴 암마타 암마니 구필구필 사만다 사바하."

모든 중생을 이익 되게 해주는 진언.

그러나 여전히 대답이 없다. 이것은 무엇을 의미하는가? 김승구가 눈을 크게 떴고 어느덧 이가 악물려졌다. 내가 내 몸의 주인이다. 의지하지 않겠다.

"교통사고는 맞아."

발렌스키가 찌푸린 얼굴로 말했다.

"말로이 그 미친놈이 정지 신호를 무시하고 교차로로 뛰어든 거야. 목격자가 1백 명도 넘어."

오전 10시, 발렌스키의 사무실 안에는 유리와 바샤, 간부들까지 7, 8명이 모여 있다. 말로이와 패트만은 현장에서 사망한 것이다. 발렌스키가 시선을 돌려 바샤를 보았다.

"바샤, 김승구 미행팀을 다시 만들어라. 이번에는 미치지 않은 놈으로."

"예, 보스."

"당분간은 그놈을 놔두는 게 이로와, 투자를 할 때까지 말이야."

"그렇습니다, 보스."

"그놈이 나타샤한테 노골적으로 접근했어. 둘이 엉키면 치차코프 가문이 관심을 보일 거야."

발렌스키의 얼굴에 웃음이 떠올랐다.

"뭘 모르는 강아지가 이리저리 뛰다가 곰한테 먹히는 장면이 떠오르는군."

그 시간에 김승구는 클라크와 함께 스보르카의 사무실에 와 있다. 소파에는 스보르카의 보좌관 카리스크까지 넷이 둘러앉아 있는데 부드러운 분위기다. 김승구가 스보르카에게 말했다.

"매장 공사와 자금 지출 등 모든 실무는 클라크 부사장하고 상의하세요. 클라크 부사장이 전권을 갖고 있으니까요."

"그러지요."

고개를 끄덕인 스보르카가 김승구와 클라크를 번갈아 보았다.

"두 분이 아주 손발이 맞는군요."

"내가 모르는 일이니까 욕심만 낼 수는 없지요."

김승구가 웃음 띤 얼굴로 말했고 클라크가 거들었다.

"우리 사장은 엄청난 능력을 갖고 계시니까 다른 할 일이 많으십니다."

"오, 그렇습니까?"

무슨 말인지 알 리가 없지만 스보르카가 건성으로 고개를 끄덕였다. 본사에서 투자금 지급이 결정되었고 매장 공사가 시작되려는 것이다. 그때 스보르카가 김승구에게 물었다.

"김 사장, 이번에 발렌스키가 매장 공사를 맡았고 나는 창고와 사원 숙소, 유통단지를 맡았는데 나타샤의 요양소 공사는 누가 하는 거요?"

"그건 내가 내 사비를 내는 겁니다. 그러니까 스보르카 회장께서 해주시죠."

김승구가 말하고는 웃었다.

"곧 소문이 나겠군요."

"할 수 없지요."

따라 웃은 스보르카가 말을 이었다.

"시베리아의 여신이 곧 김 사장 등에 업히겠구려."

"김, 공사비가 만만치 않을 건데 어떻게 하려고 그래?"

돌아오는 차 안에서 클라크가 물었기 때문에 김승구가 쓴웃음을 지었다. 클라크는 요양소 공사비 걱정을 한 것이다. 차에는 운전석에 앉은 비서실 소속 과장 배기남과 그들 둘까지 셋뿐이다. 백미러에서 김승구가 배기남의 시선을 받고는 입을 열었다.

"커크, 내가 2억 불을 가져왔어."

클라크는 시선만 주었고 김승구의 말이 이어졌다.

"콜롬비아에서 보낸 컨테이너를 바꿔치기 한 것이지. 그러고 나서 여기서 썩은 채소가 담긴 컨테이너를 인수한 거야."

"김, 넌 신(神)이라니까."

클라크가 정색하고 말했다.

"그 돈 박스는 지금 어디 있는데?"

"여기 있는 배 과장이 창고에다 보관하고 있으니까 필요하면 얼마든지 가져가."

"아이구, 이런."

"이건 우리들의 자본금이야, 클라크."

"그렇지, 김승구의 자본금이지."

클라크가 고개를 끄덕였다. 이제 요양소 공사비 걱정은 안 해도 된다.

"썩은 채소는 다 버렸고 컨테이너 2개분만 비료용으로 팔았다는데요."

제이슨 스튜드가 말하자 토머스가 고개를 들었다. 토머스 메클럼은 킹스턴이 보낸 자문관이다. 회색빛 머리칼에 장신의 토머스는 40대쯤이다. 제이슨은 서울에서부터 이곳까지 따라왔다. 물론 제이슨의 현금 인수팀 7명도 함께다.

"그 2개분을 사 간 놈은 누구야?"

토머스의 잿빛 눈동자가 똑바로 제이슨을 응시했다.

"중국 놈이라는군요. 이틀 전에 빈 컨테이너만 컨테이너 야드로 돌려보냈다는데, 이름도 연락처도 없습니다."

"…"

"신분증도 필요 없는 거래여서요. 빈 컨테이너만 돌려주면 되거든요."

"가 보자."

토머스가 자리에서 일어섰다.

"알렉세이통상으로."

오후 2시 반, 토머스 일행이 서울에서 블라디보스토크를 거쳐 이곳 하바로프스크에 도착한 것은 어제 오후 4시 반이다. 그동안 제이슨과 부하들은 컨테이너 행방을 수소문했고 이제 알렉세이통상으로 보내진 마지막 컨테이너를 찾았다, 물론 다 팔렸지만.

"아이구, 며칠만 더 기다려줘요."

마리사가 말하자 휴고의 얼굴이 일그러졌다.

"이봐, 아줌마, 나하고 하루 이틀 거래하는 거야? 오늘 내가 두 번째 왔어."

"내 아이 책값이 들어가서 그래요."

"책값이 중요해, 내 돈이 중요해?"

"그거야…."

"그럼 내일은 두 배로 내."

"아이구, 어머니."

마리사가 어깨를 늘어뜨렸다. 시장에서 반찬 장사를 하는 마리사는 가게도 없는 노점상이다. 가판대 위에 반찬 대여섯 종을 놓고 오후에만 팔아서 두 자식을 키우고 있다. 남편 알렉스는 7년 전에 무허가 벌목을 하다가 사고로 죽어서 보상도 받지 못했다.

작년부터 사채업자 휴고한테 자금을 빌려 반찬 장사를 했지만 일수에 밀려 먹고 살 수가 없다. 10만 루블을 빌렸는데 하루에 1천 루블씩 130일간 갚기로 했으니 좋은 조건처럼 보였다. 그러나 하루 밀리면 하루

분을 더 낸다는 이자 조항 때문에 지금까지 250번을 내왔지만 아직도 50몇 번이 더 남았다. 휴고가 제 멋대로 밀린 다음 날은 2배로 늘렸기 때문이다.

마리사가 울상이 된 얼굴로 휴고를 보았다. 마리사는 38세, 둥근 얼굴에 살찐 몸매지만 밉상은 아니다. 고생을 많이 해서 남루한 옷에 얼굴은 수심이 덮였어도 피부는 아직 매끄럽다. 그때 휴고가 주위를 둘러보고 나서 말했다.

"어때, 오늘 밤?"

"안 돼요, 애들 때문에."

마리사가 대번에 잘랐다. 악질 사채업자 휴고는 제 욕정을 채운 대가도 내지 않는다. 하루 일수 대금을 못낸 벌을 받는 것처럼 욕정을 채우고 다음 날은 2배로 받아간다. 옆쪽 채소가게의 베라가 힐끗거렸기 때문에 휴고가 눈을 치켜뜨고 말했다.

"내일 2배야. 내일 못 내면 모레는 4배."

"아이구, 어머니."

휴고는 표도르파 끄나풀과 친밀한 사이라는 것을 언제나 과시했고 실제로 뒤를 봐주기도 했다. 몸을 돌린 휴고가 시장 입구로 사라졌을 때 베라가 한숨을 내쉬면서 말했다.

"저놈은 악마야."

마리사가 '아이구, 어머니' 했을 때 김승구는 신족통으로 옆에 와 서 있었다. 내막을 아는 건 3초도 걸리지 않았다. 휴고 옆에 서 있었지만 몸체는 사무실에 둔 터라 보이지 않는다.

시장을 나온 휴고가 길 건너편의 주차장으로 다가갔다. 길은 2차선

도로였지만 차도에까지 행인들이 들어와 혼잡했다. 시장 앞인 것이다. 주차장 안쪽에 주차시킨 자신의 BMW를 본 순간 휴고의 심장 박동이 빨라졌다. 지난달에 산 새 차다. 은색의 BMW는 흠집 하나 없이 반짝이고 있다. 사람들을 헤치면서 길을 건너는 휴고의 얼굴에 웃음이 떠올라 있다.

시장 앞 차도에도 행인이 많았기 때문에 유라스가 짜증을 내었다.

"개자식들아, 비켜!"

그러나 경적은 울리지 않고 서행했다. 사람들은 유라스의 2톤 트럭이 다가오자 슬슬 비켜난다. 그때 앞쪽으로 건너가는 거구의 사내가 보였다, 거리는 5미터쯤. 이 속도로 가면 사내는 충분히 앞을 지나고도 남는다.

그때다. 갑자기 트럭이 불끈 앞으로 나갔기 때문에 유라스는 대경실색을 했다. 발이 브레이크 페달 위에 있었기 때문이다. 유라스는 무의식중에 브레이크 페달에서 발을 떼고 가속 페달을 힘껏 밟았다. 자신이 가속 페달을 밟고 있는 것으로 착각했기 때문에 브레이크를 밟은 것이다. 그 순간 대포알처럼 튀어나간 트럭이 휴고를 받아 10미터나 날려 보냈다. 날아간 휴고는 옆쪽 시멘트 담장에 머리를 부딪쳐 현장에서 즉사했다.

"이건 점수에 안 들어가."

사무실의 몸으로 돌아온 김승구의 귀에 악마의 목소리가 울렸다.

"방금 끝낸 살인 말이다. 이건 너희들 말마따나 권선징악에 해당되는 일이니까 말이야."

김승구는 입맛만 다셨고 악마의 목소리가 이어졌다.

"오히려 내 수하를 없앤 셈이지만 벌점은 안 주겠다."

"닥쳐!"

김승구가 낮게 말했을 때 문에서 노크 소리가 울리면서 재무담당 전무 머피가 들어섰다. 머피의 뒤로 사내 하나가 따르고 있다.

"사장님, 본사에서 온 메클럼 씨입니다."

머피가 소개했다.

"토머스 메클럼입니다."

다가선 사내가 정중하게 고개를 숙여 인사했다. 연락을 받은 터라 김승구가 손을 내밀며 웃었다.

"이번에 벼락출세한 김승구요."

"아이구, 당연히 진급하신 거죠."

따라 웃은 김승구가 토머스에게 자리를 권했다. 토머스의 직급은 회장 비서실 소속의 자문관이다. 각 지역 법인의 사장과 비슷한 직급이다. 자리에 앉은 토머스가 웃음 띤 얼굴로 김승구에게 물었다.

"매장과 상가 공사를 마피아 2개 조직에 균등하게 주셨더군요."

"예. 스보르카 조직은 우리 대리인 역할이지만 발렌스키가 최대 조직이어서요."

"잘 하신 겁니다."

"아직까지는 말썽이 없습니다."

그때 김승구와 토머스의 눈동자가 마주쳤다. 그 순간 김승구의 머릿속에 토머스의 뇌가 입력되었다. '타심통'. 김승구의 얼굴에 웃음이 떠올랐다.

"여긴 공기가 맑아요. 며칠 쉬다 가시면 폐가 깨끗해질 겁니다."

토머스도 마침 그 말을 하려던 참이다.

"그렇군요. 그렇게 하겠습니다."

"비서실에 사무실을 만들어 드리지요."

"감사합니다."

그것도 부탁하려던 참이어서 토머스는 할 말이 없게 되었다.

퇴근하는 차 안에서 김승구가 운전석에 앉은 배기남에게 말했다.

"오늘 비서실에 온 토머스 메클럼, 제이슨 스튜드 일당은 비자금 추적반이야."

백미러에서 배기남의 시선과 맞춘 김승구가 빙그레 웃었다.

"그놈들이 널 의심하고 있어. 병가를 냈다가 갑자기 이곳에 나타났으니까."

"집에 찾아오면 큰일인데요."

배기남이 한숨을 쉬었다.

"와이프가 임신까지 한 상태여서."

"의심하는 놈들을 모두 처치할 수는 없어서 골치 아프다."

"죄송합니다."

그때 김승구가 얼굴을 펴고 웃었다.

"네 잘못이 아니지."

오후 6시 25분, 시베리아는 밤이 빨리 찾아온다.

이르쿠츠크의 치차코프성(城)은 바이칼 호가 내려다보이는 언덕 위 숲 속에 세워져 있는데 방이 160개가 되는 대저택이다. 그 성의 3층 응접실에서 치차코프가 아들 레프와 마주앉아 있다.

"너, 나타샤 소문 들었냐?"

치차코프가 묻자 레프가 똑바로 시선을 주었다.

"네, 들었습니다."

레프는 33세, 모스크바대학에서 경제학을 전공하고 8년 전부터 치차코프의 일을 돕고 있었는데 지금 직책은 '러시아 정유'사 부사장이다. 레프가 말을 이었다.

"팩스코러시아의 지원을 받아 요양원을 건설 중이라고 합니다."

"팩스코러시아 사장이 누군지 알지?"

"예, 스보르카하고 러시아에 팩스코 매장 허가를 받은 공으로 러시아 법인 사장이 된 놈이죠."

"그놈이 나타샤의 배경을 모르고 후원했을까?"

"그랬을 리 없습니다."

"그렇다면 그놈이 러시아 법인 사장이 되자마자 매장 공사와 함께 나타샤의 요양원 공사를 하는 이유가 뭘까?"

"나타샤의 이미지를 이용하려는 것일 수 있습니다."

치차코프의 얼굴에 쓴웃음이 떠올랐다. 치차코프는 62세, 아버지 네오돌프로부터 기업을 물려받았으며 레프는 3대(代)째다. 비대한 체격이지만 행동이 빠르고 정력적인 치차코프는 2개의 원유 광구를 보유한 극동 최대의 갑부이자 이르쿠츠크 최대 마피아 수장이다.

"그놈이 이곳을 노리고 있다는 생각은 안 드느냐?"

치차코프가 웃음 띤 얼굴로 말을 이었다.

"하바로프스크는 이르쿠츠크 지역의 10분의 1도 안 되는 시장이야. 그놈들이 하바로프스크에 만족할 리가 없어. 더구나 팩스코 같은 놈들이 말이야."

"…."

“지금 발렌스키는 팩스코 공사를 받아서 돈 몇 푼에 정신을 못 차리고 있지만 공사가 끝날 때쯤이면 그놈들한테 허점이 다 드러나 있을 것이다.”

“…”

“우선 공사부터 끝내고 자금이 몽땅 투입되었을 때 크게 먹겠다고 하겠지만 말이야.”

“아버지.”

마침내 레프가 정색하고 치차코프에게 물었다.

“제가 어떻게 하면 됩니까?”

밤 9시 반, 숙소 건너편 상가의 바에 들어선 발라노스와 루마노는 서로의 얼굴을 보았다. 바 분위기에 만족한 것이다. 거칠고 자극적이다. 안쪽 플로어에 반라의 여자 댄서가 춤을 추고 있는데 음악이 빠르다. 몸이 격정적으로 흔들렸고 여자의 몸을 보려고 사내들이 둘러앉아 있다. 바 안은 소란스럽고 활기에 찼다. 구석 쪽 자리를 찾아 앉은 둘에게 금방 종업원이 다가왔다.

“위스키.”

발라노스가 말하자 남자 종업원이 손을 내밀었다.

“보드카뿐이야, 블라디보스토크산. 병당 20불.”

“좋아.”

발라노스가 주머니에서 20불 지폐를 건네주자 종업원이 사람들을 헤치고 사라졌다. 그때 루마노가 옆쪽 테이블을 턱으로 가리켰다.

“저기 여자 둘이 우리를 보는데.”

“나도 보았어.”

소음이 커서 발라노스가 소리치듯 말했다.

"여자들이 많으니까 서둘지 말고 골라."

과연 바 안은 좌석이 거의 찼고 남녀가 반반이다. 짝을 찾는 남녀 간의 눈빛이 레이저 광선처럼 난무하고 있다. 그때 종업원이 다가와 보드카 병과 잔을 내려놓더니 벽 쪽을 눈으로 가리켰다.

"저쪽 여자 둘이 당신들을 부르는데."

둘의 시선이 그쪽으로 옮겨졌다. 벽에 붙은 등빛이 여자 둘의 얼굴을 비췄다, 미인이다. 날씬한 몸매, 금발, 옆쪽 테이블보다 낫다.

"좋아. 저기로 가자."

발라노스가 술병을 쥐고 일어섰다.

"내가 뭐랬어? 오늘 밤 일이 생길 거라고 했지?"

김승구가 거울에 비친 제 얼굴을 보았다. 눈의 흰자위가 붉어졌고 습기가 모여 번들거리고 있다. 이곳은 바 안의 화장실, 몸은 저택에 두고 숙소에 묵고 있는 토머스를 살피러 왔다가 밖으로 나온 둘을 따라온 것이다. 토머스는 저녁때부터 제이슨과 함께 술을 마시더니 소파에 드러누운 채 TV를 보는 중이다.

그리고 토머스와 제이슨 등 수뇌부를 건드리면 킹스턴이 의심할 것이다. 존 또한 마약 소지죄로 지금 한국 교도소에 수감된 상황인 것이다. 토머스는 알렉세이통상에 직접 찾아갔지만 배기남의 흔적은 찾지 못했다. 배기남이 컨테이너를 찾아가면서 철저히 위장했기 때문이다.

그렇다고 2억 불이 든 40피트 컨테이너가 하바로프스크에서 증발되었다는 증거도 없다. 채소 썩은 컨테이너를 찾아간 중국인을 찾지 못한 것이 꺼림칙할 뿐이다. 물론 김승구에 대한 의혹도 그대로 남아 있다. 서

경아 주변에서 얼쩡거리던 일부터 러시아 법인장이 되기 전까지의 행적을 훑어보면 의혹 천지다. 그래서 킹스턴 회장이 당분간 이곳에서 근무하라고 한 것이다. 물론 2억 불 행방 추적이 1순위다. 거울에 비친 김승구의 얼굴에 슬쩍 웃음이 떠올랐다. 이제 나는 악마다. 저것이 악마의 얼굴이다.

"나, 화장실."

여자의 어깨를 안은 팔을 내린 발라노스가 자리에서 일어섰다. 보드카를 넷이서 세 병째 마시고 있다. 바 안은 더 소란했고 열기가 뜨겁다. 안쪽에서 환성이 울리는 것은 댄서가 옷을 벗어 던지기 때문이다. 발라노스가 비틀거리면서 화장실 쪽으로 사라지자 루마노가 입맛을 다셨다.

"병신. 술에 취하면 2차에 힘도 못 쓰잖아?"

루마노는 발라노스가 두 잔 마실 때 한 잔꼴로 마셨다. 여자와의 뜨거운 밤을 위해 자제한 것이다.

"가 봐요."

10분쯤이 지났을 때 발라노스의 파트너가 찌푸린 얼굴로 말했다. 금발에 피부가 대리석처럼 매끄러운 미녀다. 제 입으로는 우체국에서 근무한다고 했지만 흥정하는 걸 보면 아니다. 오늘 밤 200불로 익숙하게 합의를 한 것이다.

"젠장."

투덜거린 루마노가 자리에서 일어섰다. 틀림없이 좌변기에 앉아 잠이 들었을 것이다. 뉴욕에서도 그 지랄을 했다.

"이봐, 발라노스!"

마침 화장실이 비었기 때문에 버럭 소리친 루마노가 3개가 나란히 배치된 화장실 왼쪽 문을 열었다. 없다.

"자냐?"

두 번째 문을 열었지만 없다. 냄새에 숨을 참은 루마노가 세 번째 문을 열어젖히고는 입을 딱 벌렸다. 발라노스가 좌변기에 앉아 있는 것이다. 그러나 목에서 피가 흘러내려 목 아래쪽은 피로 덮여 있다. 부릅뜬 눈은 공포에 질린 표정이다. 입을 딱 벌리고 있었는데 지금도 비명이 터져 나올 것 같다. 정신을 차린 루마노가 한 걸음 뒤로 물러섰을 때다. 뒤에서 인기척이 났기 때문에 몸을 돌린 루마노가 입을 딱 벌렸다.

"악!"

짧은 외침이 터진 순간 칼날이 날아가 루마노의 목을 쳤다. 목이 절반이나 잘린 루마노가 화장실 바닥에 쓰러지면서 버둥거렸다. 그때 사내가 몸을 돌려 화장실을 나갔다.

밤 11시 반, 제이슨이 토머스 메클럼을 흔들어 깨우는 데 5분이나 걸렸다.

"토머스, 길 앞 바에서 발라노스와 루마노가 피살당했습니다!"

제이슨이 버럭 소리치자 토머스가 고개를 흔들고 눈을 껌벅였다. 술이 깨려고 그러는 것이다.

"누구한테?"

겨우 그렇게 물은 토머스가 둘러선 부하들을 보았다. 아직 눈동자의 초점이 잡히지 않았다. 그때 제이슨이 대답했다.

"강도한테 당한 것 같다고 경찰의 연락이 왔습니다. 발라노스의 파트너 되는 여자가 여기 산다고 경찰한테 이야기를 해줬답니다."

그때서야 토머스가 자리를 차고 일어섰다.

"시체는 어디에 있어?"

"병원 시체실. 경찰부터 가야 합니다."

제이슨이 말을 이었다.

"토머스, 같이 갑시다."

발라노스와 루마노는 제이슨의 부하다.

침대 앞에 선 김승구가 임하경을 내려다보았다. 임하경은 잠이 들었다. 팬티에 브래지어 차림으로 사지를 쫙 펴고 자는데 시트도 덮지 않았다. 침대 옆 스탠드의 불은 켜놓아서 임하경의 몸이 그대로 드러났다. 숨을 쉴 때마다 젖가슴과 배가 올랐다가 내려간다. 풍만하지만 균형이 잡힌 몸매다. 허벅지 살은 단단했고 손가락으로 누르면 튕겨날 것 같다. 불빛에 비친 피부는 기름을 바른 것처럼 윤기가 난다. 머리끝에서 발끝까지 여러 번 훑어본 김승구의 두 눈이 더 붉어졌다. 욕정으로 몸이 터질 것 같기 때문이다. 그러나 김승구는 스스로 묶인 것처럼 가슴 앞에서 두 손으로 팔짱을 끼었고 어금니를 악물고 있다. 그때 악마의 목소리가 울렸다.

"몸을 가져올 수 있지 않느냐? 눈 깜빡하는 사이에 네 몸이 이곳으로 오면 되는 거다."

악마의 목소리도 열기에 떠 있다. 악마는 바로 김승구 몸속에 있기 때문이다.

"어서, 이 병신아. 임하경은 이미 네 포로 아니냐?"

김승구가 더 이를 악물었더니 악마가 꾸짖었다.

"임하경도 널 기다리고 있지 않느냐? 눈을 뜨고 널 본 순간에 매달려올 거다."

그 순간 김승구는 신족통으로 몸을 날렸다. 현장에서 사라진 것이다.

"으악!"

김승구의 입에서 억눌린 신음이 터졌다. 가슴을 뚫고 나간 창이 등으로 빠져나와 있다. 그 고통은 차라리 숨이 끊어졌으면 낫겠다는 생각이 들 정도다.

"으아악!"

김승구는 방바닥에 모로 쓰러진 채 두 다리를 버둥거렸다. 그 방법밖에 없다. 도저히 서서 이 고통을 견딜 수가 없기 때문이다. 물론 가슴을 관통한 창은 김승구의 눈에도 보이지 않는다. 그러나 형체가 있다. 김승구가 앞쪽 창 자루를 두 손으로 움켜쥐고 있는 것이다.

"으아아악!"

얼굴은 진땀으로 범벅이 되었고 눈이 밖으로 튀어나올 것 같다. 그때 악마의 목소리가 울렸다.

"이 고통은 점점 더 강해진다."

악마의 단조로운 목소리가 이어졌다.

"그리고 절대 면역이 되지 않는다. 언제나 처음 겪는 고통이 시작되는 거다."

"으아아!"

김승구가 다시 신음했다. 악마의 벌이다. 발라노스, 루마노를 죽인 것도 악마의 본성대로 움직였다. 그런데 임하경을 보고 욕정을 채우지 않은 것은 악마를 배신한 죄다. 악마는 본성대로 죽이고, 채워야 한다.

공사 현장이 보이는 커피숍 안, 창가의 좌석에 앉은 김승구와 나타샤가 현장을 보면서 이야기를 나눈다. 6층 건물로 계획된 요양원은 벌써 철골 뼈대가 세워져 있다. 고개를 돌린 김승구가 나타샤를 보았다.

"한국의 유명한 설계회사에 시베리아의 디즈니랜드 설계를 맡겼어요. 세계 제1의 디즈니랜드를 만들 겁니다."

김승구의 얼굴에 웃음이 떠올랐다.

"설계회사에서 이번에 건설할 디즈니랜드의 이름을 알려달라고 해서 '나타샤랜드'라고 말해주었습니다."

그 순간 나타샤의 눈이 반짝였다. 얼굴도 금방 상기되었는데 눈 주위가 더 붉어졌다. 놀란 너구리같다, 귀여운 너구리.

"임시 이름이죠?"

나타샤의 목소리가 떨렸다.

"아니, 그대로 할 겁니다."

김승구가 정색하고 나타샤를 보았다.

"부지를 찾아서 구입해야 됩니다. 그래야 설계가 제대로 맞춰질 수가 있거든요."

"…."

"미국 디즈니랜드보다 10배, 20배 큰 규모로 만들 겁니다. 아예 도시가 되는 것이지요. 아이들부터 노인들까지 즐길 수 있는 꿈의 도시, 이곳에 잠깐 놀다가 가는 것이 아니라 사는 것입니다."

김승구의 눈동자가 흐려졌다. 마치 꿈을 꾸는 것 같다. 그것을 본 나타샤의 눈에 눈물이 맺혔다. 숨이 가빠져서 호흡을 조절해야만 했다. 바로 이것이다. 김승구가 토씨 하나 틀리지 않고 나타샤의 꿈을 말해준 것이다. 김승구가 나타샤를 향해 부드럽게 웃었다. 타심통(他心通)을 썼다.

참 아름다운 꿈이다.

"행복해요."

마침내 나타샤가 떨리는 목소리로 말했다.

"그리고 고마워요."

"천만에."

정색한 김승구가 고개를 저었다.

"그것은 어렸을 때부터 내 꿈이기도 했거든요."

어렸을 때 고아원에서 꾸던 꿈은 돼지고기를 실컷 먹는 것이었다.

"클라크, 러시아 마피아 때문에 여러 번 시장 진출이 좌절되었다가 이번에 하바로프스크에서부터 진출한 것은 우리 팩스코 입장에서는 잘된 일이야."

킹스턴의 목소리가 사무실을 울렸다. 이곳은 팩스코러시아의 클라크 부사장실, 부사장실 안에는 클라크와 재무담당 전무 머피가 들어와 있다. 지금 킹스턴과는 스피커폰으로 통화를 하는 것이다. 킹스턴이 말을 이었다.

"내가 자네들 둘을 불러 같이 이야기를 하는 이유는 사장을 잘 보좌해서 이 기회를 놓치지 말라는 뜻이니까 명심하도록, 알았나?"

"예."

둘이 동시에 대답했고 곧 통화가 끊겼다. 킹스턴이 머피를 부사장실로 불러들이라고 해놓고 '연설'을 한 것이다. 전화기를 내려놓은 클라크가 머피를 보았다.

"회장이 우리 둘에게 당부를 한 이유가 도대체 뭐야?"

"일 잘 하라는 내용 아니오, 사장 잘 보좌해서?"

"내 생각은 당신하고 둘이 손발을 잘 맞추라는 소리 같은데."

"무슨 말이오?"

머피가 눈을 가늘게 떴다. 팩스코한국에서는 머피가 재무담당 전무로 사장 포크너 다음 서열이었다. 부사장이 없었기 때문이다. 클라크는 본부장급으로 서열 10위권이었다. 그런데 지금은 클라크가 2위, 머피가 3위다. 그때 클라크가 쓴웃음을 지었다.

"당신이 내 감시역으로 여기 온 거 다 알고 있어. 지금 비서실에 있는 토머스도 그렇고."

"회사 생활 1, 2년 했나? 회사는 위아래가 다 감시역이야, 클라크 씨."

머피의 얼굴에도 쓴웃음이 번졌다.

"회장이 직접 말씀을 내린 것을 영광으로 생각하라고."

"내가 러시아를 최대 매출국으로 만들 테니까 염려하지 마시라고 해."

클라크는 서울에서의 경력을 발휘해서 이제 영업부를 본격 가동하고 있다. 매장이 없는 상태에서도 수출입은 가능하기 때문이다. 그때 머피가 고개를 들고 클라크를 보았다.

"클라크, 알고 있어?"

"뭐 말이야?"

"재무부서에서 사고가 두 번이나 났어."

"…."

"서울에서 두 번."

"그래서 이곳으로 좌천된 건가?"

"방금 회장 통화를 듣고서도 그런 말이 나오나?"

"그럼 사고를 내고 영전된 거야?"

"내가 당신이 연관이 없다는 믿음이 가니까 하는 말이야. 회장님도 그렇게 믿으시고."

"…."

"김 사장 주변이 수상해."

"…."

"요양원 공사도 이미 보고가 되었어. 김 사장이 자비로 건설하고 있다면서?"

"글쎄, 난 건설 쪽은…."

"스보르카한테 이미 1천만 불이 지급되었어. 그것도 현금으로."

머피가 둘밖에 없는 방 안을 둘러보는 시늉을 했다.

"모르지? 두 번째 사고는 현금이 든 컨테이너 박스가 실종된 거야. 그것도 현금 2억 불이 든 40피트짜리 컨테이너가."

"어디에서?"

"한국에서."

"그런데 왜 러시아에서 당신이 이 지랄을 하는데?"

"그 컨테이너가 러시아로 왔을 가능성이 있기 때문이지."

"컨테이너가 편지냐, 잘못 보내지게?"

"김 사장은 처음 재무 사고가 일어났을 때도 의심을 받았어."

"…."

"당신은 모르겠지만."

"이봐, 전무."

마침내 클라크가 머피의 직함을 불렀다. 머피의 시선을 받은 클라크가 말했다.

"난 모르는 일이고 이런 사고하고 연관되기 싫어. 이건 당신 일이야."

"알아. 하지만 회장님께선 당신과 상의해서 도움을 받으라고 하셨어."

"알았어."

손바닥을 펴 보인 클라크가 말을 이었다.

"내가 도와줄 수 있는 일이 있다면 얼마든지 도와주지. 그럼 됐지?"

머피가 고개를 끄덕였다.

영업팀 경력이 없는 정미나는 수출업무 파트에 배정되었다. 수입보다 수출 업무가 유리했기 때문이다. 클라크의 배려다. 수출 파트는 러시아산 제품을 외국에 내다 파는 업무여서 정부의 적극적인 협조를 받을 수 있다. 정미나는 러시아산 식품을 담당했는데 한 달 동안 단 한 건도 실적을 올리지 못했다. 까다로운 수입 파트에서 일하는 임하경이 5백만 불 가까운 의류 수입 실적을 낸 것과 대조적이다.

"품질 규정에 맞지 않는다네요."

정미나가 마침내 김승구에게 하소연을 했다. 러시아산 캐비아는 유명한 수출 품목이다. 하바로프스크에도 '민스크 캐비아'라는 식품회사가 있는데 지금까지 내수 판매만 해온 것이다. 정미나는 '민스크 캐비아'를 미국으로 수출하려다가 불합격 통지를 받은 셈이다.

"어떻게 하죠?"

오후 4시 반, 둘은 시내의 커피숍에서 마주보고 앉아 있다. 정미나가 이곳으로 김승구를 불러낸 것이다. 정미나의 시선을 받은 김승구가 풀썩 웃었다.

"그게 하루 이틀에 되는 일이야?"

"하지만 '블루밍 식품'은 지난해에 '민스크 캐비아'보다 품질이 낮은 '블라디보스토크 캐비아' 제품을 1천만 불어치나 수입해갔어요."

"사정이 있었겠지."

"날 좀 도와줘요."
"그게 팀장이 사장한테 할 소리냐?"
"내 애인이잖아요?"
"누가?"
"자기가."
정미나가 눈웃음을 쳤다.
"임하경한테 내가 자기하고 잤다고 말해주었어요."
"잘했어."
"정말?"
이제는 정미나의 얼굴에서 웃음기가 지워졌다. 정미나가 만나자고 한 이유가 이것인 것이다.
"내가 잘 했어요?"
"그래."
"회사에 소문이 났어요."
"나타샤 소문이겠군."
"그래요. 사장님이 나타샤하고 깊은 관계라는 소문."
"맞아."
그 순간 김승구를 응시하던 정미나가 고개를 끄덕였다.
"알았어요."
"내가 '민스크 캐비아' 수출을 도와줄게."
김승구가 정미나를 응시하면서 말을 이었다.
"블루밍 식품의 하바로프스크 지사장이 '블라디보스토크 캐비아'로부터 리베이트를 받고 있는 거야."
정미나의 얼굴이 밝아졌다.

"그랬군요."

"내일 지사장 매카나기를 찾아가 봐. 오더를 할 테니까."

고개를 끄덕이는 정미나를 보면서 김승구가 깨달았다. 지금은 낮이다. 아직 악마가 끼어들지 않았다. 그래서 정미나를 그대로 둔 것이다. 밤에 정미나가 이런 이야기를 했다면 바로 포로로 만들었을 것이다. 악마의 포로, 생각 없이 복종만 하는 포로를 말한다.

오후 5시 10분, 유리가 방 안으로 들어서자 소파에 앉아 있던 두 사내가 일어섰다.

"오랜만입니다."

두 사내 중 마른 체격의 40대 사내가 유리에게 손을 내밀었다. 안토노프, 치차코프 가문의 운반책. 유리하고는 2년 가깝게 거래를 해온 관계다. 악수를 나눈 그들이 자리에 앉았을 때 안토노프가 웃음 띤 얼굴로 유리를 보았다.

"요즘 바쁘시더군요. 팩스코러시아가 들어와서 일거리가 많아졌다고 들었습니다."

"일만 많지 소득이 없어요."

투덜거리듯 말한 유리가 들고 온 묵직한 플라스틱 가방을 탁자 위에 놓았다.

"미화로 150만 불이오."

"여기 3킬로 가져왔습니다."

안토노프가 의자 밑에서 헝겊 가방을 들어 유리에게 내밀었다.

"확인해 보시지요."

헤로인이다. 고개를 끄덕인 유리가 뒤에 선 도르카에게 가방을 넘겼다. 도르카가 헤로인 가방을 들고 창가 테이블로 다가가더니 갖고 온 도구를 펼쳐놓고 검사를 시작했다. 그동안에 안토노프의 수행원도 가방을 열고 현금을 확인한다. 이윽고 양쪽이 거의 동시에 확인을 끝냈다.

"좋습니다. 그럼, 다음에."

자리에서 일어선 유리가 안토노프에게 말하고는 몸을 돌렸다. 이곳은 하바로프스크 교외의 리스본호텔이다. 고속도로 교차로에 위치해서 트럭 운전사들의 단골 호텔이었는데 이곳이 유리와 안토노프의 접선 장소로 사용되고 있다.

"김승구가 정미나를 만났어?"

되물은 토머스의 얼굴에 쓴웃음이 떠올랐다.

"여자들이 그놈의 아킬레스건이야."

"포크너 사장이 정미나한테 임무를 주었지만 별 성과가 없는 것 같습니다."

제이슨 스튜드가 말을 이었다.

"김승구가 약점을 보이지 않는다는 겁니다."

"아니면 김승구가 정미나의 정체를 파악했거나."

토머스가 찌푸린 얼굴로 제이슨을 보았다.

"정미나가 김승구에게 붙었을 수도 있지."

"그렇다면 매수당했을까요?"

"어쨌든 정미나를 감시하면 김승구의 약점이 드러날 거야."

둘은 토머스의 방에서 이야기를 나누고 있다. 오후 6시 10분, 퇴근시간이 지났기 때문에 바깥 사무실은 조용해지는 중이다. 토머스가 눈썹을 모으고 제이슨을 보았다.

"김승구가 요양원 공사대금을 현찰로 낸 건 빼도 박도 못 하는 증거야. 이젠 여기서 그 증거를 확인하기만 하면 돼, 김승구의 여자관계를 이용해서 말이야."

"밤에는 김승구가 저택으로 돌아가 나오지를 않습니다."

제이슨이 고개를 한쪽으로 기울였다.

"아주 착실한 가장처럼 일찍 들어간단 말입니다."

밤에는 악마가 된다. 이제는 그렇게 굳어졌다. 그렇게 재창조되었다고 봐도 될 것이다. 해가 지고 어둠이 덮이면 악마다. 본성이 저절로 발동되어서 거침없이 행동한다.

오후 6시 45분, 소파에 몸을 눕히고 앉아 있던 김승구가 일어섰다. 이곳은 저택의 2층 서재, 하인들은 밤에 2층 출입이 금지되었기 때문에 김승구의 행동을 알 수 없다. 김승구는 신족통(神足通)으로 날아갔다.

사카로프클럽, 유리가 직접 경영하는 하바로프스크 제1의 유흥 클럽이다. 이곳은 방이 30개나 있는 데다 바깥의 홀도 5백여 평이나 되어서 한꺼번에 1천 명을 수용할 수 있는 2층 유흥업소다.

"1봉지에 5백 불입니다."

바실리가 귀에 입을 붙이고 말했다.

"아주 순도가 좋아요. 최고급이지요."

"좋아, 3봉지."

코니타가 주머니에서 돈뭉치를 꺼내면서 눈으로 오른쪽 테이블을 가리켰다.

"저기 있는 셋을 데려와."

"현명하신 선택입니다."

바실리가 코니타가 세는 돈을 주시하면서 말을 이었다.

"바로 모시고 오지요."

"반씩 나눠 먹으면 되겠지?"

"그럼요. 5시간은 보장합니다."

헤로인 1봉지 값이 5백 불이다. 1봉지는 0.1그램으로 둘이 술에 나눠 타 마셔도 효력이 강해서 절반쯤 혼수상태가 된다. 바실리가 돌아가자 코니타가 주위를 둘러보았다. 오늘도 사카로프클럽은 만원이다. 아마 이 중 절반은 헤로인을 마시거나 주사로 맞을 것이다.

"어머니!"

목구멍이 찢어지는 것 같은 비명, 여자다.

"살아야 돼!"

러시아 말이지만 김승구는 다 듣는다. 어쩔 수 없이 걸음을 멈춘 김승구가 차에 깔린 여자를 보았다, 중년 여자. 이곳은 인적이 없는 길가. 도랑으로 굴러 떨어진 차가 뒤집히면서 창문으로 튕겨 나온 중년 여자는 허리가 깔려 있다. 지금 여자 앞에 선 젊은 여자가 차를 밀어 올리려고 악을 쓰지만 꿈쩍도 하지 않는다. 빙판에 미끄러진 차가 길가 도랑으로 떨어진 것이다.

"어머니!"

중년 여자가 눈을 떴다, 차분한 표정. 주위는 눈에 덮인 평원. 불빛이 없지만 얼굴이 선명하게 드러났다.

"마리야!"

중년 여자의 목소리가 울렸다. 김승구는 젊은 여자 옆에 서 있다.

"어머니!"

마리야가 차를 어깨에 붙인 채로 부른다.

"조금만 기다려! 어머니!"

"마리야, 네 옆에 남자가 있구나."

그 순간 숨을 들이켠 김승구가 중년 여자를, 그리고 마리야를 번갈아 보았다. 내가 보이나?

"어머니! 누구?"

마리야가 소리쳐 묻는다, 여전히 차를 어깨로 밀면서. 중년 여자의 시선이 김승구에게 옮겨졌다.

"네 옆에 젊은 동양인…."

"어머니!"

마리야가 김승구 쪽을 보았지만 눈동자의 초점이 멀다. 안 보이는 것이다. 그 순간 중년 여자의 입가에서 피가 흘러내렸다.

"하느님! 도와주세요!"

마리야가 절규했다. 차에서 몸을 뗀 마리야가 중년 여자의 상반신을 부둥켜안고 소리쳤다.

"엄마! 살아야 돼!"

그때 중년 여자의 시선이 다시 김승구에게로 옮겨졌다.

"신이여, 용서하소서."

"난 신이 아냐."

김승구가 고개를 저으면서 말했다.

"난 지금 악마야. 널 살릴 수 없어."

"제 죄를 사하여 주시옵소서."

"난 악마라니까."

"당신의 죄도 제가 안고 가겠나이다."

그 순간이다.

"으아악!"

김승구의 입에서 처절한 비명이 터졌다.

"으아아아!"

허리가 끊어지는 것 같은 통증이 온 것은 차가 김승구 쪽으로 넘어져 허리를 깔아뭉갰기 때문이다. 그러나 차가 반대로 뒤집히면서 중년 여자의 몸은 빠져나왔다.

"어머니!"

마리야가 반색을 하고 중년 여자의 몸을 끌어당겼다.

"어머니!"

"으아아아아!"

김승구가 목이 터져라 비명을 질렀지만 마리야는 듣지 못했다. 보지도 못한 것이다. 그러나 중년 여자는 다 듣고 다 보았다. 중년 여자가 겨우 말했다.

"마리야, 저 남자를 구해야 돼."

중년 여자가 열심히 말했다.

"저 비명이 들리지 않느냐?"

"어머니! 차 소리가 들려!"

마리야가 벌떡 상반신을 일으키며 소리쳤다. 과연 오른쪽 길에서 차 한 대가 달려오고 있다.

"어머니! 차가 와!"

"마리야, 저 남자를…."

"으아아악! 사람 살려!"

김승구가 고통을 참지 못하고 다시 악을 썼다. 그때 승용차 한 대가 길가에 멈추더니 사내 둘이 뛰어내렸다. 그러고는 중년 여자를 안고 차에 태웠다. 마리야도 차에 올랐을 때 김승구가 악을 썼다.

"여기야! 여기! 날 꺼내줘!"

김승구는 제 목소리가 눈에 덮인 평원 저 끝 쪽까지 울리는 것을 들었지만 차는 곧 출발했다. 중년 여자는 기절했는지 눈을 감고 있다. 차가 사라졌을 때 김승구는 옆으로 다가온 기척을 느꼈다. 보지 않아도 알 수 있다. 지장보살이다. 악마라면 이렇게 놔두지 않았을 것이다.

"능력만큼의 대가가 있는 법이야."

과연 지장보살의 목소리, 오늘은 '할머니'의 목소리가 엄숙하다. 모습도 보이지 않는다. '할머니'가 말을 이었다.

"마리야의 어머니가 악마를 뿌리치고 살아난 이유를 보아라."

"이보셔, 할머니."

고통 속에서도 김승구가 악을 썼다.

"둘이 밤낮으로 나누든지 해야지. 당신이 밤에 나타나면 어떻게 해?"

"마리야의 어머니 조안은 죽는 순간에도 널 용서하고 네 죄까지 끌어안는 바람에 살았다."

"나, 이 장사 안 할래!"

"내일 아침 해가 뜰 때까지 그 고통을 받아 보거라."

"나, 안 한다니까!"

다시 고통이 몰려왔기 때문에 김승구가 악을 썼다.

"으아아악!"

그러다 해가 뜨기 전에 악마가 찾아왔다. 악마가 차에 깔린 김승구의 옆에 서서 한숨을 쉬었다. 악마도 모습은 보이지 않았지만 냄새만으로도 알 수 있다.

"이것 봐! 나 꺼내줘!"

김승구가 악을 썼다. 자신의 오신통(五神通)을 다 작동해도 차에서 몸을 빼낼 수는 없었기 때문이다. 몸의 힘과 능력은 다 사라지고 고통을 받는 신경만 남은 것 같다. 그때 악마가 말했다.

"어쩔 수 없어, 해가 뜰 때까지 기다리는 수밖에."

"으아아악!"

비명을 지르면 고통이 약간 사라지는 것 같기 때문에 이런다. 한바탕 비명을 지른 김승구가 눈을 부릅떴다.

"니 군번이 부처, 아니 지장보살보다 늦은 거야?"

"군번보다도 병과가 다른 거지."

"으아아악!"

"좀 소리를 낮춰라, 놀랐잖아!"

"이 병신아! 병과가 다르면 날 빼내지 못하는 거야?"

"부처 팀이 네가 있었던 레인저라면 난 스페르나츠라고 할까…."

"으아아악!"

"아이구, 시끄러!"

"이 개 같은 스페르나츠!"

"참아. 악마의 쾌락은 더 강하다는 것으로 자위해."

"난 복수할 거다!"

"부처한테 해야지, 그렇지?"

"너희들 둘 다. 난 너희들을 압도할 작정이야!"

"너희들이라니, 심한데?"

"으아아아악!"

김승구의 비명이 너무 컸기 때문인지 악마는 그때부터 사라져버렸다. 김승구의 머리칼이 곤두섰다. 어디 두고 보자.

"해쓱해지셨는데."

다음 날 아침 출근한 김승구에게 클라크가 물었다.

"어디, 아팠습니까?"

"어젯밤에 술을 마셔서…."

얼른 대답한다는 것이 술 핑계를 대버렸는데 클라크가 빙그레 웃었다. 사장실 안이다. 둘은 소파에 앉아 있다.

"요즘은 퇴근하시면 바로 저택으로 들어가시던데. 여자도 만나고 좀 즐기셔야지."

"감시자가 많아서."

그러자 클라크가 목소리를 낮췄다.

"요양원 짓는 대금을 현금으로 지급한 것이 토머스 일당에게 발각된 것 같아, 김. 그거, 2억 불 일부인가?"

클라크의 시선을 받은 김승구가 풀썩 웃었다.

"당연하지."

"토머스가 증거를 찾느라고 혈안이 되어 있어. 나한테도 물어본단 말이야."

"그러겠지. 그거 마약 판매한 대금을 세탁하려고 보낸 건데 킹스턴이 공개적으로 나설 일이 못 돼."

"나쁜 놈, 그런 식으로 재산을 모으다니."

클라크의 눈썹이 치켜 올라갔다.

"그런 놈의 재산은 몰수해야 돼."

"우리가 하나씩 정리하자고."

"난 너를 믿어, 김."

클라크가 번들거리는 눈으로 김승구를 보았다.

"난 마리안이 완쾌되고 내 가족이 행복을 찾은 이상 더 바랄 것이 없어. 너하고 평생을 함께 할 거야."

"이봐, 징그럽다."

김승구는 문득 어젯밤의 고통을 떠올리고는 숨을 들이켰다. 이어서 어젯밤 그 고통 속에서 다짐했던 '각오'가 떠올랐다. 내가 '압도'하리라. 내가 휘둘리지 않을 것이다.

"무슨 일입니까?"

존 매카나기가 김승구의 손을 건성으로 잡았다가 놓으면서 물었다. 매카나기는 50대쯤으로 회색 머리칼의 백인이다. 눈동자는 갈색. 장신에 마른 체격. 시선이 마주친 순간 타심통(他心通)을 썼다.

'민스크 캐비아 때문이로군. 팩스코 사장까지 온다고 해도 어림없다.'

이렇게 머릿속 생각이 들린다. 오후 3시 반, 매카나기는 김승구가 면담 신청을 했더니 약속을 잡아주기는 했다. 그런데 머릿속 생각이 또 들린다.

'아예 귀찮게 하지 못하게 이번 기회에 확실하게 끊어 버려야지.'

그래 놓고는 김승구가 자리에 앉자마자 묻는다.

"민스크 캐비아 때문에 오셨지요?"

"그렇습니다."

그때 매카나기가 버튼을 눌렀다.

"네, 지사장님."

여직원의 응답 소리가 스피커폰으로 울렸다.

"아, 거기, 수입부장 핸더슨을 오라고 해."

매카나기가 말하고는 김승구를 보았다. 웃음 띤 얼굴이다.

"같이 이야기를 하십시다."

"그러시지요."

따라 웃은 김승구가 소파에 등을 붙였다. 정미나는 핸더슨에게 불합격 통지를 받았지만 제품 검사도 하지 않았다. 핸더슨이 매카나기와 블라디보스토크 캐비아와의 관계를 알기 때문에 보고만 하고 만 것이다. 물론 '불합격'시켰다고 보고를 하고는 매카나기한테서 칭찬을 받았다.

그때 방문이 열리더니 30대쯤의 흑인 사내가 들어섰다. 수입부장 핸더슨이다. 핏발이 선 눈으로 김승구를 응시한 핸더슨은 악수를 나누다가 머릿속 생각을 다 들켰다. 김승구한테는 읽히는 것이 아니라 들린다.

'병신 같은 놈. 매카나기는 블라디보스토크 캐비아로부터 수출 금액의 10퍼센트를 리베이트로 먹는단 말이다.'

자리에 앉으면서 핸더슨의 머릿속 말이 이어졌다. 생각이 많은 놈이다.

'나도 수출 금액의 3퍼센트를 먹는단 말씀이지, 이 병신아. 그래서 블라디보스토크 캐비아 가격이 정상 가격보다 15퍼센트 가량 높다. 왜냐하면 수출 담당자 가가린도 2퍼센트를 먹기 때문이야.'

그때 김승구가 먼저 입을 열었다.

"저기, 지금 모건 회장이 내 전화를 기다리고 있을 텐데, 그 전화를 써도 되겠습니까?"

김승구가 눈으로 탁자 위에 놓인 유선전화를 가리켰다.

"샌프란시스코는 지금 오후 10시 반이 넘어 있겠지만 내가 연락한다고 했지요."

"아니, 잠깐."

이맛살을 찌푸린 매카나기가 김승구를 보았다.

"누구 말씀하시는 겁니까?"

"누구라니요?"

김승구도 눈썹을 모았다.

"난 지금 모건 블루밍 회장 이야기를 하는 겁니다."

"블, 블루밍 회장님요?"

"내가 1시간쯤 전에 통화를 했어요. 매카나기 씨를 만나러 간다고 말입니다. 그랬더니 매카나기 씨 방에서 전화를 하라고 하십디다."

매카나기가 숨부터 들이켰다. 매카나기는 블루밍 식품에 입사한 지 18년째지만 회장 모건 블루밍과 이야기한 적도 없다.

블루밍 식품은 세계 52개국에 187개 지사를 두고 있는 거대 식품기업이다. 러시아에만 해도 5개 지사가 있는 것이다. 회장이 대부분의 지사장 이름은커녕 얼굴도 모른다. 숨을 두 번이나 크게 들이켰다가 뱉은 매카나기가 김승구를 보았다. 놀라서 머릿속이 텅 비었다.

"회, 회장님을 잘 아십니까?"

"전화 좀 합시다."

이맛살을 찌푸린 김승구가 손을 내밀었다.

"내가 잘 알고 어쩌고까지 당신한테 말해줘야 됩니까?"

"그, 그건 그렇습니다만…."

"전화기 줄 거요, 안 줄 거요?"

"아, 드, 드려야지요."

벌떡 일어선 매카나기가 전화기를 들고 와 김승구 앞에 놓고 섰다. 그 사이에 핸더슨도 부동자세로 서 있었다. 김승구가 버튼을 누르자 신호음 세 번 만에 응답 소리가 났다. 그때 김승구가 스피커 버튼을 누르면서 말했다.

"모건, 납니다."

"응, 김. 거기 어디야?"

모건의 반기는 목소리가 방을 울렸다.

"여기 지사장실입니다."

"그래, 거기 지사장은 옆에 있나?"

"예, 있어요."

전화기를 귀에 붙인 김승구가 힐끗 매카나기를 보았다.

"바꿔 드릴까요?"

"응, 바꿔, 김."

김승구가 전화기를 건네주자 매카나기는 두 손으로 받아들더니 부동자세로 서서 귀에 붙였다.

"예, 회장님. 지사장 존 매카나기입니다."

"너, 거기 언제 갔지?"

모건의 목소리가 딱딱해졌다. 그러자 매카나기가 침부터 삼키고 나서 대답했다.

"예, 3년 되었습니다, 회장님."

"거기, 네 옆에 있는 김승구 사장은 내 은인이다. 그러니까 나를 보는 것처럼 모셔라, 알아들었어?"

"예, 회장님."

"조금이라도 결례를 한다면 넌 즉시 파면이야. 알아먹었어?"

"예, 회장님."

"그분 바꿔라."

"예, 회장님."

어느새 얼굴이 땀으로 범벅이 된 매카나기가 두 손으로 전화기를 김승구에게 내밀었다.

"전화 받으시지요."

허리까지 굽히고 있는 데다 눈은 마주치지 못한다. 뒤쪽의 핸더슨은 아예 숨도 안 쉬고 있다.

4장
세상을 바꾼다

사카로프클럽, 김승구가 눈과 코만 덮은 황금가면을 쓰고 현관으로 다가간다. 줄을 선 남녀들이 웅성댄 것은 김승구가 줄을 무시한 채 곧장 문 앞 경비들에게로 다가갔기 때문이다. 밤 10시 10분, 클럽의 황금시간이다.

경비대장 쵸코비치는 190센티에 150킬로의 거인, 33세, UFC 헤비급 시베리아 챔피언 출신. 클럽 주인 유리의 신임을 받아서 경비 총책 겸 경호원 역할도 한다. 그 쵸코비치가 다가오는 김승구를 주시하고 있다. 저런 황금가면은 처음이다.

물론 이곳에 입장하는 인사의 7할 정도가 가면을 쓰고 있다. 유력자, 공무원 들이 많기 때문이다. 하바로프스크 주지사 말렌코프가 '배트맨' 가면을 쓰고 출입했다는 소문도 있다.

김승구가 다가갔을 때 쵸코비치가 한 걸음 나섰다, '내'가 맡겠다는 표시. 둘이 1미터 간격을 두고 멈춰 섰을 때 대략 2백 쌍의 시선이 모였을 것이다. 그때 김승구의 황금가면 속 눈동자와 시선을 마주친 쵸코비치가 허리를 83도쯤 꺾었다.

"어서 오십시오, 장군."

죠코비치는 '장군'이라고 했다. 그 순간 죠코비치 뒤에 벌려 섰던 경호원들이 '싹' 비켜섰고 김승구는 죠코비치의 안내를 받으며 클럽 안으로 입장했다. 뒤에서 구경하던 남녀들은 불평 한 마디 못 했다.

바실리가 들어서자 김승구는 고개를 끄덕이며 가깝게 오라는 손짓을 했다. 이곳은 클럽 안쪽의 특실, 죠코비치가 안내해주고 간 방이다. 사카로프클럽의 특실 중에서 가장 등급이 높은 방으로 하룻밤 매상이 최소한 5만 불 이상이 되어야 예약이 되는 방이다.

바실리는 바짝 얼어붙어 있다. 신(神)처럼 어려운 존재인 죠코비치가 직접 모시고 온 특급 손님 '장군'이 자신을 지명했기 때문이다. 다가선 바실리가 상반신을 조금 굽혔을 때 김승구가 쏘아보았다. 황금가면 속의 눈동자 속으로 바실리의 잿빛 눈동자가 '쑥' 빨려 들어갔다. 그 순간 바실리가 말했다.

"예. 마약은 주로 헤로인인데 유리의 심복 도르카가 공급해줍니다, 장군님."

김승구가 고개만 끄덕였고 바실리는 열심히 말을 잇는다.

"예. 공급 과정은 다음과 같습니다. 도르카가 클럽의 운영부장 빠벨한테 마약을 주면 빠벨이 웨이터들한테 분배해 주는 것입니다."

김승구는 소파에 등을 붙였다. 특실은 초특급 호텔보다 더 호화롭고 품위 있게 장식되었다. 침대가 딸린 방과 뜨거운 물이 가득한 욕조, 화장실이 2개나 있으며 소파 앞쪽에는 3미터가 넘는 TV가 장착되었다. 바실리의 목소리가 방을 울렸다.

“이곳이 유리 발렌스키의 마약 공급 중심지입니다. 도르카는 여기에서 각 유흥업소의 마약을 공급해 주는데 마약으로 버는 수익금이 발렌스키 씨의 사업 소득보다 더 많다고 합니다.”

“발렌스키는 제 아들놈이 마약 장사를 하고 있다는 걸 아느냐?”

김승구가 입을 열고 물었더니 바실리가 바로 대답했다.

“제 아비한테 비밀로 하고 있다는 소문이 났지만 모를 리가 있겠습니까? 마약 사업으로 엄청나게 벌어들이는데요?”

“스보르카, 표도르 조직은 어떠냐?”

“다 하고 있습니다, 장군님.”

바실리가 손까지 흔들면서 말을 잇는다.

“모두 제 영업장에서 마약을 팝니다. 서로 많이 팔려고 경쟁을 하는데요 뭐.”

“주정부나 경찰도 알고 있을 텐데.”

“왜 모르겠습니까. 다 알면서 모르는 척하는 겁니다, 뇌물을 먹기 때문이죠.”

“그렇군.”

“경찰이나 연방보안국(FSB)도 모두 매수해 놓아서 놔두는 겁니다.”

그때 김승구가 고개를 끄덕이며 주머니에서 100불짜리 뭉치를 꺼내 바실리에게 내밀었다. 1만 불이다.

“이거 써라.”

“히익.”

바실리의 입에서 놀라 숨 들이켜는 소리가 그렇게 났다. 그러나 돈뭉치를 두 손으로 받은 바실리가 허리를 92도쯤 꺾어 절을 하더니 주머니에 넣었다.

"감사합니다, 장군님."

바실리의 목소리가 떨렸다. 죠코비치부터 장군이라고 부르도록 한 것은 마땅한 호칭이 없었기 때문이다. 그래서 죠코비치의 뇌에 장군이라고 심어 놓았더니 이제는 장군 칭호에 익숙해졌다. 그때 김승구가 다시 주머니에서 비닐에 넣은 흰색 '가루'를 바실리에게 내밀었다.

"이걸 네가 파는 헤로인 가루에 섞어라. 효능이 똑같으니까 절반씩 섞어 팔면 넌 2배 장사가 될 것이다."

"예, 장군님."

그러면 바실리는 엄청난 이득을 보게 될 것이다. 하루에 50봉지를 팔았는데 50봉지 값을 먹게 되는 것이나 같다. 봉지당 500불이니 50봉지면 2만 5천 불. 지금까지 봉지 당 5불 정도밖에 못 먹었다.

비닐봉지를 받은 바실리의 심장 박동이 터질 듯이 뛰었다. 1킬로는 되는 것 같다. 그럼 얼마냐? 0.1그램에 500불로 팔았으니 1그램이면 5천 불, 10그램이면 5만, 100그램이면 50만, 1킬로가 500만 불이다. 바실리가 번들거리는 눈으로 김승구를 보았다. 이미 뇌는 빨려 들어서 죽으라면 죽는다. 그러나 계산은 제대로 한다.

김승구가 오늘은 바실리와 죠코비치만 만나고 사카로프클럽을 나왔다. 신족통도 쓰지 않고 거리로 나왔을 때는 11시가 조금 넘은 시간이다. 찬바람이 휘몰아치는 하바로프스크 밤거리는 아직도 통행인이 많다. 슈바에 털장화를 신고 머리에는 털모자를 쓴 김승구가 이제는 황금가면을 벗어던진 맨 얼굴이다. 미행자는 없다. 저택을 신족통으로 빠져나왔지만 오늘은 '몸체'를 갖고 왔기 때문이다. 그래서 저택 이층은 비어 있다.

거리를 걷는 김승구의 얼굴에 쓴웃음이 번졌다. 이제 바실리가 '섞어서' 판 마약을 먹은 인간들은 사흘 안에 죽을 것이다. 환락에 도취된 대가를 받는 셈이다.

"나타샤."

수화구에서 울리는 목소리를 듣는 순간 나타샤는 숨부터 들이켰다. 김승구다.

"김, 지금 어디서 전화해요?"

그렇게 물은 나타샤의 시선이 벽시계로 옮겨졌다. 밤 11시 45분, 늦은 시간이다.

"나, 지금 시내요."

그렇게 말했지만 김승구는 나타샤의 저택이 바라보이는 길 건너편 나무둥치에 등을 붙이고 서 있다. 나타샤 생각이 나서 이곳까지 달려온 것이다. 그때 나타샤가 물었다.

"시내에서 일 끝났어요? 그럼 내가 그쪽으로 갈까요?"

"나타샤."

놀란 김승구가 핸드폰을 고쳐 쥐었다.

"지금 밤 12시가 다 되었는데…."

"시베리아에서 밤 12시는 초저녁이죠. 오전 3시쯤 되어야 밤인데."

"나타샤."

"당신하고 같이 있고 싶어."

나타샤의 목소리에서도 열정이 풍겨 나왔다. 끈적이고 뜨거우며 촉감까지 느껴지는 육욕의 정(情). 김승구가 번들거리는 눈으로 나타샤의 저택을 노려보았다. 저택이 불길에 싸여 있는 것 같다. 그때 나타샤가 말을 이었다.

"김, 왜 나한테 오지 않는 거죠, 난 준비가 다 되었는데?"

"나타샤."

"내 몸이 뜨거워졌어요, 김. 당신만큼 날 뜨겁게 만든 남자가 없어요."

김승구가 심호흡을 했다. 나타샤의 말을 듣지 않아도 알 수 있었다. 어금니를 문 김승구가 입을 열었다.

"옴 염만타자 사바하."

다음 순간 신족통으로 몸을 날린 김승구가 저택 응접실로 떨어졌을 때 악마의 목소리가 울렸다.

"이거 미친놈 아냐?"

그러나 창이 꽂히지는 않았다. 소파에 등을 붙이고 앉은 김승구의 얼굴에 희미하게 웃음이 떠올랐다가 금방 지워졌다. 지장보살, 악마 양쪽 다 눈치채지 못할 웃음이다. 이번에 둘 다 '약간' 엿 먹였다.

'쿤이 어젯밤에 죽었어.'

가라앉은 목소리에 김승구가 번쩍 고개를 들었다. 오전 7시 50분, 김승구는 지금 링컨의 뒷좌석에 앉아 회사에 출근하는 중이다.

'지금까지 겔리코프가 죽인 숫자가 14야.'

순간 숨을 들이켠 김승구가 운전사 이반의 뒤통수를 보았다. 그때 목소리가 이어졌다. 지금 천이통(天耳通)으로 세상의 목소리를 듣는 중이다. 이 목소리가 특별하게 귀에 꽂히는 이유는 아직 모른다. 그때 다시 목소리가 이어진다.

'쇠몽둥이로 때리면 다 죽지. 견딜 재주가 없어.'

세상에 이럴 수가. 겔리코프란 인간이 지금까지 14명을 살인했다. 그때 김승구가 이반에게 말했다.

"이반, 회사로 바로 들어가지 말고 시내를 돌아."

"예, 사장님."

25세, 이반은 고용한 지 일주일밖에 되지 않은 신입이다. 클라크가 고집을 부려서 사장 전용차와 운전사를 구했는데 지금까지 김승구는 택시를 타거나 직접 운전을 했기 때문이다. 김승구가 선글라스를 꺼내 쓰면서 뒷좌석에 등을 붙였다.

"그럼 한 시간만 시내 구경을 하자고."

몸을 놔두고 신족통(神足通)으로 소리가 난 곳으로 날아갈 작정이기 때문이다.

'팽'

날아왔다. 날아온 소리가 들리지 않았지만 아마 밖에서 듣는다면 이런 소리가 나지 않았을까? 그 순간 김승구가 입을 딱 벌렸다.

이곳은 사방이 눈으로 덮인 평원의 한복판, 통나무로 만든 주택이 한 채. 그리고 쇠창살로 엮인 막사가 있다, 개 막사. 크다, 길이가 50여 미터 정도. 쇠창살 안에는 어림잡아서 1백 마리 가까운 개가 갇혀 있다. 썰매 끄는 개, 시베리안 허스키 종이다. 큰 놈도 있고 중간 크기도 있다.

개들이 소란스럽게 짖고 있었지만 사람은 보이지 않는다. 아직 이른 시간이라 통나무집 안에 있는 것 같다. 그때 김승구가 개장 앞으로 다가갔다. 눈 덮인 땅을 딛고 다가갔는데도 발자국이 남지 않는다. 개들은 눈치를 채지 못하고 있다. 그래서 김승구가 모습을 드러내었다. 개들한테 '영상'을 보인 것이지만 개들의 '소음'이 뚝 끊겼다. 모두 김승구를 본 것이다. 그때 김승구가 개들에게 물었다.

"방금 누가 '쿤'이 죽었다고 했냐?"

"저요."

뒤쪽에서 목소리가 났다. 몸을 돌린 김승구가 큰 몸집의 시베리안 허스키를 보았다. 시선이 마주쳤을 때 개가 다시 말했다.

"제가 말했습니다. 신(神)이십니까?"

"뭐, 그렇다고 치고."

말을 자른 김승구가 똑바로 시선을 주었다.

"자초지종을 말해라."

"예, 이곳 주인인 겔리코프가 병이 들거나 다리를 다쳤거나, 힘이 약해진 개는 다 죽입니다."

개가 열심히 말했다.

"늙으면 당연히 쇠몽둥이로 때려죽이지요. 제가 이곳에 온 지 3년 동안 14명을 죽였습니다."

"마리라고 하는 거야."

"예, 14마리."

"그럼, 그전에도 그랬겠구나."

"수백 마리가 될 것입니다."

개의 눈에서 눈물이 흘러내렸다.

"필요 없게 된 개는 자연사하도록 놔두실 수 없습니까?"

김승구가 눈만 껌벅였더니 개가 울먹였다.

"쇠몽둥이로 때려죽이고 눈밭에 묻습니다."

그때 옆에 있던 개 서너 마리가 일제히 소리쳤다.

"신(神)이시어, 도와주소서!"

그때 통나무집 문이 열리더니 사내 하나가 나왔다. 개들의 소음이 컸기 때문에 나와 본 것 같다. 김승구가 몸을 '영상' 상태로 놓은 채 사내를 보았다. 겔리코프다. 거구, 40대 중반쯤, 턱수염, 콧수염이 지저분했고 눈의 흰자위는 충혈되었다. 그 순간 김승구와 겔리코프의 시선이 마주쳤다. 겔리코프는 뒤쪽 눈발만 보았지만 김승구는 겔리코프의 과거를 다 보았다. 현생에서의 과거 말이다.

45세, 독신, 직업은 개 사육. 어렸을 때부터 고아로 자랐고 성격이 난폭, 잔인해서 인과관계가 거의 없다. 개를 길러 썰매용으로 팔거나 분양했는데 요즘은 경기가 좋지 않아서 사료 값을 대기도 어렵다. 그래서 가차 없이 제거하는 것이다.

과거가 주르르 머릿속에 입력되었기 때문에 기억을 더듬는 것처럼 겔리코프의 지난날을 훑어보던 김승구가 숨을 들이켰다. 500마리가 넘는다.

김승구가 신족통(神足通)과 숙명통(宿命通)을 동시에 발동해 22년 전, 겔리코프가 23세 시절로 돌아갔다. 겔리코프가 이곳에 새 통나무집을 짓고 개 사육을 시작한 지 1주일밖에 되지 않은 날이다.

23세의 겔리코프는 날씬한 체격이었지만 성격은 표독했다. 같은 시간, 오전 7시 45분. 개 막사로 다가가던 겔리코프는 쇠창살 옆에 세워둔 참나무 기둥을 보면서 내일은 기둥을 박아야겠다고 마음먹었다. 통나무집을 늘리기 위해서 길이 5미터, 직경 35센티짜리 참나무 기둥을 사 놓은 지 사흘째가 되었다.

개 막사로 다가간 겔리코프가 안에 있는 시베리안 허스키 12마리를 하나씩 살폈다. 약하거나 병에 걸린 개는 다 없앨 생각이다. 그때 뒤쪽에 세워져 있던 참나무 기둥이 천천히 겔리코프 쪽으로 기울기 시작했다.

개들이 모두 그것을 보고는 뒤로 물러났지만 겔리코프는 모른다. 천천히 기울던 기둥이 겔리코프가 막사에서 한 걸음 발을 떼었을 때 머리 위로 쓰러졌다. 기둥에 머리를 맞은 겔리코프가 네 활개를 펴면서 쓰러졌다. 머리통이 박살이 나서 흰 뇌수가 사방으로 흩어졌다. 개들이 요란하게 짖었지만 이곳은 인적이 없는 외딴 집이다.

다시 현실로 돌아온 김승구가 입을 딱 벌렸다. 겔리코프의 통나무집으로 돌아온 것이다.

"이런 젠장."

통나무집은 다 쓰러져 폐가가 되었고 개 막사는 철장 몇 개만 서 있을 뿐 비었다. 개들이 모두 사라졌다. 숨을 들이켠 김승구가 다시 신족통(神足通)으로 링컨 콘티넨털 뒷좌석으로 날아왔다. 몸으로 돌아온 것이다.

"부처시여, 김승구가 세상을 바꿔놓았습니다."

지장보살이 이제는 아이 모습을 하고 부처 앞에 서서 말했다. 부처는 석가여래의 모습이다. 지장보살이 말을 잇는다.

"부처시여, 김승구 때문에 수만 개의 인연이 또 일어났습니다."

"그렇겠지."

부처는 웃음 띤 얼굴이다.

"그 인연이 다시 수천만 개로 늘어날 것이다."

"부처시여, 김승구의 능력을 제한해야 되지 않겠습니까?"

"한번 준 능력은 제가 스스로 버리기 전에는 안 된다."

"부처시여, 김승구가 더 큰일을 벌일지도 모릅니다. 지난번에는 미래세상으로 가서 약을 가져왔지 않습니까?"

"놔둬라."

부처의 얼굴에 다시 웃음이 일어났다.

"지장아, 너는 아는가?"

"무엇을 말씀입니까?"

"이 공간이 무수하게 쪼개져 있다는 것을 말이다."

"아직 겪지 못했습니다."

"김승구가 대신 겪어야 할 것이다."

부처의 표정이 엄숙해졌다.

"수많은 공간을 우리 대신 다녀야 될 것이다. 악마와 함께 말이다."

"어서 오시죠."

정미나는 핸더슨을 세 번째 본다. 첫 번째 만났을 때는 민스크 캐비아 샘플을 가져왔었고 두 번째는 불합격 통보를 받았을 때다. 그런데 이번이 세 번째, '어서 오시죠.'라는 인사는 처음 듣는다. 정미나는 김승구가 보라고 해서 왔지만 핸더슨의 인사에 당황했다.

"저, 우리 사장님이 가보라고 하셔서."

전화로도 말했지만 다시 김승구 핑계를 대었을 때 핸더슨이 자리에서 일어섰다.

"우리 지사장이 기다리고 계십니다. 가시죠."

놀란 정미나가 핸더슨을 쳐다보았지만 이미 앞장서 걷는 터라 따라갈 수밖에 없다. 심호흡을 한 정미나가 속으로 생각했다.

'이 검둥이가 날 잡아먹지는 않겠지.'

다급하고 무서울 때 딴 생각하는 버릇이 있는 정미나는 문득 김승구와의 '화끈했던' 밤을 떠올렸다. 그러자 조금 마음이 놓였지만 지사장실 안으로 따라 들어갔을 때 다시 얼어붙었다. 소파에 앉아 있는 지점장은 백인, 머리칼은 회색이다. 들어서는 정미나를 보더니 자리에서 일어섰는데 장신, 마른 체격이다.

"어서 오세요."

지사장이 손으로 앞쪽 소파를 가리키며 말했다. 여기도 어서 오란다.

"저, 팩스코의 정미나입니다."

정미나가 공손하게 인사를 했더니 지사장이 명함을 꺼내 내밀었다. 세상에, 바이어가 먼저 명함을 준다. 얼떨떨한 상태에서 인사를 한다는 것이 지갑에 함께 넣어두었던 자동차 대리점 영업사원 명함을 줘버렸다. 진땀을 빼면서 인사를 마친 정미나가 자리에 앉았을 때 지사장 매카나기가 지그시 정미나를 보았다.

"지난번에 가져오신 민스크 캐비아 말씀입니다."

"네, 지사장님."

"그걸 수입하기로 결정했습니다."

"아아."

"여기 앉은 핸더슨이 품질이 규격 미달이라고 한 모양인데 트집을 잡자면 끝도 없지요."

매카나기가 더러운 것이라도 가리키는 것처럼 손가락으로 핸더슨을 겨누었다.

"블라디보스토크 캐비아 오더를 취소하고 팩스코를 통해서 민스크 캐비아 오더를 하지요. 1차분으로 1,500만 불을 하겠습니다."

"아아."

"그리고 또, 다른 해산물이 있습니까?"

"있는데요."

"그럼 해산물 리스트를 가져와 보시지요. 우리가 이곳에서 연간 5천만 불 물량의 해산물을 가져가거든요."

"아아."

"그중 절반 정도는 팩스코로 돌릴 수 있을 것 같습니다. 오퍼는 언제 가져오실 수 있습니까?"

"샘플까지 준비하려면 이삼 일 정도…."

"샘플도 필요 없습니다. 믿고 사는 거죠. 오퍼 시트만 가져 오세요."

"아아."

"내일까지 가져오실 수 있지요?"

"예, 지사장님."

"오퍼는 저 검둥이 놈한테 가져가지 마시고 직접 저를 주시지요."

"아아."

미안해서 정면으로는 못 보고 곁눈질로 핸더슨을 보았더니 태연한 표정이다. 검은 얼굴이 욕을 얻어먹어도 싸다는 표정을 짓고 있다. 놀란 정미나는 '아아' 소리만 서너 번 더 계속하다가 '블루밍 식품 하바로프스크 지사'를 나왔다.

오전 11시, 하바로프스크의 하늘은 구름 한 점 없이 푸르렀지만 영하 27도나 되었다. 그런데도 '열'을 받은 정미나는 길바닥에 서서 한참 동안이나 하늘만 바라보았다. 행복했다. 손에 든 가방에는 1,500만 불짜리 오더 시트가 들어있는 것이다. 사인까지 받았는 데다 곧 해산물 오더가 추가될 예정이다.

"아, 이 맛에 수출을 하는구나."

마침내 정미나가 혼자 하늘에 대고 말했다. 그러고 나서야 김승구가 도대체 어떤 수단으로 이렇게 만들었는지 슬슬 궁금해지기 시작했다. 신

(神)이다. 그래서 팀원들이 그렇게 따르는구나. 이해가 조금씩 되었다.

"너, 어쩌려고 그래?"

들리는 목소리, 할머니다. 김승구는 사장실에서 모니터를 보고 있던 중이다. 오전 11시 반, 고개를 든 김승구가 방 안을 둘러보았지만 오늘도 형체는 보이지 않는다.

"왜 그러는데요?"

"너, 겔리코프를 죽였잖아, 과거로 날아가서."

"그래서요?"

"그래서요라니?"

지장보살의 목소리가 높아졌다.

"네가 겔리코프를 죽이는 바람에 개의 개체수가 2만 7천 마리나 늘어났다. 그것뿐인 줄 아느냐?"

"아, 정말…."

"그 인연으로 275명의 인간이 줄어들었고 38종 1,257마리의 짐승이 증가한 데다…."

"지구 무게가 3킬로쯤 늘어났습니까?"

"시끄러!"

"지장보살은 번데기의 두통에도 신경을 쓰시는 입장이지만 나, 김승구는 다릅니다."

"너, 네 능력은…."

"능력은 부처님이 주셨죠."

"그것을 네 마음대로…."

"이보셔, 할머니."

"난 지장보살이다."

"내가 능력을 달라고 한 적이 없으니까 가져가라고 해요. 할머니말고 부처님이 말이오."

지장보살이 입을 다물었고 김승구의 목소리가 더 강해졌다.

"그놈의 능력 덕분에 악마가 시도 때도 없이 끼어들어서 창으로 내 몸을 꼬챙이에 꿰인 고기처럼 꿰고 있다는 거 아시지?"

"…"

"그래서 내가 생각을 했지. 전생에 내가 부처의 시종 에슈탄으로 부처의 목숨을 구한 인연이 있다고는 하나 이게 무슨 업보인가 하고…."

김승구가 눈을 부릅뜨고 지장보살을 찾는 듯이 두리번거렸다.

"그랬다가 마침내 결론을 내렸다, 이거요."

"…"

"뭔지 아시오?"

"나는 내 몸 안에 부처와 악마의 능력을 소지한 종합 비타민이야. 시험대지, 리트머스 시험지. 내가 이 세상을 천국으로 만들건 지옥으로 처박건 이젠 누구도 막을 수가 없어. 이미 전쟁은 시작된 거야."

김승구가 자리에서 일어섰다.

"인간에겐 누구나 선과 악의 양면이 있어. 난 그 양쪽의 능력을 극대화시킨 인간이야. 나를 보면서 부처와 악마는 이 세상을 채점할 것이라고."

어깨를 부풀린 김승구가 사장실을 나왔다. 지장보살이 '간과'한 사실이 있다, 인간은 끊임없이 발전한다는 사실, 주변의 이기를 이용해서 이만큼 문명을 발전시켰다는 진실. 지금 김승구가 그렇다. 능력만 받은 채 황공해 할 줄 알았나? '양자강 뒷물이 앞 물을 친다.'는 말을 지장보살은 모르는 모양이다. 작은 회사에서도 윗놈을 씹고 아랫놈을 밟아야 '월급쟁이'를 유지할 수 있다는 이 절박한 현실에서 살아보지 않아서 그런다, 지장보살이, 악마가, 부처도.

"바빠?"

김승구가 묻자 임하경은 놀란 듯 잠깐 동안 대답하지 않았다. 오후 2시 반, 임하경은 지금 백화점에서 의류 상담을 마치고 회사로 돌아오는 중이다. 팀원 유지나가 요즘 감기에 걸려서 오늘은 혼자다. 이윽고 임하경이 차의 속력을 늦추면서 대답했다.

"왜요?"

"사장한테 무슨 대답이 그래?"

"미안해요, 사장님."

"지금도 그렇고."

"무슨 일로 전화하셨는데요?"

"지금 어디야?"

"회사로 돌아가는 길인데요."

"그럼 오늘 나 못 만나겠군."

"무슨 일인데요?"

"그냥 만나는 거지 뭐."

"왜 그래요?"

"왜라니?"

"갑자기 그런 말을 하는 이유를 묻는 거죠."

"내가 변해서?"

"그럼 아닌가요?"

"임하경 씨, 좀 피곤한 여자군."

"그래요. 그래서 사장님을 공장으로 보냈죠."

임하경의 얼굴에 웃음이 떠올랐다. 다음 순간 탁 쏟아 붓고 싶은 충동이 일어났고 실행했다.

"내가 클라크에게 당신을 모함한 이유는 양반 상놈 의식 때문이었죠. 당신은 내 수준에 닿지 않는 위치였거든요. 전문대 요리학과 1년 수료 학력을 조수로 데리고 다닌다는 건 나까지 같은 부류로 취급당하는 느낌이 들 테니까."

"흐흐. 그렇지."

김승구의 목소리에도 웃음기가 띠어져 있다.

"이해가 간다."

"그래서 양심의 가책 없이 모함했는데."

"지금이 중요해, 임하경 씨."

"잘 알잖아요?"

"말로 해."

"당신을 기다리고 있었다는 거."

"그래서 내가 전화한 거 아냐?"

"무슨 일이냐고 물었잖아요?"

"지금 아무르호텔로 와, 1201호실."

임하경이 대답하지 않았더니 전화가 끊겼다.

"네가 이제는 느끼고 있겠지만."

핸드폰을 귀에서 떼었을 때 악마가 말했다. 이곳은 아무르호텔 1201호실, 김승구는 소파에 앉아 있다. 악마가 말을 이었다.

"네가 마음껏 본능을 분출할수록 네 힘은 강해지는 거다. 너는 하룻

밤에도 10명, 100명의 여자를 상대할 수도 있어."

"미친놈. 지랄하고 있네."

"넌 곧 그 능력에 감사하게 될 거다."

욕을 얻어먹었어도 악마는 엄숙한 목소리로 말을 이었다. 물론 모습은 보이지 않는다.

"네가 죽인 겔리코프도 내가 뿌린 자식 중의 하나였지만 널 놔둔 이유는 네가 더 큰자식이었기 때문이지, 장래가 촉망되는 자식."

"네 마음대로 안 될걸."

"그래, 네가 지장한테 말한 대로 넌 부처와 나의 시험지야. 우린 너를 보면서 성과를 분석하는 거야."

귀찮아진 김승구가 헛기침을 했다.

"옴 염만타자 사바하."

그 순간 김승구는 주위가 조금 밝아지는 느낌을 받는다. 사라졌다. 지장보살 진언을 외웠더니 악마가 '꺼진' 것이다. 알았다. 이렇게 배워나가는 것이다. 물론 귀찮아서 '꺼진' 것이겠지만.

"유리, 나야."

토슈크나의 목소리가 울리자 유리 발렌스키는 숨부터 고르고 나서 대답했다.

"아, 토슈크나. 별일 없지요? 요즘 바쁘신가 보네?"

토슈크나는 하바로프스크 경찰청 수사과장이다, 45세. 유리하고는 한 달에 한 번 정도 만나는 사이다. 물론 만나서 유리가 '발전비'라고 부르는 기부금을 쥐어주고 있다. 시내 중심부에 위치한 유리의 '유리 상사' 사무실 안이다. 전화기를 귀에 붙인 유리의 앞에 도르카가 서 있다. 그때 토슈크나가 말했다.

“유리, 방금 중독자 사건이 2개나 일어났어. 둘 다 여자인데 이틀 전에 사카로프클럽에서 놀다 왔다는데, 기숙사에 있는 대학생이야.”

“…”

“어젯밤부터 토하고 경련을 일으켜서 대학병원에 입원시켰는데 약물 중독이야. 죽기 전에 둘이 사카로프클럽에서 약을 먹었다는 사실을 의사한테 말했어.”

“…”

“그리고 조금 전에 의사들이 해부를 했어, 가족들의 요구로 말이야.”

“잠깐만, 토슈크나.”

유리가 서두르듯 말을 이었다.

“그게 우리 클럽하고 무슨 상관이 있다는 거요? 그녀들이 밖에서 가져온 약을 클럽에서 먹었을 수도 있지 않소?”

“글쎄, 걔들이 클럽의 웨이터한테서 산 약을 먹었다는 거야.”

“걔들이 샀다고?”

“아니, 같이 간 남자 놈. 렌트카 회사 사장 아들놈하고 그 친구야.”

“그놈들이 샀다고?”

“그래. 그놈들이 웨이터한테서 사는 것을 보았다고 했어. 그놈들이 웨이터를 불겠지.”

“…”

“그놈들을 잡으면 자백을 받아낼 수 있어. 유리, 이거 문제가 커질 것 같네.”

“토슈크나, 우리 클럽에서 마약 장사를 하지 않는다는 걸 당신이 잘 알잖아.”

"글쎄, 증인이 있어서 말이야."

토슈크나가 입맛을 다셨다.

"유리, 지금이 몇 시지?"

"오후 3시 40분인데."

"해부 결과가 밤 10시면 나오네. 그 결과로 영장 신청을 하면 내일 오전 9시에는 그놈들을 잡으러 갈 거야."

"내가 6시까지 도르카를 보낼 테니까 장소를 말해줘요, 토슈크나."

"내가 7시에 하리타크 식당에서 저녁 약속이 있어. 식당 주차장에서 6시 반에 만나지, 내 차 안에서."

통화가 끝났을 때 유리가 핸드폰을 소파에 내던지면서 도르카를 노려보았다.

"지난번에 안토노프한테서 산 거 아냐?"

"그렇습니다."

"그 개자식이 불순물을 섞은 걸 판 건가?"

"검사 결과는 깨끗했는데요."

"어쨌든 사고가 났어."

유리가 눈을 치켜뜨고 도르카를 보았다.

"안토노프 놈한테는 나중에 따지고 증인 놈을 없애야 돼."

앞에 서서 통화 내용을 들은 도르카도 한 걸음 다가와 섰다.

"보스, 얼마 가지고 갈까요?"

"토슈크나가 그놈들 주소하고 이름 갖고 올 테니까 10만 불만 갖고 가."

"예, 보스."

"그리고."

유리가 번들거리는 눈으로 도르카를 보았다.

"오늘 밤에 그 두 놈도 없애야 돼."

"당연하지요."

고개를 끄덕인 도르카가 유리의 시선을 맞받았다.

"넷만 데리고 가서 사고사로 처리하겠습니다."

"사랑해."

김승구의 가슴에 얼굴을 붙인 임하경이 더운 숨을 뱉으면서 말했다. 호텔방 안, 커튼을 젖힌 밖은 아직 환하다. 둘은 침대 위에 엉켜 있었는데 방 안은 뜨겁고 습한 열기로 덮여 있다. 방금 소낙비가 쏟아지고 난 대기 같다.

임하경이 김승구의 허리를 두 손으로 감싸 안았다. 매끄럽고 끈끈한 땀이 밴 몸이 부딪치면서 열기가 전해졌다. 김승구가 대답 대신 임하경의 어깨를 감아 안고는 천장을 보았다. 입만 열면 거짓말이 튀어나올 것 같았기 때문이다. 가만있는 것이 최소한의 예의다, 악마의 예의. 그때 임하경이 고개를 들고 김승구를 보았다.

"부탁이 있어."

말하라는 듯이 김승구가 시선만 주었더니 임하경이 말을 이었다.

"나하고 같이 있을 때 실수만 하지 마."

"무슨 실수?"

마침내 김승구가 물었더니 임하경이 대답했다.

"날 정미나라고 부르지 말란 말이야."

숨만 쉬는 김승구를 향해 임하경이 말을 이었다.

"그런 놈이 있다고 들었거든. 정신없는 상황에서 다른 여자 이름 불렀다가 신세 조진 놈."

김승구는 임하경이 최소한 '악마의 애인'이 될 자격이 있다는 것을 확인했다. 그런 실수는 절대로 하지 않을 것이다.

"나타샤."

김승구가 부르자 나타샤 콜도바가 고개를 들었다. 파란 눈동자, 검은 머리, 흰 피부는 기름을 바른 것처럼 매끄럽다. 시베리아 미인의 피부는 다른 쪽 백인과 다르다. 숨구멍이 뻥뻥 나 있는 데다 솜털이 우거진 백인 여자들의 피부가 아닌 것이다. 흰 대리석 같다.

나타샤의 시선을 받은 김승구가 숨을 들이켰다. 오전 10시 반, 오늘은 회사에 출근해서 클라크에게 결재를 맡기고 바로 나타샤를 만나러 왔다. 이곳은 나타샤의 작은 저택 2층 응접실. 아래층에서 나타샤의 어머니 스베르나는 둘의 밀회에 방해가 될까 봐 숨까지 죽이고 있다. 김승구가 말을 이었다.

"나하고 '나타샤랜드'가 세워질 평원으로 가 보자. 거기 데려가려고 왔어."

"정말?"

나타샤의 두 눈이 커졌다. 붉은 입술도 절반쯤 벌어져서 고르고 흰 이가 드러났다. 김승구가 어느새 입 안에 고인 침을 삼켰다. 나타샤의 입을 입 안에 넣고 싶은 충동이 일어났기 때문이다.

'악마가 날 식인종으로 만들려나?'

경황 중에도 그 생각이 떠오른 김승구가 헛기침을 하고는 정신을 수습했다.

"나타샤, 그곳에 새 저택을 짓고 거기서 살기로 하지."

"당신하고 둘이?"

나타샤의 두 눈이 더 반짝였다.

"어머니도 같이 모셔야지."

"오, 김."

나타샤가 일어서더니 홀린 듯한 걸음으로 다가와 김승구의 옆자리에 앉았다. 응접실에는 둘뿐이다. 나타샤가 앉으면서 공기가 흔들리더니 짙은 향내가 맡아졌다. 바짝 붙어 앉았기 때문에 나타샤 허벅지가 다리에 닿았다. 뭉클한 촉감이 느껴졌다. 나타샤는 크림색 실크 원피스를 입었는데 허리가 딱 붙었고 가슴 윗부분이 절반쯤 노출되었다. 가슴 사이의 골짜기가 신비스럽게 보인다. 골짜기 안에 다이아몬드 광산이 있는 것 같다.

그때 나타샤가 손을 뻗어 김승구의 허벅지 위에 올려놓았다. 희고 가는 손가락, 손톱은 매니큐어를 바르지 않았는데도 옅은 분홍색이다. 손바닥에서 금방 '뜨뜻한' 온기가 전해져 왔고 나타샤의 숨결이 턱에 부딪쳐 코로 흡입되었다. 살구 냄새가 맡아졌다.

"김, 안아줘요."

나타샤가 흐린 눈으로 김승구를 쳐다보며 말했다. 어느덧 입이 벌어졌고 턱이 조금 들려 있다. 김승구는 다시 입 안에 가득 고인 침을 삼키다가 하마터면 재채기를 할 뻔했다. 침 일부가 숨구멍으로 넘어갔기 때문이다. 나타샤의 허리를 감아 안은 김승구가 입술을 입에 붙였다. 나타샤가 금방 입을 벌리더니 김승구의 입을 맞는다.

"무슨 짓이야?"

잠시 후에 이층 계단을 내려가는 김승구의 귀에 악마의 목소리가 울렸다.

"왜 키스만 하고 그냥 가는 거야?"

"네가 색마로구나."

투덜거린 김승구가 보이지 않는 악마를 향해 눈을 부릅떴다.

"네가 부처를 이기려면 참을성도 길러야 될 거야. 악마도 테크닉이 필요한 법이고."

"시험자 주제에 충고냐?"

"네가 간과한 사실이 있어."

계단에서 걸음을 멈춘 김승구가 보이지 않는 악마에게 말을 이었다.

"난 일본군 생체 시험 부대원에게 잡힌 포로가 아니란 말이다."

김승구의 얼굴에 웃음이 떠올랐다.

"오신통(五神通)을 보유한 신인(神人)이란 말이야. 더구나 악마의 능력까지 지니고 있어."

다시 발을 뗀 김승구가 말했다.

"날 마음대로 휘두를 수 없다는 걸 알고 있을 텐데. 그까짓 창에 찔려 고통을 받는 것쯤 참아낼 테니까."

그러나 말을 그렇게 했지만 엄청난 인내가 필요하다.

"벌써 가려고?"

아래층에서 나타샤의 어머니 스베르나가 김승구를 맞는 바람에 악마와의 대화는 끝났다. 50대 초반의 스베르나는 아직도 아름다웠고 몸매도 날씬했다. 스베르나의 얼굴에 아쉬운 표정이 남아 있기 때문에 김승구가 말했다.

"다시 오지요, 어머니."

그렇지. 악마에게 할 조언이 또 있다. 꿀단지를 개봉하면 금방 바닥이 난다. 꿀단지가 가장 맛있어 보일 때는 뚜껑을 열지 않았을 때다, 병신.

오전 11시 반, 이곳은 끝없는 눈밭이 펼쳐져 있는 하바로프스크 북방의 평원, 아니 빙원이라고 해야 맞다. 만년설이 녹지 않고 계속해서 굳어지는 바람에 이곳은 빙판이다. 끝도 보이지 않는 지평선이 모두 얼음인 것이다. 그 얼음 위를 고속도로가 뻗어 있고 1백 킬로쯤의 간격으로 휴게소, 주유소, 모텔, 상점이 모인 작은 마을이 생겼는데 '타리크'마을도 그 중 하나다.

하바로프스크 서북방 2백 킬로 지점의 '티리크'마을 이베냐카페 안, 손님은 사내 7, 8명뿐이다. 구석 쪽 테이블에서 마주앉은 사내들은 유리와 안토노프, 그들 옆에 각각 도르카와 시멘스키가 수행자로 앉았고 뒤쪽에는 경호원들이 서 있다. 유리가 먼저 안토노프에게 말했다.

"지난번에 내가 가져간 3킬로에 불순물이 들어 있었던 것 같습니다."

안토노프는 시선만 주었고 유리가 말을 이었다.

"이틀 전에 약을 먹은 여대생 둘이 죽었단 말이오. 그 사건을 수습하느라고 1백만 불이 들었소."

"클럽에서 약을 판 웨이터는 찾았습니까?"

안토노프가 묻자 유리는 호흡을 고르고 나서 다시 대답했다.

"찾는 중이오. 하지만…."

"우리도 그 사건 들었습니다."

안토노프가 똑바로 유리를 보았다.

"약을 현장에서 검사했을 때 정품이었지요. 클럽에서 약에다 불순물을 첨가한 것 같습니다."

"그럼 우리 잘못이란 말이오?"

"어젯밤 그놈들을 잡았을 때 죽이기 전에 약을 판 웨이터가 누군지 알아냈어야죠."

그때 유리가 어깨를 부풀렸고 도르카가 대신 대답했다.

"이봐요, 안토노프 씨. 지금까지 우리가 당신한테서 3년 동안 수십 번을 거래했지만 이런 경우는 처음 아니오? 그럼 약에 이상이 있을 수도 있는 것 아닙니까?"

"웨이터는 왜 못 잡았습니까?"

"그놈들이 도망치다가 교통사고를 내 버렸소."

유리가 외면한 채 말했다. 바에서 밀담을 하고 나오던 둘은 도르카 일당이 쫓는 것을 알아채자 과속으로 도망치다가 트럭과 정면충돌을 한 것이다. 도르카는 완벽한 알리바이를 내고 둘을 죽인 셈이지만 웨이터를 찾을 수는 없게 되었다. 그때 안토노프가 쓴웃음을 지었다.

"증거 인멸을 완벽하게 하셨군."

"그런데 또 사건이 터졌습니다."

유리가 똑바로 안토노프를 보았다.

"바로 어젯밤에 빠벨이란 놈이 죽어 자빠졌단 말씀이오."

"빠벨이라고 하셨습니까?"

이맛살을 모은 안토노프가 유리를 보았다.

"그게 누구요?"

그때 어깨를 늘어뜨린 유리가 도르카를 보았다.

"네가 말해."

"예, 보스."

대답한 도르카가 이번에는 외면하고 말했다.

"사카로프클럽의 운영부장이오."

도르카가 말을 이었다.

"그자는 마약 공급 책임을 맡고 있어서 직접 분배를 하지요. 다른 업소의 관계자들도 모두 빠벨한테서 약을 받아 갑니다."

"…."

"그 빠벨이 당신이 준 약을 먹고 죽은 겁니다. 빠벨이 불순물을 타서 먹었겠습니까?"

"그것이 내가 준 약이라는 것을…."

목소리가 약해진 안토노프가 입을 다물었다. 눈빛도 약해져 있다. 어깨가 슬슬 내려지면서 안토노프의 시선이 유리에게 옮겨졌다. 지금까지 유리는 안토노프산(産) 마약만 판매해온 것이다. 정확히 말하면 치차코프산 마약이다. 그때 유리가 입을 열었다.

"어떻게 하시겠소?"

"글쎄, 그것이…."

머리를 기울였던 안토노프의 입에서 한숨이 뱉어졌다. 자신의 능력으로 결정하기에는 한계가 있는 것이다.

"회장님께 보고드려야 될 것 같소."

"보상 문제가 아니오. 그건 중요하지 않아요."

"압니다, 유리 사장."

"이미 약이 2킬로 이상 팔렸단 말입니다. 여대생 둘은 약을 먹은 지 사흘 만에 죽었고 빠벨은 며칠 만에 죽었는지 알 수 없어."

"글쎄, 약에 불순물이…."

"약을 다 처먹었을 텐데 언제 몇 놈이 자빠질지 알 수가 없단 말이오."

유리가 핏발 선 눈으로 안토노프를 노려보았다.

"2만 명 이상이 처먹었단 말이오, 안토노프 씨."

"오더를 했어?"

앞쪽에 앉은 임하경이 대뜸 물었지만 정미나가 기다리고 있었던 것처럼 고개를 끄덕였다.

"응."

회사 근처의 한식당 안이다. 팩스코러시아에 한국인 직원이 많이 있어서 근처에 한식당이 3곳이나 생겼다. 3곳 모두가 고려인이 주인인데 이곳이 가장 맛이 있는 식당이다. 종업원에게 김치찌개를 주문한 임하경이 다시 물었다.

"얼마나?"

"3,800만 불."

"으악!"

비명을 질렀지만 임하경은 웃는 얼굴이다. 임하경이 눈을 가늘게 뜨고 정미나를 보았다.

"아무리 러시아산 수출이라고 해도 엄청난 기록인데. 수출 파트에서 1위가 된 것 아냐?"

"맞아, 1위야."

"무슨 오더인데?"

"캐비아 1,500만 불, 기타 해산물 6종에 2,300만 불."

"엄청나군."

한숨을 쉰 임하경이 고개까지 흔들었다.

"해산물 2,300만 불이면 컨테이너로 몇 개야?"

"40피트짜리 340개."

"으악!"

다시 비명을 지른 임하경이 정색했다.

"무슨 재주로 그렇게 오더를 받은 거야? 아직 신입이나 마찬가지 주제에."

"열심히 한 거지."

"열심히?"

"정성을 다했지."

"정성?"

"진심을 다 보였고."

"진심?"

"감동을 시킨 것 같아."

"어떻게?"

"오더를 해줘야겠다는…."

"글쎄, 어떤 재주로?"

"진심, 정성, 열심, 그런 거…."

"책 봤구나."

"책?"

"책에서 읽었지?"

"무슨 책인데?"

그때 김치찌개가 놓였기 때문에 임하경은 수저를 들었지만 정미나는 앞에 놓인 갈비탕 그릇을 밀어놓았다. 그러고는 막 김치찌개를 먹기 시작하는 임하경의 머리끝을 노려보며 물었다.

"왜 그래?"

"뭘?"

입 안에 든 김치를 씹으며 임하경이 물었다.

"왜? 화났어?"

"날 의심하지."

"뭘 의심해?"

"내 오더."

"오더 3,800만 불은 확실하더만. 회사에 소문이 다 났어."

"그런데 왜 그렇게 물어?"

"나, 사장하고 잤어."

그 순간 정미나가 숨을 들이켜더니 움직이지 않았다. 치켜뜬 눈의 동자가 움직이지 않았고 손에 쥔 젓가락도 앞쪽을 향한 채 그대로다. 그때 임하경이 국물을 떠먹고 나서 말했다.

"한낮에 호텔방으로 오라는 거 있지. 그래서 갔어, 나도 기다리고 있었으니까."

"지금 나한테 복수하는 거지, 내가 그 말 했다고?"

정미나가 겨우 물었더니 임하경이 고개를 기울였다.

"무슨 말?"

"내가 사장하고 잤다고 했잖아?"

"아, 그거?"

고개를 끄덕인 임하경이 말을 이었다.

"나도 잘 때가 되었기 때문에 잔 것뿐이야."

"그게 버스 타는 것처럼 들리네."

"남자들은 배 탄다고 하던데."

"말 돌리지 말고."

"그래서 우린 한 팀이 된 거지."

젓가락을 내려놓은 임하경이 정색했다.

"사장한테 말했어. 나한테 실수만 안 하면 계속 잘 지낼 수 있다고."

"…."

"무슨 실수냐면 나 안고 있을 때 '정미나'라고 부르는 실수를 하지 말라는 거야."

"…."

"그러다가 신세 조진 놈이 있다고도 말해 주었어."

"…."

"그랬더니 그런다고 했어. 너도 사장한테 그렇게 말해줘, 그런다고 부담을 느낄 인간도 아니지만."

한숨을 쉰 임하경이 다시 젓가락을 집으면서 말을 이었다.

"그리고 한 가지. 나한테는 그, 열심이네, 진심, 정성 같은 병신 같은 소리 마. 다 알고 있으니까."

"…."

"사장 신통력을 말이야. 그 신통력을 믿고 여기까지 온 연놈들이 많아. 네가 최근에 포함되었고."

끝없이 펼쳐진 설원. 빙원이라고 해도 맞다. 햇살이 중천에서 비치고 있기 때문에 흰 눈이 더 희게 반짝이고 있다. 사방을 둘러보아도 끝없이 펼쳐진 눈뿐이다. 가끔 밋밋한 능선이 이어졌지만 흰 지평선이 보인다. 오직 시야를 막는 한 점. 검정색 차체의 대형 링컨 콘티넨털.

김승구가 운전해 온 차다. 그리고 차에서 50미터쯤 떨어진 눈밭 위에 김승구와 나타샤가 누워 있다. 눈 위에 누워 있느냐고? 아니다. 눈 위에 따뜻한 공기가 들어간 넓은 에어매트리스를 깔았다. 그리고 가볍지만 영하 30도 추위를 견디는 수달피 담요를 덮고 있다. 그리고 담요 밑의 두 남녀는 실오라기 하나 걸치지 않았다.

시베리아 대평원에서 올려다보는 한낮의 햇살은 눈부시지 않다. 김승구도 그것을 처음 겪는다. 눈 바로 위에서 덮어씌우듯이 내리쬐는 태양빛이 전혀 눈부시지 않다니. 바로 머리 위쪽에 투명한 차단막이 펼쳐져 있는 것 같다.

그래서 둘은 반듯이 누워 태양을 응시하고 있다. 김승구의 팔을 베개 삼아 누운 나타샤의 얼굴은 붉게 상기되어 있다. 아직도 입에서 가쁜 숨소리가 뱉어진다. 조금 전까지 빙원의 저쪽 끝까지 들리도록 나타샤의 탄성이 요란하게 울려 펴졌던 것이다, 힘차게, 더 크게. 나타샤가 나중에는 목이 터질 듯이 쾌락의 탄성을 내질렀었다.

"어때, 나타샤?"

나타샤의 어깨를 당겨 안으면서 김승구가 말했다.

"이곳에서 우리는 첫 정사를 나눈 인간이야."

"그래요."

영하 28도의 시베리아 벌판이다. 1백만 년 전에 이곳이 초원이었을지 모르지만 인류 역사상 처음 정사를 나눈 인간은 맞을 것이다. 나타샤가 몸을 비틀어 김승구의 가슴에 얼굴을 붙였다.

"너무 좋았어요, 여보."

진심이다. 나타샤 머릿속에 들어가 봐서 다 안다. 본래의 김승구가 보통 인간의 2배 정도 근력을 보유했었는데 지금은 어떤가? 악마가 도사리고 있다. 악마는 김승구를 '흡수'하려고 '근력'의 10배쯤 보냈을 테니까. 나타샤가 더운 숨을 뱉으면서 말했다.

"사랑해, 여보."

이곳이 바로 '나타샤랜드'가 건설될 부지인 것이다. 그래서 김승구는 나타샤와 첫 '공사'를 했다.

"들어오지 그래?"

나타샤 어머니 스베르나가 물었다. 검은 눈동자 안에 박힌 제 얼굴을 보면서 김승구가 대답했다.

"어머니, 회사에 가봐야 돼요."

"엄마, 나 때문에 하루 종일 밖에 있었어."

나타샤가 김승구의 팔을 낀 채 말했다. 아직도 나타샤의 얼굴은 상기되었고 눈동자가 반짝였다. 마치 젖을 실컷 먹고 난 어린양 같은 분위기. 어머니 스베르나가 그것을 모를 것인가? 스베르나의 얼굴에 웃음이 떠올랐다. 가난한 집에 쌀가마가 잔뜩 들어온 것을 본 안주인의 얼굴이 이럴까? 오후 6시 반.

"다시 오겠습니다, 어머니."

김승구가 스베르나에게 인사를 하고 운전석 문을 여는 순간 나타샤가 뒤에서 껴안고 볼에 입술을 붙였다. 나타샤의 저택 현관 앞에서 일어나는 장면들이다. 김승구도 나타샤의 입술에 가볍게 입을 맞추고는 차에 올랐다. 스베르나가 손을 흔들고 있다.

아, 어머니란.

차를 발진시키면서 김승구는 오늘은 '어머니'를 만나기로 한다. 그래서 곧장 저택으로 돌아간다.

오후 8시 반, 저택 아래층에서 송아지 스테이크와 김치, 쌀밥, 수프 대신 콩나물국, 후식으로는 수박 주스에 바닐라 아이스크림을 먹고 올라왔다. '출정 준비'로 배를 채우고 온 셈이다.

작업복으로 갈아입고 배낭에다 1만 불짜리 뭉치 50개를 넣은 것은 만일의 경우에 대비한 '실탄', 돈은 만국 공통 '실탄'이며 만사를 형통하게 만드는 '무기'이기도 하다.

'나무 관세음보살.'

지장보살 진언을 외우지 않은 것은 그때마다 제꺽 나와서 잔소리를 할 것 같았기 때문이다, 악마야 보고 있겠지만.

배낭을 멘 김승구가 소파에 '털썩' 앉았다. 이것이 '출발'이다.

'팽' 소리가 난 것 같다. 분위기가 '팽' 바뀌었기 때문에 그런 '환청'이 들렸나?

김승구는 지금 응접실에 서 있다. 배낭을 메고 신발을 신은 채로. 그런데 앞에 두 여자가 앉아 있다. 그리고 1살쯤 되는 아이가 소파 위에서 잔다. 벽시계가 9시 15분을 가리키고 있다.

창밖을 보니까 밤이다. TV가 요즘 같은 평면이 아니라 냉장고처럼 불룩하다. 몸뚱이가 냉장고만 하다는 말이다. 단독주택이다, 30평형쯤 되나? 깔끔한 내부, 여유 있게 보이지는 않는다.

두 여자에게로 시선을 돌린 김승구는 젊은 여자의 얼굴이 낯익다는 느낌을 받는다, 20대 후반쯤. 그 앞 여자는 여자 어머니다. 얼굴이 닮았고 역시 낯익다. 바로 김승구의 어머니와 외할머니. 그리고 아이는 바로 김승구다. 깊게 잠이 들었다. 방 안 분위기는 어둡다. 둘 다 수심에 잠긴 얼굴, 젊은 여자의 눈은 습기에 젖어 번들거리고 있다.

"어떻게 하냐, 살아야지. 승구도 있는데."

중년 여자가 가라앉은 목소리로 말했다.

"넌 아직 젊어. 진숙아, 견디어 봐."

젊은 여자는 쳐다만 보았고 중년 여자는 기를 쓰고 말을 잇는다. 지친 표정이다.

"시간이 해결해줘. 시간이 약이야."

"어머니."

마침내 젊은 여자가 입을 열었다.

"나, 못 견디겠어. 숨이 막혀."

젊은 여자가 주먹을 쥐더니 가슴을 쳤다. 한 번, 두 번, 세 번.

김승구가 젊은 여자의 눈을 똑바로 보았다. 여자는 김승구를 초점 없는 시선으로 보았지만 그 순간에 다 빨려들었다. 여자의 내력이 김승구의 뇌에 주르르 입력된 것이다. 물론 두 여자는 김승구를 보지 못한다.

김진숙, 28세. 석 달 전에 내연남 이용호하고 갈라섰다. 동거생활 1년 5개월, 혼인신고도 하지 않았기 때문에 몸만 갈라선 것이다. 김진숙은 출생신고도 하지 않은 '이승구'를 데리고 혼자 사는 친정어머니 안혜숙에게로 옮겨가는 것으로 끝. 위자료? 없다. 생활비? 없다. 이승구에 대한 보장? 없다.

헤어진 이유도 알게 되었다. 그동안 김진숙과 이용호 간의 연애, 갈등, 싸움 등이 머릿속에 다 입력되어서 열거하려면 책 3권 분량이 되겠지만 이용호, 이 개아들 놈에게 혼인신고를 한 부인이 엄연히 존재하고 있었다는 것. 그 마누라하고 사이에 딸이 둘이나 있었다는 것. 그렇게 이중생활을 하다가 들통이 난 것이다. 나열하기가 지저분해서 김승구는 입력된 기억을 지워버리고 싶었다.

방의 벽에 등을 붙이고 선 채로 김승구는 고개를 흔들었다.

'내가 이 꼴 보려고 온 것이 아냐. 요점만 추려서 보여줘. 편집을 하란 말이야.'

과거 세상을 보는 숙명통(宿命通), 어디든 갈 수 있는 신족통(神足通), 타인의 마음을 읽는 타심통(他心通), 그리고 거기에다 김승구의 '편집 능력'을 추가시켰다, 인간이 자동차를 '이륜구동'에서 '사륜구동'으로 개량시킨 것처럼.

'팽.'

김승구가 커피숍 안에 서 있다. 앞쪽 테이블에는 두 남녀가 마주보고 앉았다, 바로 이용호와 김진숙. 이용호의 얼굴을 본 순간 김승구가 숨을 들이켰다. 내 얼굴이다, 곧은 콧날, 날카로운 눈매, 검은 눈썹, 굳게 다문 입, 넓은 어깨까지. 이용호는 32세다. 개아들 놈 같으니, 내 어머니를 배신해? 그때 이용호가 말했다.

"1년만 기다려, 이혼할 테니까. 이번에 사건이 터지고 나서 감시가 심해졌기 때문에 1년 동안은 서로 연락도 안 하는 게 낫겠어."

김진숙은 쳐다만 보았고 이용호의 말이 이어졌다.

"가만있었으면 일이 빨리 진행되었을지도 몰라. 네가 날 의심해서 집에까지 찾아가는 바람에 일이 악화되어 버렸어. 시간이 더 걸린 거야."

"…."

"내가 그 이야기를 안 한 건 곧 정리할 작정이었기 때문이야."

김진숙의 눈에 눈물이 고여 있다. 어깨가 늘어져서 말이 나올 것 같지가 않다. 가슴이 막힌 느낌이 들어서 김승구가 버럭 소리쳤다. 물론 이 소리는 안 들린다.

"컷!"

그 순간에 다음 장면이 펼쳐졌다. 밤, 김승구가 다리 위에 서 있다. 물론 신족통, 숙명통으로 달려온 터라 '형체'는 드러나지 않는다. 김진숙이

다리 위를 걸어가고 있다. 이곳은 인적이 없어서 다리 위는 텅 비었다. 바람이 휘몰려왔다. 김진숙은 지금 식당 일이 끝나고 집에 돌아가는 길이다. 이곳은 작은 도시, 바닷가여서 바닷바람이 세다. 김진숙이 옷깃을 여미고는 종종걸음을 친다. 다리를 건너야 어머니와 아들 '이승구'가 기다리는 집이 나온다.

그 순간 김승구가 숨을 들이켰다. 갑자기 어둠 속에서 이용호의 모습이 나타났기 때문이다. 미처 김승구가 숨을 뱉기도 전에 이용호가 김진숙의 어깨를 잡았다.

"아."

고개를 돌린 김진숙이 짧은 외침을 뱉었지만 다음 순간 이용호에 의해 번쩍 들렸다. 그때 허공에 들린 김진숙이 무슨 일이 일어날 것인지를 눈치챈 것 같다.

"승구야아!"

김진숙의 입에서 밤하늘을, 바람 소리를 찢는 외침이 울렸다. 그때 이용호가 다리 밑으로 김진숙을 던졌다. 물살이 세고 깊은 강, 바람 소리가 세었지만 김진숙이 물속에 떨어지는 소리가 요란하게 울렸다.

"이 자식."

김승구가 눈을 부릅뜨고 이용호를 보았다. 그때 이용호가 주위를 둘러보더니 서둘러 발을 떼었다.

다음 장면으로 날아왔다. 김진숙의 어머니 안혜숙이 김승구를 안고 있다. 얼굴은 눈물범벅. 안혜숙이 그 얼굴로 고개를 저으며 말했다.

"자살했을 리 없어요. 애를 놔두고 죽을 리가 없다고요."

경찰서 안이다. 김진숙의 시체는 다음 날 강의 하류 바다 쪽 바위에 걸린 채 발견되었고 병원 시체실에 눕혀져 있다. 경찰은 사인을 수사 중.

경찰이 안혜숙에게 말했다.

"동거했던 이용호 씨는 알리바이가 확실합니다. 그날 밤 친구 둘하고 술 마시고 있었어요. 식당 주인, 종업원이 증인입니다."

그때 안혜숙에게 안겨 있던 김승구가 울었기 때문에 말이 끊겼다. 김승구는 우는 김승구를 물끄러미 내려다보다가 말했다.

"다음."

집 안에서 안혜숙이 자고 있는 김승구를 내려다보면서 말했다. 김진숙의 장례식을 치른 지 나흘째가 되는 날 오후다.

"승구야, 난 널 못 키우겠어."

김승구는 자다가 입맛을 다신다. 오신통(五神通)을 가진 김승구는 벽에 등을 붙이고 서 있다. 안혜숙이 말을 이었다.

"네 얼굴을 볼 때마다 그놈이 떠올라. 넌 한 살도 안 된 놈이 어떻게 그놈을 그렇게 닮았니? 네 어미 얼굴이 하나도 없구나."

고개를 저은 안혜숙의 두 눈이 번들거렸다.

"널 고아원에 맡길 거다."

김승구가 한숨을 커다랗게 쉬었지만 바로 옆에 앉은 안혜숙은 듣지 못했다.

다음 장면. 이른 아침, 안혜숙이 '사랑고아원' 정문 앞에 유모차를 놓고 몸을 돌린다. 이곳은 서울의 고아원. 안혜숙은 밤 열차를 타고 진주에서 올라왔다. 흔적을 지우기 위해서 아주 멀리 온 것이다. 서둘러 50여 미터쯤 떨어진 골목 안으로 들어선 안혜숙이 그때서야 손등으로 눈물을 닦는다. 안혜숙의 뒤를 따라온 김승구가 입맛을 다셨다.

아, 이렇게 내가 '사랑고아원'에 오게 되었구나.

잠시 후에 '사랑고아원' 정문 앞에서 작은 소란이 일어났다. 원장 나애영이 나왔고 보모 유민주, 경비원 박명보까지 유모차를 둘러싸고 있다. 그때 김승구를 안아 올린 유민주가 웃었다. 김승구가 웃었기 때문이다.

"아이구, 얘 봐. 웃네."

"미친년. 그렇다고 너도 웃냐?"

나무라던 나애영이 유모차 바닥에 깔린 편지를 보았다. 접힌 쪽지를 편 나애영이 읽었고 뒤쪽에 바짝 붙어 선 김승구도 어깨 너머로 본다. 안혜숙이 쓴 것이다.

'죄송합니다. 불쌍한 아이 맡기니 죽은 어미한테 복을 받으십시오. 아이 이름은 김승구입니다. 생일이 1992년 2월 3일입니다. 복 받으십시오.'

나애영의 어깨 너머로 보던 김승구가 고개를 끄덕였다. 그렇구나. 이 시점에서 성씨가 '이'에서 '김'으로 바뀌었구나. 할머니가 이용호란 놈에 대한 원한이 사무쳤기 때문이겠지. 그렇다면 이때의 이용호는?

'팽.'

이용호가 현관으로 따라 나온 강인선에게 고개를 끄덕이며 말했다.

"그래. 다음 주에 애들 데리고 방콕이나 다녀오자고."

"정말?"

강인선의 두 눈이 반짝였다.

"며칠간?"

"일주일쯤. 나도 좀 쉬어야겠어."

이용호의 얼굴에도 웃음이 떠올랐다. 옆에 선 김승구가 물끄러미 이용호를 보았다. 닮았다. 얼굴이 이렇게 닮을 수도 있구나, 체격도, 목소리도. 마치 '나'를 보는 것 같다. 이놈은 악마다. 내가 바로 악마인 것이다.

악마가 나를 찾아온 것도 무관하지 않구나. 이놈이 바로 내 어머니를 살해한 살인자다. 바로 내 '아버지'가.

회사에 따라가 보았다. 3층 건물에 '대양수산' 간판이 붙었고 수산물을 수출하는 회사다. 이용호는 이 회사의 대표다. 아버지 이강수로부터 회사를 물려받은 후 3년째 운영하고 있다. 수출량은 연간 1천만 불 정도. 중견 수출업체다. 회사를 둘러본 김승구가 흥미를 잃고 몸을 돌렸다.

배낭을 방바닥에 내던진 김승구가 털썩 소파에 앉았다. 벽시계가 9시 38분을 가리키고 있다. 떠난 지 한 시간밖에 되지 않은 것이다. 시간 따질 것 없다. 시간을 거슬러서 27년 전의 사건을 낱낱이 보고 돌아왔다. 가지고 갔던 돈 가방도 그대로 들고 온 것이다.

김승구의 얼굴은 일그러져 있다. 아버지가 어머니를 살해한 사건이다. 그 후에 이용호가 어떻게 지냈는지 알기가 끔찍했기 때문에 그냥 돌아왔다. 그것이 27년 전이다.

"내가 용서하지 않을 거다."

김승구가 길게 숨을 뱉고 나서 눈을 감았다. 이제야 몸 안에 부처와 악마가 함께 존재하는 이유를 알겠다. 그들이 들어오기 전부터 내 몸에는 천사와 악마가 내재(內在)하고 있었던 것이다. 곧 어머니가 천사였고 부처였으며, 이용호가 악마였다.

"갔다 왔어?"

악마 목소리가 들렸지만 예상하고 있었던 김승구는 '드시근'한 표정으로 그쪽은 쳐다보지도 않았다. 밤 10시 반, 씻고 소파에 막 앉은 참이다. 악마의 목소리에 웃음이 띠어져 있다.

"복수를 해야지, 안 그래?"

김승구는 리모컨으로 TV를 켰다. 러시아 연속극이 상영 중이다. 여기서도 밥 먹는 장면이 나오고 있다. 다시 악마가 말을 이었다.

"네 능력으로 가보면 알겠지만 이용호는 잘 먹고 잘 살고 있어. 딸 둘은 일류대를 나와서 유명해, 얼굴도 미인인 데다 아버지 후광으로."

"…."

"이용호는 대기업 회장이야. 정관계에 발이 넓은 데다 통이 커서 존경을 받고 있지. 누가 제 내연녀를 강물에 집어던졌다고 생각하겠냐?"

"…."

"이것도 돌아가 보면 금방 알겠지만 같이 술 마셨다고 증언한 친구 두 놈, 식당 여주인, 종업원까지 넷이 경찰에 위증을 해주었지. 이용호가 식당에서 화장실에 다녀온다고 해놓고 1시간 동안 나가 있었거든."

"…."

"위증을 해준 네 연놈은 이용호가 화장실에서 오랫동안 있었다는 것을 말하지 않은 대가를 단단히 받았어. 나중에 이용호의 내연녀가 강물에 투신했다는 것을 알았지만 놔두었지. 다 그런 거야."

"…."

"저하고 관계없는 일에는 눈감고 지나가는 것, 귀찮은 일에는 끼고 싶지 않은 것, 이것이 모두 악마의 본성이지."

악마의 목소리에 웃음기가 섞여 있다.

"어때? 하나씩 패가망신시키고 그 몇십 배로 원한을 갚아줘야 하는 것 아니냐?"

"…."

"네 능력이면 역사도 바꿀 수 있지 않아? 그까짓 놈들을 다 없애도 지구는 끄떡없이 자전, 공전을 한다고."

시끄러웠기 때문에 김승구가 한숨을 쉬고 말했다.

"옴 염만타자 사바하."

그러고 나서 덧붙였다.

"그리스도시여, 성모시여."

옆쪽의 무거운 기운이 사라졌다. 사라지지 않았다면 마호메트도 찾을 작정이었다. 그 순간이다.

"승구야아!"

목구멍이 찢어지는 것 같은 김진숙의 목소리가 김승구의 귓속에서 울렸다. 동시에 김승구의 머리칼이 곤두섰다. 눈이 치켜떠졌고 저절로 입이 악물려졌다. 이용호가 김진숙을 번쩍 치켜들었을 때다. 어머니 김진숙의 얼굴이 보인다. 다음 순간 김진숙의 몸이 어둠 속을 날아 다리 밑 강물 속으로 내던져졌다.

고개를 든 김승구의 눈에서 처음으로 눈물이 흘러내렸다. 어머니는 그 절박한 순간에서도 김승구를 걱정했던 것이다. 그것이 어머니다. 아! 어머니! 김승구의 얼굴에서 웃음이 떠올랐다. 자신이 보지는 않았지만 이것이 바로 악마의 웃음일 것이다.

다음 날 아침, 출근한 김승구의 방으로 토머스 메클럼이 찾아왔다. 메클럼은 본사 회장의 자문관이어서 김승구의 지휘를 받지 않는다. 앞쪽 자리에 앉은 토머스가 웃음 띤 얼굴로 김승구를 보았다.

"김 사장님, 단도직입적으로 말하겠는데, '나타샤요양원' 공사대금의 출처를 말씀해 주셔야겠소."

토머스가 소파에 등을 붙이면서 말을 이었다.

"현금으로 지급한 1200만 불 말입니다."

"…."

"내가 스보르카한테 지급한 지폐 일부를 회수해서 검사했는데."

토머스가 주머니에서 100불짜리 지폐를 꺼내 탁자 위에 놓았다.

"여기 우리 수금원이 한 표시가 있지."

100불짜리 지폐 끝 쪽을 손가락으로 짚은 토머스가 정색하고 김승구를 보았다.

"김 사장, 큰일 났어. 이건 빼도 박도 못 할 증거야."

그때 김승구가 토머스에게 물었다.

"토머스, 어떻게 하는 것이 낫겠나?"

김승구의 시선을 받은 토머스가 어깨를 늘어뜨리면서 길게 숨을 뱉었다.

"킹스턴한테 이미 보고가 되었어요. 그러니까 그것부터 먼저 수습해야 됩니다."

"어떻게 보고가 되었는데?"

"이 지폐 왼쪽 귀퉁이에 C라고 표시해놓은 글자가 있어요. 형광펜으로 한 묶음에 한두 장씩 표시를 해놓았는데 콜롬비아에서 보낸 돈이라는 표시지요."

"도둑놈들이 제 돈이라고 표시까지 했군."

"이번처럼 돈을 빼돌렸을 경우에 대비해서 본사 자금부에서 장치를 한 거죠."

"보고가 되었다면 어떻게 수습하지?"

"전면전을 치루면 양쪽 다 다칩니다. 킹스턴은 검은 돈이라 공개적으로 나설 수는 없어도 마피아는 물론이고 CIA까지 움직일 수 있는 능력이 있거든요."

"킹스턴을 처치하면 안 될까?"

"그건 최악의 경우지요."

토머스가 머리를 기울였다. 현재 김승구의 능력은 계속해서 향상되고 있다. 오신통(五神通)에서 변형된 능력. 오신통이 몸 안에 들어와 세포 분열과 융합을 스스로 반복함으로써 새로운 능력이 형성되고 있는 것이다. 그것은 김승구 본인은 물론 능력을 준 부처도 예상하지 못한 결과다. '인조인간'이 스스로 기능을 개발해 개발자도 모르는 파워를 지니게 된 것이나 같다.

토머스의 눈을 빨아들여 타심통은 물론 숙명통, 천안통으로 파악할 수 있었는데 아예 '뇌'를 세탁하여 개조시킨 것이다. 그래서 토머스를 심복으로 만들었다. 지금 토머스는 오래된 심복처럼 김승구를 위해 '머리'를 짜내는 중이다. 토머스가 말을 이었다.

"보스, 일단 킹스턴에게 제가 무슨 착오가 있는 것 같다는 연락을 다시 하지요."

"옳지."

"스보르카한테 현찰 1,200만 불이 건네진 건 다 아는 사실이 되었으니까 그 현찰에 대한 새로운 해명이 필요합니다."

"경솔했어. 방법이 없겠나?"

"시베리아에서 그런 현금을 보유하고 있는 인물은 치차코프뿐입니다. 고르키 치차코프한테서 빌린 것으로 처리하는 것이 어떨까요?"

"고르키한테서?"

"킹스턴은 잠깐 속을 겁니다, 아니 헷갈리겠지요."

토머스의 얼굴에 쓴웃음이 떠올랐다.

"10퍼센트 이자를 주기로 하고 빌렸다고 하는 겁니다. 그러고 나서 제가 치차코프 가문의 고위층한테서 확인을 받았다고 하는 거죠."

"그렇군. 넌 머리가 좋구나, 토머스."

"어렸을 때부터 임기응변이나 거짓말에 뛰어났습니다, 보스."

그러고는 토머스가 눈을 가늘게 뜨고 김승구를 보았다.

"보스, 도대체 절 어떻게 하신 겁니까? 이 방에 들어오고 나서 내가 왜 이렇게 된 겁니까?"

"왜? 저항이 일어나는 거야?"

"아닙니다. 갑자기 보스한테 심복하게 된 것이 무슨 약을 먹은 것도 아니고, 보스한테 홀린 것 같아서 그럽니다."

"맞아. 홀린 거야."

"마술 같지는 않고, 심령술 같은 겁니까?"

"그런 얼치기 심령술이 아니야. 신(神)의 능력이라고 생각하면 돼."

"그런 것 같습니다."

"일단은 네가 내 심복 노릇을 해야겠다."

"클라크도 보스 심복이지요?"

"맞아."

"그런 것 같았습니다."

고개를 끄덕인 토머스가 어깨를 폈다.

"그럼 클라크하고 손발을 맞춰야겠군요. 그렇게 되면 팩스코러시아의 '우리들' 기반이 굳어질 것입니다."

그 '우리들'이란 '김승구의 팩스코'를 말하는 것이다.

전화위복이라고 할 것도 없다, 본시 '화'가 없었으니까. '새옹지마'도 아니다, 누가 먼저 다리가 부러지지도 않았으니까. 김승구를 추궁, 협박,

자백하게 만들려고 들어갔던 토머스가 '심복'이 되어서 나왔다.

이제나 저제나 하면서 사무실 안에서 '고성'이 터지고 부르기를 기다렸던 제이슨 스튜드 이하 행동요원들은 토머스가 나왔을 때 일제히 둘러쌌다. 토머스의 사무실 안이다.

"어떻게 되었습니까?"

제이슨이 숨 가쁘게 물었을 때 토머스가 되물었다.

"뭐가?"

"또 죽었어? 여덟 명이?"

비명처럼 되물은 토슈크나가 벌떡 일어섰다가 앉았다. 하바로프스크 경찰서 수사과장실 안, 앞에는 계장 바라스키가 서 있다.

"예. 이번에는 바리안클럽에서 약을 먹은 놈들이 셋, 사카로프에서 셋, '마모스'가 둘입니다."

바라스키가 말을 이었다.

"오늘까지 사카로프클럽은 빠벨까지 포함해서 9명, 바리안클럽이 셋, 마모스클럽이 2명, 계 14명입니다."

"이거 조사 나오겠다."

"아마 그럴 것 같습니다."

이제는 토슈크나가 몸을 웅크린 채 가쁜 숨만 쉬었다. 여대생 2명이 중독사한 것을 시작으로 5일 동안 14명이 중독사한 것이다. 그것도 유리 발렌스키가 운영하는 사카로프클럽에서부터 스보르카의 바리안클럽, 표도르의 마모스클럽에서도 중독사가 나왔다. 바라스키가 말을 이었다.

"앞으로 더 나올지 모릅니다, 과장님."

"클럽에 가서 마약을 판 웨이터 놈들을 잡아와, 바라스키."

"다 잡을 수는 없지요."

"누가 다 잡으래, 두 놈씩만 잡아와."

"알겠습니다."

"서둘러!"

바라스키가 몸을 돌렸을 때 토슈크나가 전화기를 집어 들었다. 유리는 물론 스보르카, 표도르한테도 이쪽에서 잡으러 간다고 미리 연락을 해주려는 것이다. 바라스키도 연락을 해줄 것이 틀림없지만 이쪽도 성의를 보여줘야 한다.

"주여!"

절박한 외침, 천이통(天耳通)으로 듣는 순간 김승구가 퍼뜩 고개를 들었다. 오후 3시 반, 사무실 안이다. 세상의 모든 소리를 들을 수 있지만 이렇게 '콕' 찍어서 귓속으로 보내는 '주인공'이 능력을 준 부처가 아니었다. 부처가 그것까지 조종하지는 않는다, 아니 못한다. 김승구 추측에는 '절박함'의 순위로 자동 연결되든지 로또 뽑기처럼 결정되는 것 같다.

'팽' 옮겨왔다. 그 순간 김승구는 창고처럼 보이는 건물 안에 와 있는 자신을 발견했다. 낡은 창고, 앞쪽에 사내 셋, 그 가운데 여자 하나가 누워 있다. 창고 안은 어둑해서 천장의 형광등 한 개가 안을 비추고 있다. 그때 사내 하나가 말했다.

"간단해. 몸 풀고 이걸 뒤쪽 산에 묻고 떠나면 돼."

"이 근처에는 CCTV도 없고 우리가 발각될 염려도 없어."

다른 사내가 웃음 띤 목소리로 말을 이었다.

"이년이 하나님 찾는 덕분에 우리가 복을 받은 거다. 우리 주제에 어디 이런 년하고 해볼 수 있겠냐? 이년한테는 재수가 오늘로 끝나겠지만."

"맞아, 맞아."

세 번째 사내도 맞장구를 쳤다. 모두 한국말, 한국으로 옮겨온 것이다. 그 와중에도 김승구는 신족통의 위력에 감탄했다. 여기서 미국까지 옮겨갈 수도 있겠구나. 그때 누워 있던 여자가 꿈틀거리며 부르짖었다.

"주여, 용서하소서!"

"그래, 미리 용서 받아라."

사내 하나가 바지를 벗으면서 말했다.

"우리 죄를 말이다."

다가간 김승구는 여자의 팔 다리가 묶여 있는 것을 보았다. 짧은 머리는 헝클어졌고 얼굴은 눈물과 피로 범벅이 되어 있었지만 미인이다. 젊다, 20대 후반이나 30대 초반. 다가선 남자를 본 여자가 몸부림을 쳤지만 꿈틀거리기만 할 뿐이다. 등산복 차림으로 트래킹화를 신었다. 옆쪽에 배낭이 놓여 있는 것을 보니 혼자 산길을 가다가 잡힌 것 같다. 사내들도 등산복 차림으로 30대쯤이다.

"야, 빨리해."

이미 순번이 정해져 있는 모양으로 사내 하나가 손목시계를 보면서 말했다.

"묻고 가려면 시간이 없어."

그때 팬티 차림이 된 사내가 여자의 바지를 벗기기 시작했다.

"아이구! 하느님!"

여자가 비명을 질렀다.

"살려주세요!"

그때 여자가 발버둥을 치는 바람에 바지를 못 벗긴 사내가 저고리 주머니에서 잭나이프를 꺼냈다. 버튼을 누르자 10여 센티쯤 되는 칼날이 튀어나왔다.

"가만있어, 쑤시기 전에!"

버럭 소리친 사내가 여자의 바지를 허리 부분에서부터 찢기 시작했다, 아니 자른다. 곧 여자의 바지와 팬티까지 찢어지면서 벗겨졌다.

"흐흐흐."

만족한 사내가 눈을 치켜뜨고 웃더니 팬티를 벗어던졌다. 그 순간이다.

"으악!"

비명을 지른 사내가 사타구니를 움켜쥐고 엎드렸다.

"아이고오!"

사내의 비명은 너무 커서 창고가 무너질 것 같다.

"뭐야?"

영문을 모르는 두 사내가 다가섰다가 사내가 움켜쥔 사타구니에서 낭자하게 흐르는 피를 보았다.

"왜 그래?"

사내 하나가 물었다가 질색하고 물러섰다. 땅바닥에 떨어진 물건을 본 것이다. 피에 젖은 소시지다.

그때 김승구가 창고 벽에 기대놓은 나무토막을 들고 와 뒤쪽 사내의 뒤통수를 후려쳤다.

"퍽!"

바가지 부서지는 소리가 나더니 사내가 두 팔을 앞으로 뻗으면서 엎어졌다. 머리가 부서져 넘어진 채 사지를 경련시키고 있다.

"억!"

다른 사내는 아직 상황 판단이 안 되었다. 옆쪽 사내가 엎어졌을 때 두리번거리다가 김승구가 쥐고 있는 통나무를 본 것이다. 장작용으로 쪼갠 지름이 15센티쯤 되는 통나무다. 그런데 사내의 눈에는 통나무만 보였으니 놀란 외침을 뱉은 것이다. 다음 순간 그 통나무가 날아가 사내의 머리 꼭대기를 쳤다. 장작 빠개듯이 내려친 것이다.

"퍽석!"

역시 머리가 부서진 사내가 쓰러졌고 이제 사타구니를 움켜쥔 사내도 모로 쓰러진 채 신음만 뱉는다. 그때 김승구가 땅에 던진 칼을 들고, 몸을 굳히고만 있는 여자의 묶인 팔과 다리의 나일론 끈을 끊었다. 그 와중에도 여자는 다리를 오므려 치부를 가렸다. 몸이 풀리자 여자는 일어나 앉았지만 공포에 질린 얼굴로 주위를 두리번거렸다. 여자의 눈에도 날아다니는 통나무만 보였기 때문이다. 그래서 김승구가 할 수 없이 목소리를 내놓았다.

"옷 갈아입고 나와. 저기 엎어진 놈 바지를 벗겨 입고 나오면 되겠다."

결코 신(神)의 목소리 같지는 않겠지만 그 경황 중에는 '바지 갈아입으라'는 말이 귀에 '쏙' 들어왔을 것이다. 여자의 시선이 그쪽으로 옮겨지는 것을 본 김승구가 몸을 돌리면서 말했다.

"서둘러."

"이게 뭐야?"

먼저 창고 밖으로 나온 김승구가 투덜거렸다.

"세상에 어디 이런 일이 한두 개냐? 날 하바로프스크에서 한국까지 옮겨오게 하다니."

'날아왔다'는 말은 이제 좀 유치해서 안 쓴다. 신족통(神足通)은 유치하게 '날아가는' 등급이 아니다. '옮겨간다.' 김승구가 계속 투덜거렸다.

"앞으로 천이통이 들리더라도 옮겨가지 않을 거야. 내가 무슨 벨 보이냐?"

그때 창고 문이 열리더니 사내의 바지를 입은 여자가 나왔다. 흐트러진 머리를 가다듬고 사내들한테 맞은 입가의 피도 닦았기 때문에 깔끔한 미모가 드러났다. 여자가 두리번거린 것은 목소리를 찾으려는 것이다. 그때 두리번거리던 여자가 떨리는 목소리로 물었다.

"하나님, 어디 계세요?"

'내가 여기 있다.' 하고 나타날 팔자가 아니었기 때문에 김승구가 '목소리'로 말했다.

"서둘러 집으로 가라. 네가 간절하게 찾는 바람에 내가 온 것이다."

결국 그렇게 말해줄 수밖에 없지 않겠는가?

"주여, 주여!"

두 손을 모은 여자가 눈물을 흘렸다.

"주여, 감사합니다."

그 순간 신족통(神足通)으로 옮겨가려던 김승구가 잠깐 멈추고는 여자의 눈을 보았다. 여자의 내력이나 알고 싶었기 때문이다. 그 순간 여자의 '인사기록'이 주르르 입력되었다.

'이름 이지현, 30세, 부(父) 이용호, 63세.'

그러고 나서 이용호의 얼굴이 떴다.

"으악!"

저도 모르게 비명을 지른 김승구가 신족통으로 몸을 옮겼다. 급하게 신족통을 쓴 때문인지 소파에 앉아 있던 몸이 굴러 떨어졌다.

그때 노크 소리가 났다. 겨우 일어나 앉은 김승구가 응답했을 때 문이 열리면서 클라크와 토머스가 들어섰다.

"보스, 괜찮으십니까?"

토머스가 10년은 보스를 모신 부하처럼 걱정스러운 표정을 짓고 물었다.

"괜찮아."

김승구가 대답했을 때 클라크가 풀썩 웃었다.

"토머스가 보스를 깍듯이 모시는군."

김승구는 둘이 이제 말을 맞췄다는 것을 알았다. 그 사이에 둘이 '소통'한 것이다. 앞쪽에 나란히 앉은 클라크와 토머스를 번갈아 본 김승구가 물었다.

"어때, 손발이 맞겠어?"

"그럼."

클라크가 먼저 대답했다.

"토머스는 본사 상황을 주르르 꿰고 있어서 우리한테 절대적으로 필요한 인물이야."

"앞으로 클라크를 형님으로 모시기로 했습니다."

토머스가 정색하고 말했다.

"물론 우리끼리 있을 때만이죠. 다른 놈들이 눈치채면 안 되죠."

"토머스, 팩스코는 우리가 먹을 거다."

김승구가 똑바로 토머스를 보았다.

"넌 해결사에서 팩스코를 경영하는 경영자가 되는 거야."

"클라크 형님한테서 들었습니다."

고개를 끄덕인 김승구가 클라크에게 물었다.

"커크, 배기남이 보관하고 있는 2억 불 위치도 토머스한테 알려줘."

"당연하지."

그때 토머스가 김승구를 보았다.

"보스, 킹스턴이 이제는 비자금을 중국으로 돌리고 있습니다. 다음 달에 3억 5천만 불이 중국으로 갈 겁니다."

"그것도 우리가 써야겠군."

김승구가 말하고는 문득 토머스를 보았다.

"토머스, 돈 필요하면 클라크한테 말해서 박스째로 가져가라. 우선 가족한테 보낼 돈은 언제라도 가져가. 200만 불짜리 박스가 가득 쌓여 있다."

"예, 보스."

금세 얼굴이 상기된 토마스가 말을 이었다.

"보스가 제 뇌를 '개조'하지 않으셨더라도 보스를 심복하게 되었을 것입니다."

"개조했어?"

클라크가 놀란 듯 눈을 크게 떴다가 곧 웃었다.

"보스는 곧 신(神)이야, 신의 대행자라고."

둘이 방을 나갔을 때 김승구가 길게 숨을 뱉고 나서 신족통으로 옮겨갔던 일을 떠올렸다. 그러자 대번에 얼굴이 붉어졌고 눈이 치켜떠졌다. 그 여자, 이지현은 이용호의 둘째 딸이었던 것이다. 이용호가 누구인가? 어머니를 살해한 원수다. 더 이상은 알고 싶지가 않다.

"옴 염만타자 사바하."

이번에 지장보살을 부른 것은 할 말이 있기 때문이다. 옆에서 아무 기척도 없었지만 김승구가 잇새로 말했다.

"나한테 인연을 만든 것은 신(神)이라는 증거를 보이신 모양인데."

김승구가 어깨를 부풀렸다가 내렸다.

"뜻대로 안 되실 거요."

5장

창끝이 된 눈빛

"바실리?"

수화구에서 사내의 목소리가 울렸다. 모르는 번호, 처음 듣는 목소리. 오후 3시 반, 클럽에 출근하려고 옷을 입던 중이다. 바실리가 물었다.

"누구야?"

"너한테 약 준 사람인데."

그 순간 소스라치게 놀랐던 바실리가 금세 진정했다. 요즘 분위기가 심상치 않아서 오늘은 약을 팔지 않을 작정이었다. 지금 벽장 안쪽 비밀 서랍에는 반씩 섞은 마약 50봉지에다 이 사내에게서 받은 마약이 500그램 정도가 남았다. 벌써 절반쯤 판 것이다. 이 사내 덕분에 바실리는 부자가 되었다. 열흘 만에 35만 불을 번 것이다. 번 돈은 집 뒷마당에 파묻어 놓았다.

"웬일이쇼? 그리고 내 전번은 어떻게…."

"다 아는 수가 있어. 그런데."

사내가 한마디씩 또박또박 말했다.

“너, 뒷마당에 묻은 돈하고 벽장 안의 비밀금고에 넣어둔 마약까지 다 꺼내 가지고 지금 당장 시베리아 횡단 열차를 타.”

숨을 들이켠 바실리의 귀에 사내의 목소리가 이어졌다.

“열차는 오후 5시에 출발한다. 만일 네가 그 열차에 타지 못했을 경우를 말해주지.”

“…”

“넌 5시에 출근하고 30분 후에 경찰청 수사계장 바라스키한테 체포돼. 6시 반에 네 집 수색이 되면 마약 탐지견이 벽장 속의 마약과 마당의 현금 뭉치를 찾아낼 거다.”

“…”

“병신 같은 놈아. 돈뭉치를 빠벨한테서 받은 마약 담았던 신문지로 싸서 파묻으면 어떻게 해?”

그 순간 소스라친 바실리가 얼굴이 누렇게 굳어졌다. 사실인 것이다.

“마약 탐지견이 그 돈을 금방 찾아내고 이번 중독사 책임을 네가 뒤집어쓰게 된단 말이다. 넌 사형이야, 병신아.”

그 순간 바실리가 정신없이 대답했다.

“알았어요.”

여기는 치차코프성(城), 오후 4시. 2층 응접실에서 고르키 치차코프가 앞에 선 안토노프를 바라보고 있다. 옆쪽 창가에 레프 치차코프가 서 있었는데 굳어진 표정이다. 고르키가 안토노프에게 물었다.

“스보르카, 표도르 조직에는 누가 공급한다고 했지?”

“삼합회에서 받아오는 로체프란 놈입니다.”

“그놈 이름을 들었어. 그놈도 KGB출신이지?”

"예, 회장님."

"그런데 그놈도 요즘 연루되었다고?"

"예, 회장님. 놀라서 어제부터 공급을 끊었다고 합니다."

"지금까지 말썽이 없다가 갑자기 그쪽도 문제가 생긴 거냐?"

"예, 회장님."

"우리하고 동시에 말이지?"

"그런 셈입니다."

"다행이군."

"예?"

"그놈들까지 엮여서 말이야. 우리만 노출될 위험성은 피했잖아."

"예, 회장님."

"네가 불순물을 섞은 건 아니지?"

"물론입니다, 회장님."

"너를 믿는다."

"감사합니다, 회장님."

"너, 지금 하바로프스크로 가서 유리 발렌스키의 심복 한두 놈을 처리하고 돌아오도록."

"예, 회장님."

숨을 들이켠 안토노프를 고르키가 쏘아보았다.

"우리를 불신한 대가를 받아야 한다."

안토노프가 응접실을 나갔을 때 고르키가 의자를 돌려 레프를 보았다.

"레프, 알았느냐? 우리는 불순물이 섞인 마약을 넘기지 않았다고 방어적인 변명을 하면 더 무시 받게 되는 거다."

"예, 아버지."

레프가 고개를 끄덕였다.

"하지만 우리 소행이라고 공개적으로 밝히지 않는 것이 낫겠지요?"

"당연하지. 그럼 상대를 무시하는 셈이 되니까 우리가 하지 않았다고 하는 거다."

"그래도 사람들은 알겠지요."

"바로 그렇다."

고르키가 웃었을 때 비서가 들어왔다.

"회장님, 팩스코러시아의 회장 보좌관 토머스 메클럼이란 자가 전화를 해왔는데요."

"뭐, 팩스코? 무슨 일인데?"

"자금 문제로 상의드릴 것이 있답니다."

"자금?"

"예. 1200만 불에 관한 건이라는데요."

"1200만 불?"

고개를 기울였던 고르키가 손을 내밀었다.

"여보세요, 나 고르키요."

고르키의 목소리가 수화구에서 울렸을 때 토머스가 정색했다. 지금 토머스는 사장실에 앉아 있다. 소파 앞쪽의 상석에는 김승구가, 토머스 옆에는 클라크가 앉아서 통화를 듣고 있다. 토머스가 핸드폰을 탁자 위에 놓고 스피커로 대화하기 때문이다. 그때 토머스가 말했다.

"이번에 저희 팩스코러시아 사장께서 회장님께 현금 1천2백만 불을 차용하는 건 말씀입니다. 1년에 1할 이자로 계약서를 써서 가겠습니다."

"뭐라고?"

고리키가 기가 막힌다는 듯이 목소리를 높였다.

"나한테 미화 1200만 불을? 이게 무슨 난데없는 소리야?"

"중간에 루쉬코프라는 자가 회장님께 말하지 않았습니까? 5일 전에 만났다고 하는데요."

"루쉬코프? 무슨 귀신이 씨나락 까먹는 소리야?"

"우린 그자한테 소개비로 20만 불을 줬습니다만."

"소개비로 20만 불?"

"만나지 않으셨습니까?"

"개새끼 한 마리 오지 않았어."

"그럼 1200만 불 이야기는 듣지 못하셨습니까?"

"내가 무슨 사채업자야? 120불 이야기도 못 들었어!"

"실례했습니다."

"당신, 사기 당했군."

"우선 그놈을 찾아보겠습니다."

"이봐, 러시아에서 조심해야지."

"전화 끊겠습니다. 실례했습니다."

핸드폰의 정지 버튼을 누른 토머스가 확인까지 하고 다시 김승구를 보았다. 여전히 정색한 얼굴이어서 진짜로 루쉬코프란 자한테 사기를 당한 것 같다.

"이것으로 고르키의 머릿속에 1200만 불이 각인되었을 것입니다."

김승구는 웃음 띤 얼굴로 고개만 끄덕였고 클라크가 대신 풀이했다.

"그렇군. 만일 팩스코 본사에서 1200만 불 확인이 오면 고르키가 그거, 팩스코러시아에서 사기당한 이야기야, 어쩌구 하겠지. 그럼 그것을 본사에서는 고르키가 그냥 숨기려고 하는 것으로 알겠군."

"바로 그렇습니다."

토머스가 말을 이었다.

"의심하는 놈들에게는 오히려 그런 고르키의 반응이 진짜로 믿어지는 것입니다. 그래서 사기꾼들은 더 속이기가 쉬운 법이지요."

"과연 너는 머리가 좋다."

클라크가 다시 감탄했고 김승구도 고개를 끄덕였다. '뇌'를 개조하는 것보다 클라크 방식이 '조미료'를 타지 않은 음식처럼 담백한 맛이 난다.

"네가 약을 팔았지?"

발렌스키가 묻자 유리는 숨부터 골랐다. 오후 5시, 발렌스키는 사무실로 유리와 도르카를 불러들였다. 발렌스키 옆에는 바샤가 서 있었는데 외면하고 있다. 유리가 어깨를 펴고 발렌스키의 시선을 받았다.

"예, 아버지."

"아버지?"

"예, 회장님."

유리가 급히 정정했지만 발렌스키의 입 끝이 비틀렸다.

"내가 약을 팔면 안 된다고 지시를 했지?"

"예. 하지만…."

"이유는 듣기 싫다."

"한마디만 들어주십시오."

유리가 손까지 흔들었다. 얼굴이 붉게 상기되어 있다. 발렌스키가 쳐다만 보았고 유리가 말을 이었다.

"약을 안 팔았더니 다른 조직 약장수들이 들어왔습니다. 막을 수가 없었습니다."

"…."

"손님들이 기를 쓰고 찾기 때문입니다. 약이 없다 하면 아예 가게로 오지 않았습니다."

"…."

"다른 업소는 다 팝니다. 우리만 안 팔고 있었습니다."

"…."

"아버지가 알고 계신 줄 알았습니다. 겉으로는 금지령을 내렸지만 비공식으로 승인받은 것으로 알았습니다. 그것은 대세였으니까요."

"이 개 같은 놈이."

다시 얼굴을 일그러뜨린 발렌스키가 고개를 돌려 바샤를 보았다.

"네가 저 개 같은 놈한테 설명을 해라."

그때 바샤가 입을 열었다.

"경찰청에서 사카로프클럽을 집중적으로 수사할 예정이오. 이 사건이 이미 모스크바까지 보고가 되었기 때문에 경찰청장, 주지사 선에서 마무리하기는 어렵게 되었습니다."

바샤의 흐린 눈동자가 유리에게 옮겨져서 움직이지 않는다.

"그리고 조금 전에 우리가 자체적으로 조사를 했더니 웨이터 바실리란 놈이 약을 싼 가격으로 가장 많이 판매했다는 것을 파악했습니다. 그래서 그놈 자택으로 애들을 보냈더니…."

바샤의 눈이 번들거렸다.

"도망쳤더군요."

"나는 모르는 일이오. 그것은…."

"그만."

손바닥을 편 발렌스키가 유리의 말을 막더니 먼저 한숨부터 쉬었다.

"네가 주범이야, 유리 발렌스키."

"아버지."

"입 닥쳐, 이 개 같은 놈아."

낮게 꾸짖은 발렌스키의 목소리가 낮아졌다.

"네가 치차코프 가문의 안토노프란 놈한테서 약을 받았다는 것도 파악했다. 그래서 말인데."

발렌스키의 시선이 옆쪽 도르카에게로 옮겨졌다.

"안토노프 그놈을 잡기에는 절차가 복잡해. 경찰은 이미 너하고 도르카 저놈을 표적으로 삼고 있으니까 말이지."

"아버지."

"쓰레기통 같은 입 닥치고 내 말을 들어, 이 개 같은 놈아. 지금 당장 너희들 두 놈은 바샤를 따라가. 바샤가 안가(安家)로 안내해 줄 테니까 당분간 그곳에 박혀 있어."

그러고는 발렌스키가 의자를 돌려 옆모습을 보였고 바샤가 다가왔다.

"유리, 갑시다."

사샤클럽은 오후 6시가 안 되었는데도 벌써 손님으로 가득 찼다. 구석자리에서 벽에 등을 붙이고 앉아 있던 안토노프가 다가선 퍼스키에게 물었다.

"몇 놈이냐?"

"주차장 경비는 세 명입니다."

"그럼 주차장을 치기로 하지."

결정을 내린 안토노프가 손목시계를 보았다.

"12시에 해치우고 바로 돌아간다."

치차코프의 지시를 받고 하바로프스크에 온 안토노프는 오늘 밤 일만 끝내면 바로 이르쿠츠크로 돌아갈 예정이다. 유리는 '치차코프 가문'을 불신한 대가를 받는 것이다. 흔적을 남기지 않고 오리발을 내밀겠지만 다 알 것이다.

오후 6시 40분, 이번에는 경찰청 수사계장 바라스키가 수사관을 이끌고 바실리의 낡은 집을 수색했다가 빈손으로 철수했다.

오후 7시 30분, 보고를 받은 수사과장 토슈크나가 바라스키와 함께 사카로프클럽으로 들이닥쳤지만 유리 발렌스키와 심복 도르카까지 자취를 감췄다는 것을 알게 되었다.

전혀 다른 분위기.

임하경과 정미나가 마주앉아 있는 식당 분위기를 말한다. 7시 45분, 불고기 안주에 소주를 시켜놓은 둘의 분위기는 밝다. 여유가 있다. 술잔을 든 정미나가 말했다.

"이르쿠츠크에 블루밍의 지점이 또 하나 있어. 그런데 그곳 수입량이 하바로프스크 블루밍의 3배야."

"저런."

임하경이 풀썩 웃었다.

"거기서 긴장하겠다."

"왜?"

"하바로프스크의 블루밍 킬러 소문이 잔뜩 퍼졌을 테니까."

"내가 한번 가볼 작정이야, 이르쿠츠크에."

"혼자?"

"조수 데리고."

"가서 뭐라고 하게?"

"하바로프스크 블루밍하고 거래를 텄으니까 이르쿠츠크도 도와달라고 하는 거지 뭐."

"너, 아직도 철이 덜 들었구나."

눈을 가늘게 뜬 임하경이 혀까지 차고 나서 물었다.

"그랬다가 어떻게 될 것 같아?"

"글쎄."

"널 돌려세워놓고 네 엉덩이를 발길로 찰 거다."

"설마."

"너, 아직도 깨닫지 못했어?"

"알아, 사장의 능력."

"그것이 주문을 외웠는지 망치로 머리 한쪽을 쳤는지는 모르지만 사장의 능력이 없으면 너나 나나 평범한 세일즈맨이야."

"왜 이러니? 김새게."

눈을 흘긴 정미나가 술잔을 들었다.

"날 바보로 알아?"

"사장한테 도와달라고 해."

임하경이 한 모금 소주를 삼키더니 안주도 집지 않고 정미나를 보았다.

"사장이 요즘 나타샤하고 자주 다니던데, 알아?"

"나타샤랜드 때문이야."

정미나가 아는 체했다.

"팩스코가 시베리아에 디즈니랜드보다 20배쯤 큰 나타샤랜드를 세운다는 거야."

"나도 들었는데 왜 나타샤랜드야? 팩스코가 투자했으니까 팩스코랜드지."

"나타샤가 아이디어를 냈기 때문이라고 하던데."

정미나가 말하자 임하경이 코웃음을 쳤다.

"내가 아이디어를 내면 '임하경랜드'나 '임하경브릿지'가 될 것 같아? 사장이 나타샤한테 푹 빠진 거야."

"너, 질투하는구나?"

술잔을 든 정미나가 웃었다.

"나타샤를 라이벌로 생각하는 거야?"

"너하고는 달라."

임하경이 정색하고 정미나를 보았다.

"걔하고는 사장을 나눠가질 수 없어."

걔란 바로 나타샤다.

"흐흐흐."

조금 긍정적인 편인 정미나가 술기운으로 붉어진 얼굴로 웃었다. 임하경의 시선을 받은 정미나가 말을 이었다.

"우습다, 나눠 갖다니. 사장이 '치즈 케이크'냐?"

분위기가 다시 밝아졌다. 목적이 같고 욕심을 버리면 이렇게 된다.

밤 12시 10분, 주차장으로 나온 죠코비치가 소리쳤다.

"자보스키!"

그때 차 사이에서 사내 하나가 나타났다.

"화장실에 갔는데요!"

"이 자식이 루돌프 씨 차 키를 갖고 있어! 얼른 데려와! 이 개자식!"

죠코비치가 버럭버럭 소리쳤다. VIP 고객 루돌프가 일찍 나오는 바람에 일어난 소동이다. 주차 요원이 화장실 쪽으로 달려갔을 때 죠코비치가 거구를 부풀리며 몸을 돌렸다. 죠코비치를 따라온 경비원 하나, 그리고 주차 요원 하나까지 주차장에는 셋이 남았다. 그때다. 어둠 속에서 세 사내가 나타났다. 왼쪽에서 하나, 오른쪽에서 둘.

"퍽!"

먼저 왼쪽 사내가 쥔 총에서 둔탁한 발사음이 울렸다. 죠코비치와의 거리는 10미터 정도. 죠코비치는 사내를 보았지만 경계도 하지 않았던 참이다. 넓은 가슴은 눈 감고도 맞출 수 있는 표적이다. 죠코비치가 비틀거렸을 때 이번에는 오른쪽 사내 둘이 일제히 소음기가 끼워진 권총을 발사했다.

"퍽! 퍽! 퍽! 퍽! 퍽!"

죠코비치도 다시 두 발을 더 맞았고 나머지 두 사내도 두 발씩을 더 맞았다. 미처 소리 지를 틈도 없었던 기습이다.

"어억!"

앞장 서 걷던 타라스가 비명을 질렀기 때문에 뒤를 따르던 안토노프와 퍼스키가 깜짝 놀랐다. 이쪽은 주차장 뒤쪽의 공터, 이곳만 벗어나면 도로다. 주차장 확장 공사를 하려고 칸막이가 설치된 안에 장비가 어지럽게 널린 곳이다.

그 순간이다. 안토노프는 앞쪽에 선 사내를 보았다. 장신, 동양인, 그런데 어둠 속에서 눈의 흰자위가 붉게 물들어 있는 것이 드러났다. 그리고 웃음 띤 얼굴, 슬쩍 웃고 있는데도 흰 이가 피범벅이다. 흡혈귀? 영화에서나 본 흡혈귀? 타라스는 바로 앞에 사내가 나타났기 때문에 대경실색을 한 것 같다.

"누구야?"

금방 죠코비치와 부하 둘을 사살하고 나온 길이어서 안토노프에게는 아직 살기가 남아 있는 상황이다. 허리춤에서 애용하는 '토카레프'를 빼들었을 때는 1초밖에 안 걸렸다. 그러나 그 순간, 안토노프가 토카레프를 그 '흡혈귀'에게 겨누기도 전에 가슴에 격렬한 충격을 받았다.

"윽!"

신음이 터지면서 허리를 꺾었을 때 옆에 선 퍼스키가 입만 딱 벌리고 뒤로 자빠졌다.

"으악!"

앞쪽의 타라스는 비명 전문이다. 공터가 떠나갈 것 같은 비명을 질렀지만 곧 머리가 뒤로 젖혀지면서 넘어졌다.

"으 으억!"

가슴을 찔려 웅크리고 앉았던 안토노프의 입에서도 이제는 겁에 질린 비명이 터졌다. 그러나 다음 순간 몸이 옆으로 쓰러졌다.

김승구가 공터에 널브러진 3구의 시체를 둘러보았다. 사카로프클럽 상황을 살피려고 왔다가 '안토노프'가 죠코비치를 살해하는 장면을 본 것이다. 안토노프는 가슴을 찔린 후에 목이 잘려서 가죽만 남았고 타라스와 퍼스키도 목이 잘렸다. 특히 퍼스키는 목이 완전히 잘려서 머리통과 몸이 분리되었다. 공터는 피비린내가 진동했다.

공터와 주차장의 살해 현장과의 거리는 30미터도 되지 않는다. 칸막

이만 돌아가면 현장이 나오는 것이다. 칸막이를 돌아 주차장으로 건너간 김승구가 쓰러진 죠코비치의 손에 길이가 30센티쯤 되는 칼을 쥐어 주고는 몸을 돌렸다.

"어떠냐, 살인의 쾌감이?"

거리로 나온 김승구의 귓속으로 악마의 목소리가 송곳처럼 파고들었다.

"직접 죽이는 쾌감이 더 자극적이지? 그놈들은 죽어도 싼 놈들이야."

밤 12시 반이 되어가고 있다. 이곳은 번화가여서 아직도 통행인이 많다. 영하 30도 가까운 추위지만 털 코트로 몸을 감싸면 견딜 만하다. 잠자코 발을 떼는 김승구에게 악마가 말을 이었다.

"마약을 푼 실적이 예상 밖으로 저조해서 실망했다. 약효가 약했던 것 같다."

김승구가 마스크를 조금 더 치켰다. 이제는 눈만 드러낸 차림이다.

"내가 오늘 밤 너를 안내할 곳이 있어."

악마가 사근사근한 목소리로 말을 이었다.

"쾌락의 저택이지. 쾌락을 위해서는 목숨까지 내놓겠다는 부류인데 네가 가서 도와줘라."

"오오."

안으로 들어선 사내를 보자 여자들이 일제히 탄성을 뱉었다. 보라, 장신의 근육질 몸. 얼굴의 위쪽 반은 황금마스크로 가려서 눈만 내놓았지만 두툼한 입술과 곧은 콧날만으로도 '호남'이다. 사내는 아프리카 추장처럼 허리 아래에 짧은 헝겊을 둘렀는데 옆구리에 날이 넓은 칼을 찼다.

그것이 잘 어울렸기 때문에 남자들도 부러운 한숨을 내쉬었다.

"자, 이쪽으로."

안내역은 집사 차림의 사내다. 사내가 황금마스크를 여자들만 모인 소파로 안내했다. 여자들의 차림은 각양각색이었지만 모두 반라다. 젖가슴과 배꼽 밑만 가리고 얼굴은 마스크를 썼다, 모두 날씬하고 풍만한 몸매. 방은 무도장을 개조했는데 소파가 이곳저곳 놓인 데다 곳곳에 술과 마약이 차려진 테이블이 놓여 있다.

이곳이 하바로프스크 사교계에서 비밀리에 성행하는 '지옥 파티'다. 참석 인원은 남자 100명, 여자 100명으로 한정되었고 참가비가 1회에 한해서 미화로 1인당 2만 불이다. 부부가 참가할 때는 할인을 받아 1만 5천 불. 참가 자격은 '위원회'의 엄격한 심사를 통과한 후에 비밀을 지키지 않으면 목숨까지 내놓는다는 서약서를 써야 입회가 허가되는 것이다.

하바로프스크 교외의 '아벨 저택'이 바로 '지옥 파티'의 개최장이다. 아벨은 '사할린'의 유정 개발로 벼락부자가 되고 나서 교외에 옛 성(城)같은 대저택을 지어놓고 이렇게 '지옥 파티'로 인생을 보내고 있는 것이다.

여자들 사이에 앉은 황금마스크가 입술을 벌리며 소리 없이 웃었다. 희고 고른 이가 드러났고 몸에서 뜨거운 기운이 번지는 것 같다. 그때 오른쪽 여자가 물었다.

"오늘 처음이신가요?"

김승구가 고개를 돌려 여자를 보았다. 얼굴 전체를 피에로 가면으로 덮고 눈만 내놓았는데 눈동자가 파랗다. 여자의 시선을 받은 순간 김승구가 빨아 들였다.

'이레나 체르노바. 33세. 러시아은행 하바로프스크 지점장의 딸. 연방검사 유세프 파블로프의 부인.'

가면을 썼지만 얼굴이 눈앞에 펼쳐졌다. 갸름한 얼굴형, 눈 끝이 치켜 올라간 미인이다. 이레나는 어깨와 가슴 절반이 드러난 상의에 야자 잎으로 하반신을 가린 차림이었지만 풍만한 몸매가 다 드러났다. 김승구가 고개를 끄덕였다.

"예. 가입한 지 얼마 안 됩니다."

"그럼, 내 파트너 해요."

여자가 김승구의 손을 잡았다. 부드럽고 따뜻한 손이다. 김승구가 입술로만 웃었다.

"부인, 나한테 선택할 여유를 주셔야죠."

그러자 여자도 따라 웃었다.

"내가 당신 손을 먼저 잡았어요. 이건 이곳 '지옥 파티'의 룰이라고요."

"그럼 난 선택권이 없는 겁니까?"

"내가 손을 놓을 때까지."

그때 김승구가 이레나의 귀에 입술을 붙였다.

"손을 놓아요, 이레나. 유세프한테 일러바치기 전에."

"저것 봐. 금방 손을 놓았어."

비스듬한 앞쪽 자리에 앉아 있던 소냐가 마르타에게 말했다. 둘은 각각 고양이, 토끼 가면을 쓰고 있었지만 같이 입장했기 때문에 서로를 안다. 둘은 각각 경찰청 차장 안드레와 대학교수 루브롱의 부인이다.

"내가 잡을까?"

마르타가 말했을 때 벌써 소냐가 일어나고 있다.

"저 돼지 같은 년이."

마르타가 소냐의 등에 대고 욕을 했다. 과연 소냐의 몸은 풍만했다.

흰 돼지 같다. 그러나 균형은 제대로 잡혀서 육감적이다.

"저것들이 난리군."

고양이 탈을 쓴 풍만한 몸이 황금마스크에게 돌진하는 것을 보고 바시킨이 말했다.

"근데 저 피에로는 왜 손을 놓은 거야?"

"남자 놈이 성병 걸렸다고 말했기 때문이야."

막심이 대답하자 바시킨이 다시 물었다.

"저놈, 여기서 처음 보는데?"

"글쎄, 아벨이 심사했을 테니까 믿어야지."

막심이 옆을 지나는 '사슴' 가면의 여자를 훑어보면서 건성으로 대답했다.

"요즘은 컴퓨터로 조회하면 제 할아버지가 강간범이었다는 것까지 다 나와."

김승구의 손을 쥔 소냐가 이를 드러내고 웃었다.

"이봐. 내 품에 안기면 온몸이 녹는 것 같을 거야."

둘은 소파에 딱 붙어 앉았는데 피에로 가면의 이레나는 이미 다른 곳으로 가버렸다. 홀 안은 웃음소리, 떠들썩한 소음으로 가득 찼다. 그 소음의 틈을 가벼운 음악이 메우고 있다. 소냐가 김승구에게 몸을 딱 붙이자 피부끼리 부딪치면서 탄력이 느껴졌다.

'소냐 이르쿠바. 38세, 경찰청 차장 안드레 그로미코의 부인.'

소냐의 이력을 읽은 김승구가 손을 잡힌 채 묻는다.

"파티 이름이 왜 '지옥 파티'야?"

"지옥처럼 뜨겁고 쾌락에 대한 자극이 강하다는 의미야."

"자극이 지옥처럼 강하다고?"

"그래. 지옥이 쾌락의 절정이지."

"지옥 가봤어?"

"여러 번."

소냐가 이를 드러내며 웃었다. 말하는 동안에도 움켜쥔 김승구의 손을 놓지 않는다. 그때 시종이 둘 앞으로 마약과 술이 담긴 쟁반을 들고 왔다.

"내가 가져오라고 했어."

어느새 소냐가 주문한 것 같다.

"자. 마셔."

소냐가 붉은 색 술이 담긴 잔을 들면서 말했다.

"그 약은 술에 타 먹는 게 나아."

마약은 접힌 종이에 싸여 있다. 옆쪽에서 남자 하나가 술에 흰 분말을 타서 먹는 것이 보였다. 김승구가 술잔에 약을 타고 한 모금에 삼켰지만 속임수다. 술은 어깨 너머로 뿌렸지만 아무도 보지 못했다.

"자, 방으로 가."

소냐가 김승구의 손을 끌고 일어섰다. 홀의 사방에는 3곳의 통로만 제외하고 모두 문이다. 문의 위쪽에 붉은 등이 켜져 있으면 손님이 있다는 표시고 푸른 등은 빈 방인 것이다.

방으로 들어선 김승구의 얼굴에 웃음이 떠올랐다. 사방이 거울로 장식된 방에 커다란 침대가 놓였고 옆쪽에는 화장실이 설치되었다. 호화로운 장식, 특급 호텔보다 더 고급스러운 분위기다.

"자, 빨리."

소냐가 젖가슴을 가린 가슴덮개를 벗어던지면서 말했다. 이곳에서도 얼굴을 가린 마스크는 벗을 수가 없다. 소냐의 거친 숨소리가 침대 건너편에 선 김승구에게도 들렸다.

"어서. 지옥 파티에서는 세 번은 지옥 구경을 해야 돼."

그때 김승구가 다시 이를 드러내고 웃었다. 그 순간 김승구를 본 소냐가 눈을 치켜떴다. 소냐는 이미 다 벗은 상태여서 풍만한 알몸이 드러나 있다.

"히익."

소냐의 숨 들이켜는 소리다. 보라, 어느새 황금마스크를 벗은 김승구의 얼굴이 드러났다. 붉은 눈, 딱 벌린 입 안은 피로 범벅이 된 것처럼 붉다. 흰 이에서 피가 떨어질 것 같다. 얼굴도 핏빛이다. 바로 악마다, 지옥의 악마. 그 순간 바람처럼 달려간 김승구가 소냐를 덮쳤다.

소냐의 목을 졸라 죽이고 나서 신족통(神足通)으로 옆방으로 옮겨가 두 남녀를 허리에 찬 칼로 머리와 몸통을 분리시켰다. '목을 벤다'는 말은 '목에 상처를 낸다'는 표현과 같다. 그래서 '머리통'을 따로 뗀 것이다. 그 옆방으로 가서는 둘의 사지가 엉켜있기에 칼로 토막을 내어 떼어냈다.

"잘한다."

그 옆방으로 옮겨간 순간 악마가 소리쳐 격려했다. 악마가 이렇게 기쁜 목소리로 외치는 것은 처음 들었다.

"죽일수록 네 힘은 배가된다!"

김승구는 이번의 두 남녀는 허리를 잘라 두 동강을 내었다. 그랬더니 창자가 다 쏟아졌다. 악마가 소리쳤다.

"잘했다! 내 친구여!"

이제는 제자가 아니라 친구가 되었다. 김승구는 다시 옆방으로 옮겨갔다. 그때부터는 생각도 없고 감동도 느껴지지 않는다. 비명, 외침, 그리고 악마의 환성도 들리지 않는다. 김승구는 악마가 되었다. '지옥 파티'를 지옥으로 만들려고 찾아온 악마다.

"그럼 이 자식이 저놈들 셋을 다 죽이고 이곳에 왔다가 총에 맞은 것이군."

토슈크나가 간단하게 결론을 내었다.

"이놈들 셋을 죽인 놈들은 도망갔고."

바라스키도 더 이상 생각할 것이 없었기 때문에 서둘러 고개를 끄덕였다. 춥다. 새벽 2시 반, 시베리아의 기온은 영하 35도까지 내려가 있다.

"가시죠."

바라스키가 말했을 때 토슈크나는 둘러선 현장 요원들에게 소리쳤다.

"현장 그대로 보존하고 차 안에서 감시만 해라! 그리고 아침에 추위가 조금 풀리면 현장 수습한다!"

현장에 검시관에서부터 지원 병력까지 수십 명이 나와서 추위에 떨고 있었기 때문이다. 서둘러 히터가 켜진 차에 올랐을 때 바라스키가 정리했다.

"치차코프파 놈들하고 발렌스키파가 붙은 것 아닙니까? 앞으로 시끄러워지겠는데요?"

경찰 중에서 안토노프를 알아본 형사가 있었던 것이다. 고개를 끄덕인 토슈크나가 입맛을 다셨다.

"젠장. 이르쿠츠크에서 전쟁을 할 것이지. 왜 여기로 와서 개아들 놈들이…."

그때 차에 장착된 무전기가 울렸다. 무전기를 든 바라스키가 응답하더니 볼륨을 높였다. 그러자 차 안이 사내의 목소리로 가득 찼다.

"큰일 났습니다! 이곳 '아벨 저택'에서 대량 학살이 일어났습니다!"

오전 6시 반, 하바로프스크 주지사 안드레이 말렌코프가 경찰청장 얀스키로부터 보고를 받는다.

"아벨 저택에서 217명이 학살되었습니다."

얀스키가 대뜸 그렇게 말하더니 저도 어처구니가 없다는 듯이 한숨부터 쉬었다.

"안드레이, 큰일 났습니다."

말렌코프는 아직 잠이 덜 깨어서 그것을 '대량 폭설'쯤으로 받아들인 상태다. 그래서 짜증난 목소리로 물었다.

"눈에 깔렸어? 구조반은 보냈고?"

"학살당했어요, 안드레이."

"학살?"

"모두 처참하게 살해되었습니다. 다 죽어서 증인도 하나 없어요."

"다 죽어?"

"전세 택시 운전사가 학살 현장을 보고 신고한 겁니다."

"이봐. 좀 조리 있게 말해!"

정신이 든 말렌코프가 소리치자 얀스키도 맞받아 고함쳤다.

"이제야 술이 깬 거요? 내가 한 말을 다 알아듣지 못했소?"

"이런, 병신이 어디다 대고!"

"경찰청 차장 부인, 은행 지점장 놈, 군 고위층. 아직 파악 못한 놈들이 태반인데 이거 큰일 났어요!"

얀스키가 악을 썼다.

오전 9시, 팩스코러시아 사장실에 김승구와 클라크, 그리고 이제는 팩스코러시아의 3인방이 된 토머스까지 셋이 둘러앉아 있다.

"교외의 '아벨 저택'이란 곳에서 대학살이 일어났다는군."

이제는 클라크가 토머스 있는 데서도 김승구한테 말을 '놓는다.' 토머스가 말을 받았다.

"어젯밤에는 사카로프클럽에서 살인사건이 일어났어요. 이르쿠츠크 치차코프 가문의 안토노프란 자와 그의 부하 둘, 클럽 경비대장 죠코비치와 그의 부하 둘이 죽었답니다."

"마침내 두 파가 붙는군, 마약 전쟁이야."

클라크의 얼굴에 웃음이 떠올랐다.

"그런 놈들은 서로 싸워서 서로 죽이는 게 인류에게 이로워."

김승구가 고개를 끄덕이자 둘의 말이 길어졌다. 다시 토머스.

"우리가 하바로프스크에만 주저앉을 수는 없습니다. 시베리아의 중심인 이르쿠츠크로 옮겨가야 합니다. 그러기 위해서는…."

"치차코프 가문을 휘어잡든지 여기서 우리가 스보르카 가문하고 연합한 것처럼 연애를 해야지."

클라크가 말을 받았다. 그때 토머스가 고개를 돌려 김승구를 보았다.

"보스, 두 가문의 전쟁이 시작된 것일까요?"

클라크의 시선도 옮겨왔기 때문에 김승구가 대답했다.

"어젯밤 내가 사카로프클럽에서 치차코프 가문 놈들을 죽였어."

숨길 것도 없다.

"경찰은 서로 죽인 것으로 결론을 내고 끝냈습니다. 지금 그 일에 신경을 쓸 형편이 아니죠."

보리스가 말하고는 치차코프를 보았다. 얼굴이 잔뜩 찌푸려져 있다. 치차코프성(城)의 응접실.

"아벨 저택에서 일어난 대량학살 때문입니다."

"하바로프스크가 도살장이 되었군."

치차코프가 혀를 찼다. 그도 안토노프가 부하 둘과 함께 죽은 것을 잠깐 잊은 것 같다.

"지옥 파티가 진짜 지옥 파티가 되었군."

지금 계속해서 TV가 '대학살' 사건을 보도하는 중이다. 그러나 여론은 냉담했다. 부자들의 방탕한 파티 내용까지 다 밝혀졌기 때문이다. 그때 보리스가 고개를 들었다.

"하지만 발렌스키는 가만있지 않을 것 입니다."

"나도 그렇다."

얼굴을 일그러뜨린 치차코프가 말을 이었다.

"셋씩 죽었으니까 지난 일은 없던 일이고 이번에 다시 시작하지 뭐."

치차코프의 시선이 옆쪽에 선 레프에게로 옮겨졌다.

"하바로프스크에서 안토노프에 대해서 물어보면 전혀 모르는 일이라고 오리발을 내밀면 된다."

레프는 오늘도 배우는 중이다. 후계자 수업이다.

"부처시여."

지장보살의 목소리가 흥분으로 떨렸다. 이곳은 하바로프스크 교외의 오두막집 안. 폐가여서 어수선한 통나무집 안에는 둘뿐이다. 오늘은 20대 젊은 여자 모습의 지장보살이 중년 러시아 남자로 변신한 부처를 향해 목소리를 더 높였다.

"김승구가 악마가 되었습니다! 이대로 두면 악마를 세상에 내놓는 것이나 같습니다!"

"놔둬라."

부처의 얼굴에 웃음이 떠올랐다.

"예상하고 있었던 일이다."

"부처시어, 김승구에게 들어간 악마의 힘이 저를 압도하고 있습니다. 저를 찾는 목소리가 김승구에게 들리지 않습니다."

지장보살의 눈에 눈물까지 맺혀 있다. 그때 부처의 표정이 엄격해졌다.

"왜 그 목소리가 들려야 하느냐?"

"예? 무슨 말씀이신지?"

지장보살의 눈이 둥그레졌다. 놀란 것 같다. 그때 부처가 말을 이었다.

"싸우도록 놔둬라. 아직 끝나지 않았다."

"부처시어, 김승구의 살인이 계속될 것입니다. 이제 악마에 씐 김승구는 거침없는 악행을 이어가지 않겠습니까?"

"이미 김승구는 내 품안에서 떠났어."

"예엣?"

놀란 지장에게 부처가 쓴웃음을 지어보였다.

"그렇다고 아직 악마가 다 지배하고 있는 건 아냐."

"부처시어, 무슨 말씀이십니까?"

"김승구는 억천만겁 전에 내 아버지였던 존재다."

"예엣!"

"또한 네 할아버지였기도 하다."

숨만 쉬는 지장을 본 부처가 외면하고 말했다.

"그리고 악마의 형이기도 했지."

"인연이 그렇게 얽혔습니까?"

"얽히지 않은 인연이 없다. 저 고기까지 포함하면 몇 번이나 더 얽혔다."

부처가 손을 들어 기둥에 매달린 마른 생선 한 마리를 가리켰다. 생선은 너무 오래되어서 검게 썩었다. 부처가 말을 이었다.

"지금 김승구는 스스로 치열하게 싸우면서 새 존재로 태어난다."

"…."

"나는 김승구에게 능력을 주면서 회수까지 않는다고 스스로 약속을 했다. 그 약속을 버릴 수가 없다."

부처가 고개를 저었다.

"악마도 마찬가지, 이젠 악마가 김승구를 제어할 수도 없을 것이다."

"부처시어, 그러면…."

"보았지 않느냐? 김승구는 악마와 천사, 바로 네 분신의 결합으로 태어난 존재다."

숨을 들이켠 지장에게 부처가 말을 이었다.

"김승구가 만드는 세상이 곧 새 세상이다. 선과 악의 싸움은 김승구가 일으킬 것이며 이긴 자가 곧 선이고 그것이 새 세상의 법칙이 될 것이다."

지장이 두 손을 모았다. 그렇다. 인간 세상의 진리가 바로 그것이다. 이긴 자가 선이었고 진 자는 악으로 매도되었다. 김승구가 스스로 싸워서 악이 이기면 그 세상은 악이 선인 세상이 되는 것이다. 지장의 입에서 저절로 신음 같은 목소리가 흘러나왔다.

"석가 부처시어, 부디 이기소서."

차창 밖을 내다보던 김승구가 이반에게 말했다.

"세워라."

"예, 사장님."

차가 길가에 멈춰 서자 김승구가 문을 열면서 말했다.

"잠깐 여기서 기다려. 누구 데려올 테니까."

"예, 사장님."

차에서 내린 김승구는 곧 몸을 돌려 지나온 길을 걸어 빵가게 앞에 멈춰 섰다. 가게 앞에는 소녀 하나가 서 있었는데 키는 컸지만 장화를 신었다. 깨끗한 차림이다. 그러나 얼굴은 수심에 덮인 데다 김승구와 시선이 마주쳤어도 눈동자의 초점은 마주치지 않는다. 그러나 김승구는 바로 읽었다.

'미레카 코마노프. 17세. 하바로프스크 제3고교 2학년. 아버지 바시킨 코마노프가 아벨 저택에서 사망, 트럭운송업 대표였던 바시킨 코마노프는 5년 전 부인 밀바를 암으로 잃고 미레카와 둘이 살고 있었음. 바시킨은 미레카를 사랑했고 미레카 또한 아버지 바시킨을 의지함.

'젠장'

거기까지 입력시킨 내용을 떠올린 김승구가 헛기침을 했다. 지금 김승구는 미레카의 옆쪽에 서 있다. 그때 미레카가 눈동자의 초점을 잡았다. 그러고는 숨을 들이켜고 나서 말했다.

"알았어요. 집에 들어갈게요. 가서 짐 싸가지고 기다리면 되죠?"

"그래. 운전사 보낼 테니까 지금 집에 가서 짐 싸 놓아라."

"네, 아저씨."

고분고분 대답한 미레카가 똑바로 김승구를 보았다.

"아빠가 날 부탁했어요?"

"그래. 죽기 전에."

"근데 가슴이 갑자기 따뜻해지고 뭔가 희망이 차는 것 같은 느낌이 드는 건 왜 그렇죠?"

"아저씨가 마술을 부렸기 때문이지."

"아저씨가 팩스코러시아 사장 맞아요?"

"그래. 내 집에 가보면 알 거 아니냐? 집에 하녀가 넷이다."

"우리 집에 오늘 아침부터 빚쟁이들이 들이닥쳐서 지금도 난리에요. 집도 압류되는 거 아시죠?"

"네가 길 건너편 약국에 가서 수면제 사려고 한 것도 알지."

그때 미레카가 주머니에서 지금까지 약국 4곳을 돌아다니면서 사 모았던 수면제를 꺼내 길에다 뿌렸다. 고개를 끄덕인 김승구가 손을 들어 앞쪽에 꽁무니를 보이고 서 있는 차에 대고 흔들었다. 백미러로 이쪽을 보고 있던 이반이 금방 차를 후진해 옆에 붙였다. 서둘러 차에서 내린 이반에게 김승구가 지시했다.

"미레카 집에 같이 가서 짐 싸는 걸 돕고 네가 집으로 데려가라."

"예, 사장님."

미레카에게 고개를 돌린 김승구가 말을 이었다.

"하녀장 로시나가 널 기다리고 있을 거다, 미레카."

미레카가 차 뒷좌석에 타는 것을 본 김승구가 몸을 돌렸다.

차가 사라졌을 때 김승구가 혀를 찼다. 길을 지나다가 빵가게 앞에 선 미레카를 본 것이다. 미레카는 성모, 하나님은 물론이고 당연히 부처님도 찾지 않았다. 그런데 '미레카의 몸'에서 기운이 뿜어 나왔던 것이다. 그것을 말로 표현한다면 '절망의 기운'이었다.

"염병."

김승구의 입에서 저절로 욕설이 터졌다.

"이제는 진언도 안 들리고 성모님도 안 찾는군."

그러나 그 대신 김승구가 찾아낼 수 있게 되었다. 부르지 않아도 이렇게 느낌으로 찾았다. 지나다가 우연히 발견한 '기운'이다. 그리고 '저도 모르게' 차를 세우고 다가갔던 것이다. 그때 악마의 목소리가 귀를 파고 들었다.

'뭐야? 네가 죽인 놈 딸 아니냐? 넌 그렇게도 할 일이 없어?'

쓴웃음을 지은 김승구가 발을 떼었을 때 악마가 투덜거렸다.

"병 주고 약 주냐? 걍 죽게 내버려두지 네가 데리고 산다고?"

그때 김승구가 어깨를 부풀리며 말했다.

"꺼져."

지장보살의 진언을 외울 것도 없다. 당장에 악마의 기척이 사라졌고 귀가 개운해졌다. 이제는 김승구의 능력이 또 향상된 것이다. 창에 찔리는 고통도 막게 될라나?

"치차코프한테서 빌렸단 말이지?"

킹스턴이 묻자 토머스가 헛웃음 소리부터 내었다.

"글쎄, 확인해 보니까 그렇더군요. 치차코프는 비자금을 빌려준 것이라 그런 일이 없다고 지금도 부인하고 있습니다."

"김승구가 언제부터 치차코프를 알았다고. 재주가 좋군, 거금을 빌리다니."

"요양원을 세워주면 팩스코러시아의 위상이 엄청나게 올라갈 것입니다. 그것을 김승구가 제 돈으로 해낸 것이지요."

"그 1200만 불을 빌려서 어떻게 갚겠다는 거야?"

"치차코프한테는 매년 일부분씩 상환하겠다고 했답니다."

"어쨌든 감시 잘 해."

"그래서 당분간 팩스코러시아에 근무하겠습니다."

"김승구가 싫어하겠지만 버텨 봐."

"그러지요."

통화가 끝났을 때 토머스가 혼잣말을 했다.

"다음에는 중국에서 세탁할 비자금이다."

그 시간에 하바로프스크 주 청사에는 모스크바에서 날아온 내무장관 요세프와 연방보안국(FSB)의 국장 우르펜스키가 주지사 말렌코프, 경찰청장 얀스키를 앞에 앉혀놓고 심문하듯 말한다. 먼저 요세프가 말문을 연다.

"이건 지옥이더군, 말렌코프 씨. 이런 지옥이 벌어지도록 놔둔 건 당신 책임이오."

탁자 위에는 '아벨 저택'의 참상을 찍은 수백 장의 사진이 펼쳐져 있다. 그때 말렌코프가 고개를 들었다.

"장관, 이게 왜 내 책임이오? 내가 집 안에서 파티 하는 것까지 교육을 시켜야 한단 말이오?"

"마약 먹고 혼음을 하는 이 파티가 1년도 넘게 계속되고 있었다지 않소?"

"그건 경찰청장의 소관 아니오?"

"주에서 일어나는 일은 주지사가 최종 책임자지."

"그런 식이면 러시아 연방정부 내무장관인 당신이 최종 책임자요."

"지금 나한테 시비 거는 거요?"

"당신이 먼저 나를 잡고 늘어졌잖아요."

"자, 그만."

우르펜스키의 한마디에 둘은 입을 다물었다. FSB는 전신(前身)이 KGB다. KGB가 연방보안국인 FSB, 해외정보국인 SVR로 나뉘어졌지만 오히려 FSB의 위상이 KGB보다 높아졌다. 우르펜스키가 회색 눈동자로 말렌코프를 응시했다.

"사건은 20분 동안에 일어났는데 모두 칼을 쓰거나 목을 졸랐어요. 이건 한두 명의 짓이 아니오. 우리 요원들의 분석으로는 최소한 10명이 함께 움직인 거요."

그러나 증거가 하나도 없다. 아벨 저택 내부는 '사생활 보호' 차원에서 아예 CCTV가 없다. 외부 감시 카메라도 없다. 저택의 하인들까지 몰살당한 터라 사건은 아직 단서도 찾지 못하고 있다. 우르펜스키가 얀스키에게로 고개를 돌렸다.

"내가 보기에는 당신이 가장 무능한 것 같소. 모스크바로 소환되지 않으려면 바늘만 한 단서라도 찾아내야 될 거요."

결국 화살이 얀스키에게 날아갔다.

밤 11시 반, 이때가 김승구에게 '악마의 본성'이 가장 활발하게 일어나는 시간이다. 밤이 되면 갑자기 온몸이 근질거리고 식욕이 일어나며 조급해진다. '아벨 저택'의 살육이 있고 나서 이 상태가 더 심해졌다. 마치 피 맛을 본 흡혈귀 같다. 김승구가 레오클럽에 들어서자 종업원이 재빠르게 다가왔다.

"혼자?"

"응."

"여기로."

종업원이 앞장서서 벽 쪽의 빈자리로 안내하더니 손을 내밀었다.

"1백 불."

"무슨 개소리야?"

종업원은 비대한 체격에 턱수염까지 길렀다. 주위가 소란했기 때문에 종업원이 허리를 굽히고 김승구를 보았다.

"예. 요즘 큰 클럽에서 마약 단속을 하고 있기 때문에 이곳으로 마약 거래가 옮겨져 왔지요."

사내가 술술 말을 이었다.

"저기 오른쪽 벽의 기둥 옆의 좌석에 앉아 있는 놈, 안경을 낀 놈이 로체프입니다. 삼합회에서 마약을 받아다가 스보르카, 표도르 조직에 넘기는 놈이지요. 그 옆에 둘러앉은 셋은 경호원들입니다."

"삼합회 놈들은 없나?"

"12시가 넘으면 나타날 겁니다. 두 놈인데, 왕, 강으로 불리지요."

"알았다. 그런데 1백 불은 뭐냐?"

"자릿값입니다. 기본으로 보드카 1잔, 백주 1병이 나오지요."

"가져와."

김승구가 주머니에서 1백 불짜리 2장을 꺼내 건네주었다.

"말 상대할 여자 하나 데려와라."

"예, 보스."

지폐를 받은 종업원이 수염 속의 붉은 입을 벌리며 웃었다.

"여자한테 술 처먹지 말라고 제가 주의를 주지요. 그냥 1백 불만 주시면 됩니다. 데리고 나가셔도 되고요."

김승구가 고개만 끄덕였다. 사내와 눈이 마주친 순간에 정신을 빨아

들여 내 의사를 주입시켰다. 그것은 토머스, 미레카에게 쓴 것과 같은 방식이다.

클럽 안은 소란했고 손님들로 가득 차 있다. 남자들 사이에 낀 여자들이 정신없이 오갔기 때문에 분위기가 더욱 산만해졌다. 곧 종업원이 여자와 함께 돌아왔다. 여자는 털 코트를 입었지만 안에는 아무것도 안 입었다. 황금색 가발을 썼고 30대쯤으로 웃는 얼굴의 미인이다.

"마리아예요."

옆자리에 앉은 여자가 김승구를 보았다. 여자의 시선을 받은 김승구가 바로 내력을 빨아들였다.

'마리아 토노바. 33세. 7살, 4살짜리 로니, 슈펜의 어머니. 남편 고고르와 5년 전에 이혼. 현재 하바로프스크 무용단의 무용수. 월급만으로는 살 수가 없어서 클럽에서 알바를 한 지 1년 반이 됨.'

마리아의 내력을 순식간에 입력한 김승구가 마리아에게 물었다.

"저기 로체프네 집에 간 적이 있지?"

순간 마리아가 숨을 들이켰다.

"그래요."

마리아가 숨을 내뿜으면서 대답했다. 어느덧 마리아는 김승구의 의지대로 움직이게 된 것이다. 마리아가 말을 이었다.

"시 북쪽의 숲 속에 살아요. 차로 1시간 반 거리인데 숲 속에 파묻힌 저택이어서 들어갈 때 겁이 났어요."

김승구가 고개를 끄덕였다. 마리아의 기억까지 입력된 터라 눈앞에 로체프의 저택이 펼쳐진 것이다. 그때 마리아가 눈으로 옆쪽을 가리켰다.

"저기 있는 하난, 체니도 로체프 집에서 놀다가 왔죠."

마리아의 시선이 가리킨 곳에 두 여자가 보였다. 남자들에게 둘러싸인 둘은 깔깔대고 웃는다.

"쟤들은 며칠씩 마약 파티를 하다가 와요. 난 애들 때문에 하룻밤 이상은 힘들어요."

"로체프 그놈이 여자를 밝히는구나."

"여기 모인 여자 대부분은 집에 데려갔을걸요."

"저놈이 지옥 파티에 안 간 게 다행이군."

"지옥 파티 단골인데 그날 재수 좋게 빠졌대요."

그때 로체프에게 동양인 둘이 다가갔다. 그것을 본 마리아가 말했다.

"저 중국인들은 사업가라는데 로체프한테서 보드카를 수입해가고 있어요."

김승구의 얼굴에 웃음이 떠올랐다. 로체프는 수출상으로 행세하고 있다. 마리아도 그렇게 믿고 있는 것이다.

"이봐, 왕. 요즘은 분위기가 안 좋아. 조금 기다려야겠어."

로체프가 말하자 왕태가 고개를 끄덕였다.

"할 수 없지. 언제쯤 풀릴 것 같아?"

"한두 달 걸릴 거야. 지금 하바로프스크에 FSB국장까지 와 있다고."

"젠장. 그건 '아벨 저택'의 지옥 파티 때문 아냐?"

"경찰이 저택에서 1킬로가 넘는 마약을 발견했어. 봉지도 뜯지 않은 건 내가 판 것이라고."

"봉지에 당신 이름이 쓰여 있어?"

"닥쳐!"

"치차코프와 발렌스키 가문이 전쟁을 한다던데 어떻게 되는 거야?"

"발렌스키가 당하겠지, 전쟁이 일어나면 말이야."

보드카 잔을 든 로체프가 말을 이었다.

"발렌스키 아들놈 유리가 마약 장사를 했다가 이번에 식겁을 하고 몸을 숨겼다는 소문이 났어."

"전쟁이 나면 좋겠는데."

왕태가 혼잣소리처럼 말했을 때 지금까지 잠자코 있던 강무가 입을 열었다.

"로체프 씨, 위기가 기회라고 했어. 이번 치차코프, 발렌스키의 전쟁을 이용해보도록 하지."

왕태, 강무는 둘 다 40대 중반쯤으로 중키에 둥근 얼굴, 배가 나오고 러시아어에 유창했다. 삼합회의 서열도 같아서 로체프도 가끔 이놈이 저놈인가 하고 착각할 때가 있다. 2년 가깝게 만나도 그렇다.

"자, 난 이만 갈게."

김승구가 말했을 때 마리아가 놀라 눈을 크게 떴다.

"그냥?"

"그냥이라니?"

"날 데리고 가는 거 아녜요?"

"마약 먹고 놀려고?"

"약 안 먹어도 좋은데."

마리아의 시선을 받은 김승구가 주르르 속말을 읽었다. 타심통(他心通).

'그냥 침대로 가도 되는데.'

그때 김승구가 주머니에서 1백 불짜리 지폐를 꺼내 마리아의 손에 쥐어 주었다. 대여섯 장쯤 되는데 지폐가 밖으로 보이지는 않았다.

"오늘은 그냥 집에 돌아가. 로니하고 슈펜이 안 자고 기다리겠다."

"아세요? 내 아이들을?"

놀란 마리아가 묻고는 한편으로 손에 쥔 지폐를 테이블 밑에서 손바닥을 펼쳐서 보았다. 기쁜 마리아가 숨을 들이켜고 나서 고개를 들었다.

"다음에는 여기서 말고 다른 데서 만나요. 내가 전번 알려 드릴게."

마리아가 들뜬 목소리로 말했다.

"공짜로 서비스 해 드릴게요."

저택으로 돌아갔더니 밤 12시가 넘었는데도 미레카가 자지 않고 있었다. 노크를 했더니 1초도 안 되어서 문이 열린 것이다.

"어떠냐?"

방 안을 둘러보면서 김승구가 묻자 미레카는 눈물부터 흘렸다. 미레카는 아래층 응접실이 딸린 안방을 썼다. 응접실과 침실, 욕실과 베란다까지 딸린 독채나 같다. 그 옆쪽에 하녀들이 거주하는 대기실, 응접실, 주방, 식당, 화장실 등이 있고 이층이 김승구의 공간이다.

"좋아요."

두 손을 모아서 가슴에 붙인 미레카가 울먹이면서 말했다. 고개를 끄덕인 김승구가 의자에 앉아 미레카에게 앞쪽 소파에 앉으라는 눈짓을 했다. 그러고는 부드러운 표정으로 말했다.

"학교가 좀 머니까 매일 차로 등하교를 시켜주마."

"괜찮아요."

"앞으로는 나를 오빠라고 부르도록 하고 필요한 건 무엇이든 말해, 해줄 테니까."

"네."

자리에서 일어선 김승구가 말을 이었다.

"내일 하녀들에게 말해주마, 네가 이 집안의 안주인이라고. 너는 내 대신으로 집안 관리를 해라. 이제 열일곱이고 고2니까 충분히 할 수 있을 거다."

김승구는 미레카의 두 눈이 반짝이는 것을 보았다. 타심통(他心通)을 쓸 것도 없다, 미레카의 가슴은 희망과 자부심이 솟아오를 테니까. 김승구의 대저택은 미레카가 살던 집과는 비교가 안 된다. 방을 나온 김승구가 한숨을 쉬었다. 그렇다고 미레카의 아버지 바시킨의 목을 잘라 죽인 것을 후회하는 것은 아니다.

다음 날 아침, 미레카를 학교에 보내고 나서 거실로 돌아왔을 때는 오전 7시 반. 소파에 앉았던 김승구가 문득 이용호를 떠올렸다.

"넌 요즘 트레킹 안 가냐?"

이용호가 묻자 이지현이 고개를 저었다.

"바빠서요."

"아무리 바빠도 일주일에 한 번은 꼭 가던 놈이."

아침 식탁에 둘러앉은 식구는 셋, 이용호와 처 강인선. 그리고 이지현이다. 이지현의 언니 이세현은 결혼해서 따로 산다. 식탁에는 아침 식사였지만 풍성한 요리가 차려져 있다. 한식이다. 주방에서 하녀 둘이 계속해서 요리를 내고 빈 그릇을 가져간다. 이용호의 스타일이다. 석조 3층 대저택으로 정릉 산기슭에 위치해서 경치가 좋고 넓다. 정문에서 저택 현관까지 양쪽에 벚꽃나무가 늘어선 길이 150미터나 뻗어 있다. 이용호가 갈비찜을 씹으면서 말을 이었다.

"너도 이제 결혼을 생각해 봐. 30살이면 늦었다."

"아이 때문에요?"

웃음 띤 얼굴로 이지현이 묻자 이용호가 이맛살을 찌푸렸다.

"그래, 이놈아. 내가 손자를 봐야겠다."

"기다리세요. 언니가 곧 손자 낳을 테니까. 그럼 그 손자하고 노세요."

이지현의 언니 이세현은 3살짜리 딸이 있나. 그때 웃기만 하던 강인선이 고개를 들었다.

"내일 뉴욕으로 가요?"

"응. 왜?"

"며칠간 나가 계실 건데?"

"한 15일? 뉴욕에서 멕시코 거쳤다가 오는 길에 일본에서 사흘. 이렇게 일정이 잡혀 있을걸."

"그럼 나도 코카서스 여행이나 다녀올까? 강 회장 부인이 자꾸 가자고 해서."

"다녀와."

"엄마, 갔다 와. 나 밥 차려 주려고 한국에 있는 것도 아니잖아."

이지현이 말하자 강인선이 눈을 흘겼다. TV에 나오는 것 같은 단란한 가족 장면이다. 식탁 옆 벽에 등을 붙이고 선 김승구가 물끄러미 그들을 본다. 팔짱을 끼고 서서 이쪽저쪽을 둘러보고 있었는데 무심한 표정이다.

이지현은 그날 트레킹 갔다가 강간 살해당할 뻔한 후로 트레킹을 뚝 끊었다. '귀신'이 살려주었다는 말도 아무한테도 하지 않았다. 다음 날 언론이 의정부 지역 '트레킹 코스'에서 사내 셋이 피살되었다는 뉴스를 듣고 나서 변한 것이 있다. 다니다가 만 교회에 나가기 시작한 것이다. 이윽고 벽에 붙인 등을 뗀 김승구가 낮게 말했다.

"너희들을 파멸시킬 거다."

한 걸음 이용호에게 다가간 김승구가 마침 들어 올리는 수저 위에다 침을 뱉었다. 김승구의 형체는 보이지 않았지만 침이 날아가 수저 위에 놓인 밥에 떨어졌다. 그 밥을 입에 넣은 이용호가 맛있게 씹는 것을 본 김승구가 몸을 옮겼다.

회사에 출근한 김승구의 방으로 토머스가 찾아왔다.

"보스, 골치 아파 죽겠습니다."

토머스는 '사장님'보다 보스라고 부르기를 좋아한다. 김승구의 시선을 받은 토머스가 입맛부터 다셨다.

"제이슨 스튜드 말입니다. 그놈이 아직도 보스를 의심한단 말입니다. 내가 눌렀더니 이제는 나까지…."

"할 수 없군."

그러자 토머스가 눈을 크게 떴다.

"보스, 놈을 저처럼 개조하시려는 겁니까?"

"개조라고?"

"아니, 악당을 착한 놈으로 만드는 작업 말입니다."

"작업?"

"어휴."

얼굴을 일그러뜨린 토머스가 손까지 흔들었다.

"제가 표현력이 부족해서. 어쨌든 민망하시면 제가 자리를 비켜드릴까요?"

"내가 뭐 숨길 일 있냐?"

그러자 토머스가 활짝 웃었다.

"그럼 데려오지요. 그놈만 '개조'하면, 아니 전향, 아니 어쨌든 그놈이 굉장히 필요한 놈입니다."

그러더니 토머스가 서둘러 방을 나갔다. 개조, 전향, 작업, 다 맞는 말이다. 그리고 다 틀리기도 하다, 세상에 이런 '일'이 없었으니까. 정확히 말하면 타심통(他心通)을 응용한 의지의 전달이다. 김승구가 능력을 개발한 것이다.

곧 방문이 열리면서 토머스와 제이슨 스튜드가 들어섰다. 제이슨이 누구인가? 비자금 분실 사건을 조사하려고 파견된 전문가다. 토머스가 덮으려고만 하기에는 역부족이다. 둘이 김승구의 앞에 나란히 앉았을 때 표정이 제각각이다. 토머스의 얼굴은 흥분으로 상기되어 있는 반면에 제이슨은 긴장과 적의로 굳어 있다. 그때 김승구가 먼저 토머스에게 말했다.

"뭐, 간단해."

"그래요?"

"금방이야."

"어떻게요?"

"지금 우리 말을 제이슨이 다 들으면서 이것들이 무슨 귀신이 씨나락 까먹는 소리를 하나, 하겠지만 잠시 후에는 다 받아들인다고."

"그럴까요?"

지금까지 둘은 제이슨에게 시선을 주지 않았다. 그때 어깨를 부풀린 토머스가 말했다. 조바심이 일어난 것이다.

"보스, 하시지요."

급한 김에 제이슨이 있는 데서 '보스'라고 해버렸다. 그때 김승구가 고개를 돌려 제이슨을 보았다. 제이슨이 기다렸다는 듯이 김승구의 시선을 맞받는다. 옆에 앉은 토머스가 숨도 안 쉬고 제이슨과 김승구를 번갈아 본다.

똑딱, 똑딱, 똑딱, 똑.

아마 3초 반쯤 지났을 것이다. 그때 김승구가 의자에 등을 붙이면서 시선을 옆쪽으로 떼었고 제이슨이 어깨를 늘어뜨리면서 말했다.

"저도 사석에서는 '보스'라고 해도 돼요?"

토머스와 제이슨이 방을 나갔을 때 클라크가 정미나를 데리고 들어왔다.

"둘이 웃고 나오던데, 무슨 좋은 일 있어?"

클라크가 토머스가 앉았던 자리를 차지하면서 물었다. 정미나는 제이슨의 자리에 앉는다.

"응. 토머스가 제이슨을 설득해달라고 해서."

"참. 제이슨이 골치 아프다고 나한테 말하던데 '설득' 잘 되었어?"

"이제 토머스하고 손발이 맞을 거야."

"잘되었군."

고개를 끄덕인 클라크가 눈으로 정미나를 가리켰다.

"정미나 씨가 이르쿠츠크 블루밍 식품 오더도 하겠다는 거야."

김승구의 시선과 마주친 클라크가 쓴웃음을 지었다.

"이제는 '사장의 능력'이 필요하다는구먼. 사장이 도와줬으면 좋겠대."

김승구의 얼굴에도 비슷한 웃음이 떠올랐지만 정미나는 정색하고 있다. 빅 오더가 우연히 만들어진 것이 아니라는 것을 정미나도 알고 있는 것이다. 그때 정미나가 말했다.

"이르쿠츠크 블루밍 식품은 1년에 1억 5천만 불이나 수입해 가요. 하바로프스크의 3배나 돼요."

클라크는 웃기만 했고 정미나가 말을 이었다.

"이번에도 사장님이 도와주시면 이르쿠츠크에서 빅 오더를 받아 오겠습니다."

"그러고는 실적 1위를 굳히겠단 말이지? 우리들만 아는 비밀로 하고 말이야."

"임하경 씨도 압니다."

정미나가 상기된 얼굴로 말했다. 그때 김승구가 고개를 끄덕였다.

"좋아. 가기 전에 정보를 충분히 모으도록. 시장조사를 철저히 하고 가야 돼."

"예, 사장님."

정미나가 들뜬 목소리로 말했다.

"준비 마치고 보고하겠습니다."

자리에서 일어선 정미나가 방을 나갔을 때 클라크가 웃음 띤 얼굴로 말했다.

"김, 팩스코러시아를 기반으로 우리는 새 사업을 일으켜야 돼."

"중국의 CK TV처럼 함께 성장해야지."

클라크가 커다랗게 고개를 끄덕였다. 중국의 CK TV는 팩스코에 납품을 하지만 소유주가 김승구다. 클라크도 아는 것이다.

"아니, 진주에는 갑자기 왜?"

이용호가 묻자 강인선이 짧게 웃었다.

"글쎄, 갑자기 생각이 나네."

핸드폰에서 울리는 강인선의 목소리는 밝다. 강인선이 말을 이었다.

"우리가 고생하고 살았던 고향 아냐? 밥 먹고 나서 고향 생각이 났어."

"그런다고 훌쩍 떠나면 어떻게 해?"

"오늘 오빠 집에서 자고 내일 아침 첫차로 올라갈게."

"천천히 와."

핸드폰을 바꿔 쥐면서 이용호가 창밖의 거리를 내다보았다. 이용호는 테헤란로에 세워진 45층 건물의 최상층에서 강남을 내려다보고 있다. 이 45층짜리 '대양빌딩'에는 '대양그룹' 본사가 위치하고 있는 것이다.

"난 내일 오후 3시 반 비행기야. 당신이 배웅 안 해도 돼. 언제는 배웅해줬나?"

"그래도 현관 앞까지는 나가줘야지."

웃음 띤 목소리로 강인선이 말을 이었다.

"나이 들면 고향에 가고 싶다는 말이 맞나 봐. 당신하고 지현이가 출근하고 나서 응접실에 나왔다가 가슴이 답답해지는 거야. 그러더니 고향의 바다가 떠올라. 그래서 KTX를 탄 거야."

"이 사람이 소녀로 돌아갔네."

마침내 이용호의 얼굴에도 웃음이 떠올랐다.

"나도 당신 따라 고향에 갔다 올걸."

"내일 봐. 오전 11시면 집에 갈 테니까."

"알았어."

핸드폰을 귀에서 뗀 이용호는 먼 곳을 보는 얼굴이 되어 있다.

"이게 뭡니까?"

눈을 치켜뜬 제이슨이 창고에 쌓인 상자를 보면서 물었다.

"왜? 척 보면 감이 잡혀야지."

토머스가 웃음 띤 얼굴로 되물었다.

"무엇인 것 같냐?"

"2, 2, 2억 불…."

"맞아."

"그, 그럼."

"맞아."

"보스가 가져가신 줄은 알았지만 실제로 보니까…."

"감개무량하지?"

"그렇습니다."

박스로 다가간 제이슨이 박스 위에 놓인 뚜껑을 열더니 어깨를 부풀렸다가 내렸다.

"실물로 보니까 돈 같지가 않습니다."

"나도 그렇다."

"이거 여기다 이렇게 쌓아놓았다가 누가 가져가지 않을까요?"

"누가 이런 폐창고에 돈 박스를 쌓아놓았다고 믿겠냐?"

그때 문도 부서진 창고 안으로 배기남이 들어섰다.

"형씨들, 돈 가져갈 때 저기 책상 안에 장부가 있으니까 기록만 해둬."

배기남이 손으로 벽 옆에 놓인 부서진 철제 책상을 가리켰다.

"그리고 될 수 있으면 박스째 가져가, 계산하기 쉽게 말이야. 1박스에 2백만 불인 거 알지?"

"알았어, 은행장님."

토머스가 손을 들어 경례하는 시늉을 하면서 웃었다. 오늘은 토머스가 제이슨에게 '은행'을 보여준다고 하고 데려온 것이다. 그때 제이슨도 웃음 띤 얼굴로 말했다.

"우리 팀 애들한테 보너스를 줘야겠는데요, 상무님. 6명이니까 10만 불씩 나눠줘도 됩니까?"

"걍 1박스 들고 가서 20만 불씩 줘라. 네가 나머지는 쓰고."

"아이구."

숨을 들이켠 제이슨이 입을 딱 벌리고 토머스를 보았다.

"남의 돈이라고 통 크게 쓰시는군요."

"보스한테 전이 받았기 때문인 것 같아."

"그럼 저도 그렇게 됩니까?"

둘의 말을 듣던 배기남이 고개를 기울였다.

"당신들은 지금 무슨 귀신에 홀린 것처럼 생각하는 모양인데, 그게 아냐."

물론 배기남은 아니다. 클라크와 같이 이른바 원조(元祖) 멤버로 타심통(他心通) 혼용 작업을 거치지 않았다. 그러니 토머스가 말한 '전이' 등의 단어에 거부감을 받는 것이다. 그때 토머스가 웃음 띤 얼굴로 말했다.

"배 부장, 그런 뜻이 아냐. 충성도로 말하면 아마 우리가 더 강할 거야. 보스가 마술을 부렸건 아니건 간에 우린 이미 보스의 수족이야."

배기남도 다시 진급해서 부장이 되었다. 제이슨도 부장, 토머스는 상무다. 모두 직위에 만족하고 있다. 특히 제이슨은 정상적인 월급쟁이가 되었다고 대만족이다.

"윽!"

김승구가 갑자기 가슴의 통증을 느끼고는 어금니를 물었다. 악마가 창으로 찔렀을 때의 고통과 비슷했다. 이곳은 하바로프스크 중심가의 식당, 러시아 식당으로 지금 스보르카하고 식사 중이다.

"김, 어디 아픈가?"

앞에 앉은 스보르카가 그렇게 물을 정도였으니 고통이 엄청났다. 왜 이런가? 그러나 다음 순간 김승구가 이유를 알았다. 옆쪽에 앉은 여자 때문이다.

오후 12시 반, 한낮. 옆쪽 테이블에는 여자 둘이 앉아 있었는데 모녀 같다. 산뜻한 크림색 투피스 정장 차림의 젊은 여자. 갈색머리는 짧게 귀 밑에서 올렸고 우아한 목이 드러났다, 흰 피부에 눈부신 미모. 그러나 김승구에게는 보통의 여자다. 그래서 시선을 돌린 순간에 가슴의 통증이 온 것이다. 포크를 내려놓은 김승구가 스보르카에게 웃어 보였다.

"아닙니다, 스보르카 씨. 갑자기 삼키는 바람에 목이 메어서."

물 잔을 든 김승구가 화제를 돌렸다.

"아벨 저택 사건 때문에 '마약 단속'까지 심해졌다면서요?"

"그래. 살인 사건은 별도고 모스크바에서 FSB 국장까지 와 있어."

"잘못되면 큰일 나겠는데요."

"망하는 거지."

스보르카가 머리까지 흔들었다.

"그래서 마약 공급이 뚝 끊겼고 마약 가격이 2배로 뛰었어."

오늘은 '나타샤랜드' 공사 이야기를 하자고 스보르카를 불렀다가 딴 이야기를 나누고 있다. 주위를 둘러본 스보르카가 목소리를 낮췄다.

"치차코프하고 발렌스키 조직 간에 마약에 불순물을 탔느니 어쩌느니로 서로 죽였다가 '지옥 파티' 사건으로 잠깐 덮였지만 곧 전쟁이 시작될 거네."

"스보르카 씨, 당신은 이번 소동에 전혀 관계가 없습니까?"

"있어."

어깨를 부풀렸다가 내린 스보르카의 얼굴에 쓴웃음이 번졌다.

"내 소유의 바리안클럽에서 마약을 좀 팔았거든. 그런데 거기서 산 약을 처먹고 지금까지 4명이 디졌어."

스보르카가 한숨을 쉬었다.

"로체프란 놈한테서 받은 마약이야."

그때 다시 가슴을 찌르는 고통이 왔다. 고개를 돌린 김승구는 이쪽을 주시하고 있는 여자를 보았다. 타심통(他心通)으로 파악한 신분.

'리자 오네긴. 26세, 모스크바대 졸업, 대학병원장 쿠슈딘 오네긴의 딸. 앞에 앉은 여자는 어머니 바미냐다.'

여자의 이력이다. 파란 눈동자가 맑은 하늘처럼 보였지만 김승구는 여자의 몸에서 이글거리는 열기를 느낀다. 아름답다. 이런 감동은 처음 받는다. 그런데 이 고통은 무엇인가? 그때 스보르카가 다시 말을 이었다.

"로체프는 이번 기회에 치차코프한테서 마약을 받아 장사를 한 유리 발렌스키를 누르려고 했다가 제가 공급한 내 클럽과 표도르의 클럽에서도 중독사가 일어나자 할 수 없이 숨을 죽이고 있는 거지."

건성으로 스보르카의 말을 들으면서 김승구가 다시 여자를 보았다. 이번에는 숙명통(宿命通).

"라냐, 돌아올게."

페트로가 말하자 라냐의 눈에서 눈물이 흘러내렸다.

"거짓말, 페트로."

"난 약속 지켜, 라냐."

다가선 페트로가 라냐의 어깨를 당겨 안았다. 응접실 안, 페트로는 러시아군 장교 차림이고 라냐는 금발의 미인. 벽에 기대 선 김승구가 둘을 보고 있다.

이곳은 모스크바 서쪽의 블라디미르. 모스크바 강이 내려다보이는 2층 저택의 응접실에 둘이 서 있다. 페트로는 육군 대위로 서부전선으로 출동하려는 것이다. 1941년 8월, 독일군이 파죽지세로 소련을 침공해 오고 있다. 7월 22일에 침공한 독일군이 이제 모스크바 300킬로 지점까지 육박했다. 페트로는 긴급 소집을 받아 모스크바 서방의 127사단 소속 중대장으로 부임하려는 것이다. 페트로가 라냐의 귀에 대고 말했다.

"라냐, 네 눈을 꼭 다시 볼 거야."

그때 라냐의 눈을 본 김승구의 가슴이 철렁 내려앉았다. 푸른 눈동자의 가운데 박힌 검은 점. 바로 리자 오네긴의 눈이다. 얼굴은 다르지만 눈은 꼭 닮았다. 페트로의 입술이 라냐의 눈에 붙여졌다. 감은 라냐의 눈에 입술을 붙인 채 페트로가 낮게 말했다.

"네가 나를 응시할 때마다 가슴을 창으로 찌르는 것 같아, 라냐."

"약속 지켜, 페트로."

두 팔로 페트로의 목을 감으면서 라냐가 말했다.

"난 언제까지라도 당신을 볼 테니까."

페트로는 물론 김승구의 전생(前生)이다. 그리고 라냐가 바로 리자다. 김승구가 벽에서 등을 떼면서 투덜거렸다.

"젠장, 바로 이것 때문이군."

순식간에 돌아온 김승구가 고개를 돌려 리자를 보았다. 리자는 지금 어머니와 이야기를 하면서 식사를 하고 있다. 그 후에 어떻게 되었는지는 별로 궁금하지 않다. 죽었겠지. 지금이 2019년이니 벌써 78년 전이다. 그리고 그때 페트로, 라냐의 나이가 20대다. 결혼한 지 6개월밖에 되지 않았다. 그때 스보르카가 말했다.

"이보게 김, 치차코프는 몽골을 통해 태국산 마약을 들여오는데 수송로가 길어서 위험 요소가 많고 적기에 공급되지 않아. 그래서 한 번에 공급되는 물량이 크지."

김승구는 듣기만 했고 스보르카의 말이 이어졌다.

"나하고 표도르는 로체프를 통해서 중국산을 받는데 공급은 원활하지만 중국 놈들이 가운데 끼어서 가격이 비싸. 그래서 말인데…."

그때 다시 리자가 이쪽을 보는 바람에 김승구는 심장을 창으로 관통당한 느낌을 받는다.

"윽!"

김승구가 이를 악물고 신음을 뱉었더니 스보르카가 놀라 물 잔을 내려놓았다.

"김, 또 아픈 거야?"

이번에는 뭘 먹지 않았기 때문에 스보르카가 걱정스러운 얼굴이 되었다. 순박하다. 그리고 이 사람은 나를 의지하고 있다. 타심통(他心通)으로 마음을 읽은 김승구가 손바닥으로 가슴을 눌렀다. 아직도 리자가 이쪽을 쳐다보고 있었기 때문이다. 김승구가 기를 쓰고 말했다.

"내가 팩스코태국이나 팩스코중국을 통해서 마약을 들여와서 같이 사업을 하자는 말씀 아닙니까?"

"그, 그렇지. 역시 금세 알아듣는군."

반색을 한 스보르카가 말을 이었다.

"팩스코 컨테이너에 실어오면 내가 여기 통관은 책임질 수가 있어."

"그러다가 팩스코러시아는 망합니다. 어렵게 딴 팩스코러시아 사업을 박탈당할 수가 있어요."

고개를 젓던 김승구가 덧붙였다.

"이렇게 까놓고 말씀하시는데 다른 방법을 찾아보지요."

그때 리자가 시선을 돌렸기 때문에 고통도 멈췄다.

"아는 사람이냐?"

어머니 바미냐가 묻자 리자는 고개를 저었다.

"아니, 처음 봐."

"그런데 왜 자꾸 봐? 너, 동양사람 보지?"

"맞아. 근데 저절로 시선이 가네."

커피 잔을 든 리자가 쓴웃음을 지었다.

"동양인 같지?"

"글쎄, 몽골이나 타타르족, 체첸 사람들도 저런 인상이 많아."

바미냐가 아는 체했다.

"체격도 크고 남자답게 생겼다."

그때 리자가 다시 그쪽을 보았고 이제는 그쪽도 당장 시선을 맞부딪쳤다. 그러더니 사내가 러시아인과 자리에서 일어서더니 뒤도 돌아보지 않고 식당을 나간다. 리자는 길게 숨을 뱉었다. 허전했다. 사내가 뭔가를 뺏어 가는 것 같다. 사내가 식당을 나갔을 때 리자가 바미냐를 보았다.

"아이구, 너 왜 그래?"

놀란 바미냐가 눈을 크게 떴다.

"너 울려고 그러냐?"

황당한 얼굴이다.

스보르카와 헤어져 차에 탔을 때 김승구가 이반에게 말했다.

"사무실로."

의자에 등을 붙인 김승구가 눈을 감았다. 이 인연은 우연인가? 아니다. 눈을 감은 채로 김승구의 고개가 당장 좌우로 흔들렸다. 우연한 인연은 없다. 인연은 얽힌 사연을 품고 우연을 가장하여 나타나는 것이다.

페트로는 라냐와 그날 헤어진 후에 약속을 지키지 못했다. 사랑스러운 라냐의 푸른 눈동자를 다시 보지 못하고 죽은 것이다. 숙명통(宿命通)으로 돌아가 보지 않아도 알 수 있다. 그것이 한이 맺힌 라냐의 눈은 페트로를 찾아 헤매었을 것이다. 그리고 후생(後生)인 지금 페트로를 만났을 때 그 시선이 창이 되어서 찔렀다. 그런데 이 인연이 갑자기 하필 이 시점에 나타난 이유는? 김승구가 눈을 떴다. 악마다.

6장
내가 나를 죽였다

'악마가 내 전생(前生)의 아내를 끌어들인 이유는?'

김승구의 머릿속이 바빠졌다. 리자는 오늘 '사할린'식당에 처음 들렀다. 지나다 갑자기 무엇에 홀린 듯이 식당에 온 것이다. '악마의 농간'이다. 단순히 고통을 주려는 의도뿐인가? 시선 한 번에 한 번 창으로 찌르는 것 같은 고통? 악마가 그 정도로 단순한 '음모'를 세웠을 것 같지 않다. 차가 멈춰 섰기 때문에 김승구가 눈을 떴다. 사무실이다.

"이르쿠츠크 블루밍식품은 '케인산업'에서 연간 1억 2천만 불 물량의 육류와 수산물을 구입하고 있습니다."

정미나가 열심히 말을 이었다.

"그리고 나머지 3천만 불 가량은 10여 개 회사에서 구입해 수출합니다."

"그렇다면 케인산업 오더를 가져오면 되겠군."

김승구가 서류를 넘기면서 말했더니 클라크가 거들었다.

"그런데 이 케인산업이 치차코프 그룹의 계열사야. 대주주가 고르키 치차코프의 아들 레프 치차코프라고."

"저런."

"우리가 가로채면 전쟁이 일어날 거야."

"당연하지."

사장실 안이다. 소파에는 셋이 둘러앉아 있었는데 벽시계가 오후 2시 반을 가리키고 있다. 정미나가 숨은 쉬었지만 입을 열지는 않는다. 나설 염치도 없었을 것이다. 조사를 하다가 '치차코프' 가문이 나왔고 그것이 이르쿠츠크 최대 재벌이며 막강한 영향력을 갖춘 '러시아 마피아'라는 것을 알게 된 것이다. 그때 다시 클라크가 말했다.

"정미나 씨의 의욕에 휩쓸렸다가 전쟁이 일어날 뻔했어."

"그러네."

"하바로프스크에서는 어떻게 되었지만 이르쿠츠크는 솔직히 상황이 달라."

한숨을 쉰 클라크가 김승구와 정미나까지 보았다.

"지금 '지옥 파티'에다 '마약 중독사' 사건으로 이르쿠츠크 분위기가 흉흉해. 더구나 치차코프 가문이 '마약 중독사' 사건과 연루되었다는 소문이 도는 상황이고."

그러고는 클라크가 결론을 냈다.

"당분간 정미나 씨의 이르쿠츠크 원정은 보류하는 게 낫겠어."

"그러지."

고개를 끄덕인 김승구가 정미나를 보았다.

"다음에 기회를 봐서 가지."

"실망했을 거야."

정미나가 방을 나가고 둘이 남았을 때 클라크가 말했다.

"자료 조사에서 '치차코프 마피아 그룹'이 나오니까 정미나가 당황하더군."

"아니, 실망하지 않았어."

정미나의 마음을 읽어본 김승구가 웃음 띤 얼굴로 말했다.

"오히려 무모하게 덤볐던 자신을 되돌아보고 있어. 이번 일이 정미나에게 세일즈맨의 자세를 갖추는 데 도움이 되었을 거야."

"다행이군."

클라크가 환하게 웃었다.

"원 바이 원이야, 보스."

"그렇지."

클라크의 말뜻을 알아차린 김승구도 고개를 끄덕이며 웃었다. 무턱대고 발휘하는 초능력은 질서를 깨뜨린다. 세상의 균형이 무너지는 것이다. 그래서 부처와 악마가 함께 들어와 있는 것이 아닌가?

그러나 클라크가 방을 나갔을 때 김승구는 비서 욜가에게 1시간 동안 면회사절을 지시하고 소파에 기대앉았다. 그리고 신족통.

"루디, 토요일에는 시간이 없어."

리자가 팬티를 입으면서 말했다.

"내가 어머니하고 이모 집에 가기로 했어. 외사촌 오빠가 모스크바에서 돌아왔거든."

"그래?"

침대에 누운 루덴스키가 이맛살을 찌푸렸다. 루덴스키는 알몸이다. 가슴에 잿빛털이 무성해서 원숭이 같다. 건장한 체격에 배가 나왔다. 팬티를 입은 리자가 브래지어를 찾으려고 두리번거렸다. 리자는 팬티만 막 걸친 알몸으로 풍만한 몸매가 드러났다. 이곳은 토즈호텔의 방, 어머니를 먼저 보낸 리자가 정부(情夫) 루덴스키가 기다리는 이곳으로 온 것이다. 뜨거운 정사를 마쳤지만 아직 한낮이다. 브래지어를 찾아 맨 리자가 이제는 스커트를 찾아 들면서 말을 이었다.

"내가 다음 월요일에 연락할게."

"알았어. 저기, 탁자 위에 봉투 가져가."

루덴스키가 눈으로 탁자 쪽을 가리켰다.

"고마워, 루디."

탁자로 다가간 리자가 봉투 안에 든 지폐를 확인했다. 미화 100불짜리 10장이다. 봉투를 가방에다 넣은 리자가 곧 옷을 걸치고 털모자까지 쓴 다음 루덴스키에게 다가가 볼에 입을 맞췄다. 루덴스키가 그것이 부족한지 리자의 허리를 당겨 안더니 입을 맞췄다. 침대 위에서 잠깐 알몸의 루덴스키와 옷을 다 입은 리자가 엉켰다가 풀어졌다. 김승구가 그들 옆에 우두커니 서서 눈동자만 굴리다가 리자가 문을 열고 나갔을 때 돌아왔다.

소파로 돌아온 김승구가 쓴웃음을 지었다. 리자는 미혼, 그러나 남자 관계가 복잡하다. 만나는 남자가 다섯이나 된다. 그중 넷은 기혼남으로 루덴스키도 그중 하나다. 리자는 그들과 만나고 용돈을 받는 사이인 것이다. 루덴스키는 무역회사 사장, 카르니크는 호텔 사장이다. 리자의 집안이 가난했기 때문이 아니다.

오후 6시 반, 오늘 저녁은 주지사 말렌코프, 이르쿠츠크 시장 알렉산드로 밀리아킨과의 만찬이다. 밀리아킨이 하바로프스크를 방문하는 길에 김승구와 저녁식사 약속을 한 것이다. 물론 말렌코프가 주선을 했다. 김승구는 나타샤와 동행했는데 말렌코프는 물론 밀리아킨도 반겼다. 밀리아킨도 나타샤의 부친 바칼레프 콜도바 대장과 친분이 있었기 때문이다.

"나타샤, 내가 당신은 보지 못했지만 부친한테서 이야기를 많이 들었어."

인사를 마치고 식탁에 둘러앉았을 때 밀리아킨이 말했다. 밀리아킨은 60대 초반으로 콜도바가 사령관이었을 때 시베리아방위군 사령부 관할인 작은 항구도시 니호트카의 시장이었다고 했다.

"그때가 20년 전이었지."

밀리아킨의 눈이 가늘어지면서 더 이상 말을 잇지 않았다. 그 후로 곡절이 많았기 때문이다. 말렌코프가 분위기를 수습했다.

"이제 나타샤 콜도바가 후원자를 잘 만났어요, 밀리아킨. 옛날 콜도바 가문의 명성을 되찾을 거요."

"그래야지."

밀리아킨의 시선이 김승구에게 옮겨졌다. 갈색 눈동자가 주름진 눈꺼풀에 싸여 있지만 흰자위가 맑다. 그때 김승구가 말했다.

"제가 한번 찾아뵙지요. 바이칼 호의 오무리 소금 절임을 먹고 싶네요."

"그거 좋지요."

밀리아킨이 이를 드러내고 웃었다. 오무리는 바이칼 호에서만 잡히는 생선이다.

"김 사장이 오무리를 아시는군."

밀리아킨이 방금 오무리를 떠올렸던 것이다. 이어서 밀리아킨의 머릿속 걱정을 김승구가 읽었다.

'로냐의 생활비가 너무 많이 들어. 한 달에 1만 불이라니.'

로냐는 뉴욕에서 살고 있는 밀리아킨의 둘째 딸이다. 아직 대학원 과정에 있는 로냐에게 매달 학비와 생활비를 보내주고 있는 것이다, 집세까지 합쳐서 1만 불.

"우리 집에 안 가요?"

저녁식사가 끝나고 차에 올랐을 때 나타샤가 몸을 붙이면서 물었다. 운전석에 앉은 이반에게는 신경도 쓰지 않는다.

"이젠 엄마도 이상하게 생각하지 않을 텐데."

"나타샤, 예의는 지켜야지."

김승구가 나타샤의 손을 잡았다. 나타샤에게 '결혼' 약속을 한 적은 없다. 나타샤도 그런 눈치를 보인 적도 없다. 다만 안정된 분위기에서 같이 있고 싶은 것이다. 김승구가 부드럽게 말을 이었다.

"나타샤, 오늘은 내가 할 일이 있어."

"이 시간에?"

오후 9시 반이다. 김승구가 고개를 끄덕였다. 중요한 일이다.

나타샤를 집에 데려다주고 저택에 도착했을 때는 10시 45분. 착실하게 아래층에서 기다리던 미레카의 인사를 받고 이층 응접실로 올라왔을 때는 10시 55분, 털코트를 벗어던진 김승구가 소파에 앉았다.

"오빠, 나 드라이브 좀 하고 올게."

강인선이 현관으로 다가가면서 말하자 강동수가 놀라 소파에서 일어섰다.

"아니, 이 시간에?"

밤 11시 5분이다. 강인선은 바지에 스웨터 차림. 강동수와 함께 앉아 있던 올케 유미숙도 놀라 묻는다.

"세현 엄마, 어디 가시려고?"

"바닷가로."

강인선이 웃음 띤 얼굴로 말을 이었다.

"한 바퀴 돌고 올게요. 밤이라 길이 잘 뚫릴 거야."

"같이 갈까요?"

"아니. 놔둬요, 언니."

손까지 저어보인 강인선이 현관을 나왔다. 깊은 밤이다.

"조심히 다녀오너라."

뒤에서 오빠 강동수의 목소리가 울렸다.

김승구가 강인선이 운전하는 차 뒷자리에 타고 있다. 물론 형체는 보이지 않는다. 당연히 차 무게도 늘어나지 않았다. 강인선이 갑자기 고향 진주로 내려갈 마음을 먹은 것도 김승구에게 이끌렸기 때문이다. 강인선 앞에 나타나서 타심통(他心通)을 변경시킨 자신의 의지를 심었다. 그래서 고향으로 내려왔고 이제 바닷가로 드라이브할 마음을 먹게 된 것이다. 강인선이 어두운 길을 달리면서 말했다. 들뜬 목소리다.

"어휴, 많이 변했네. 여기 살 때가 바로 엊그제 같은데, 벌써 26년이 지났어."

강인선의 말이 이어졌다.

"참 힘들었지. 세현 아빠가 어떤 여자와 동거 생활을 했을 때가 내 인생에서 가장 견디기 어려웠던 때 같아."

뒷좌석에 앉은 김승구의 얼굴에 웃음이 떠올랐다. 강인선의 목소리는 여전히 밝다.

"그 여자, 얼굴은 안 보았지만 잘 살고 있겠지. 세현 아빠가 맺고 끊는 건 정확한 사람이니까."

밤 11시 27분이다.

"차 세우고 나와."

김승구가 말하자 강인선이 길가에 차를 세우더니 밖으로 나왔다. 바다 쪽 바람이 휘몰려 와서 강인선의 머리칼과 옷자락을 날렸다. 앞쪽은 다리다. 다리에는 오가는 행인도 없고 차량 통행도 끊겨 있다. 맑은 날씨였지만 바람이 세어서 별이 흔들리는 것 같다.

강인선은 다리를 향해 다가갔다. 바람에 흩날리는 머리칼을 쓸어 올리면서 어둠에 덮인 다리 중간 부근까지 걸어간 강인선이 주위를 둘러보았다. 갑자기 정신이 난 표정이다. 눈이 크게 떠졌고 입이 반쯤 벌어져 있다. 그때 김승구가 말했다.

"뛰어 내려."

김승구의 목소리를 들은 강인선이 눈을 더 크게 뜨고는 다리의 난간을 움켜쥐었다. 떨어지지 않으려는 몸짓이다. 다시 김승구가 지시했다. 타심통(他心通).

"뛰어 내려!"

그러나 강인선이 고개를 젓는다.

"싫어."

그때 김승구의 귀에 송곳처럼 악마의 목소리가 박혔다.

"네가 던져! 넌 이미 그럴 능력도 있지 않느냐?"

김승구가 다시 강인선에게 소리쳤다.

"뛰어 내려라!"

"싫어!"

그때 김승구가 형체를 드러내면서 강인선의 몸을 번쩍 치켜들었다. 밤 11시 38분, 26년 전과 같은 시간, 이용호가 김진숙을 치켜들었던 자세와 똑같다. 같은 위치, 김승구가 강인선을 다리 밑으로 던졌다. 그때 강인선이 떨어지면서 소리쳤다.

"세현아! 지현아!"

오전 6시 반, 이용호가 전화벨 소리에 눈을 떴다. 저택의 침실 안, 탁자 위에 놓인 핸드폰이 울리고 있다. 손을 뻗어 핸드폰을 집으면서 발신자를 본다. 처남 강동수다. 이용호가 아직 잠에서 덜 깬 상태로 핸드폰을 귀에 붙였다.

"아, 형님."

"이봐, 이 회장."

다급한 강동수의 목소리에 이용호가 퍼뜩 눈을 크게 떴다.

"예."

"이 회장, 인선이가 안 들어왔어!"

강동수가 소리치듯 말했기 때문에 이용호가 상반신을 일으켰다.

"무슨 말입니까?"

"아, 글쎄, 밤에 드라이브하러 나간다고 했는데, 내 차를 갖고 말이네."

"그래서요?"

이제는 이용호가 일어섰다.

"그래서 어쨌단 말입니까?"

"밤 11시가 넘어서 나갔는데 1시가 되어서 안 들어오고, 전화도 안 받고, 그래서…."

"그래서요?"

"그래서 경찰에 신고를 했어. 자네한테는 걱정시킬까 봐, 아니 별일 없을지 알고 연락을 안 했는데…."

"그래서요?"

이용호는 제 목소리가 비명처럼 들렸다. 그때 강동수가 헐떡이며 말했다.

"조금 전에 경찰한테서 연락이 왔는데 차가 발견되었어!"

"차가?"

"응. 망향다리에서, 망향다리 알지?"

"망향다리?"

이용호의 얼굴이 누렇게 굳어졌다. 그 다리를 왜 모르겠는가.

"베니, 점심때 만나요."

리자의 목소리.

"바이칼호텔에 내가 먼저 가서 방 잡아놓고 있을게요."

"알았어, 리자."

남자의 목소리는 부드럽다.

"그런데, 나 오후 5시에는 집에 들어가야 돼. 토냐가 일찍 들어온다고 했거든. 같이 저녁 먹기로 했어."

"알았어요, 베니."

리자의 목소리에서 생기가 떨어졌다.

"내가 바이칼에서 연락할게요."

천이통(天耳通). 지금 김승구는 응접실의 소파에 앉아 리자 오네긴과 그녀의 정부 중 하나인 베니 카르니크의 통화 내용을 듣는다. 이제 천이통은 우연히 들리는 것이 아니다. 천이통이 몸에 배어 있어서 생각난 곳으로 귀가 돌려진다. 아침에 '리자'를 떠올렸더니 곧장 이 '대화'가 들린 것이다. 오전 8시, 조금 전 이용호가 궁금해서 귀를 그쪽으로 돌렸더니 강동수와의 대화를 들었다. '망향다리'라는 소리를 들은 이용호가 '예감'을 했을까?

오진 10시 반, '망향다리'에서 상줄기는 바다로 흐른다. 바다까지의 거리는 약 2킬로. 강인선의 시체는 강 하류의 바다 쪽 방파제 시멘트 블록에 걸려 있었는데 낚시를 나왔던 사람에게 발견되었다. 신고를 받고 달려온 경찰이 곧 강인선의 신분을 확인했다.

방파제 근처에서 해산물 식당을 하던 손 씨는 그곳에서 40년을 산 원주민이다. 시체가 실려 가고 구경꾼들이 다 빠져나갔을 때 뒤쪽에서 어물거리며 말 상대를 찾던 손 씨가 마침 시장에 갔다가 뒤늦게 현장 구경을 온 박 씨를 보았다. 박 씨는 이웃집에 사는 친구다.

"사람 죽은 거 건졌다며?"

박 씨가 구경 못한 아쉬운 표정을 짓고 묻자 손 씨가 서둘러 다가갔다.

"저기야, 저기. 푯말 바로 밑 바위."

손으로 제방 왼쪽을 가리키면서 손 씨가 말을 이었다.

"자네 기억나? 26년 전에 젊은 여자를 저기서 건졌잖아."

"그렇지."

60대 중반의 박 씨가 고개를 끄덕였다.

"내가 봤지, 얼굴을. 이뻤어."

"나도 봤어."

"이번에 죽은 여자도 떠내려 온 거야?"

"맞아."

"젊어?"

"아니. 나이 좀 들었는데 서울 무슨 회장 마누라라네."

"회장 마누라?"

"응. 망향다리에다 차 세워놓고 뛰어내렸다는 거야."

"아이구, 왜?"

"몰라. 귀신이 씌었는지, 정신병인지."

"그나저나 저 바위에 귀신이 붙었는가 보네."

둘의 얼굴이 잠깐 심각해졌다.

이용호는 강인선의 시신을 수습하고 나서야 도착했다. 곧장 병원으로 달려가 강인선의 시체를 확인한 이용호에게 강동수가 울부짖었다. 병원 시체실.

"이 사람아! 이게 웬일인가! 인선이가 왜 망향다리 위에서 뛰어내렸는가 말이네!"

이용호는 눈만 부릅떴고 강동수가 땅바닥에 털썩 주저앉았다.

"한밤중에 그 높은 다리에서 뛰어 내리다니! 믿을 수가 없어! 어느 놈이 죽인 거야!"

"…."

"죽을 생각이 아니었단 말이야! 어느 놈이 죽였다고!"

이용호는 그 자세로 서서 숨도 쉬지 않는 것 같다.

천이통(天耳通)으로 강동수의 절규를 듣기만 했다. 사무실에 앉아 있던 김승구가 자리에서 일어섰다. 업보라고 하는가? 전생의 죄는 후생에서 꼭 벌을 받는다고 했다. 그러나 이용호는 현생(現生)에서 받는다.

강인선은 이용호가 김진숙을 강으로 던진 그 자리에서 던져졌다. 그리고 강인선의 시체는 김진숙이 발견되었던 그 바위에 걸려 있었다. 그리고 같은 시간에 던져졌고 발견되었다. 그것을 이용호도 깨달은 것이다.

"사랑해."

카르니크의 볼에 입을 맞춘 리자가 침대에서 몸을 빼어 욕실로 다가갔다. 리자는 몸에 실오라기 하나 걸치지 않았다. 리자의 뒷모습을 홀린 듯한 표정으로 바라보던 베니 카르니크가 만족한 숨을 길게 뱉었다. 베니 카르니크, 55세, 러시아호텔 사장. 리자하고는 1년째 만나는 사이. 카르니크가 비대한 몸을 움직여 상반신을 일으켜 앉았을 때다.

김승구가 카르니크의 목을 뒤에서 팔로 감았다. 갑자기 목을 죄인 카르니크가 놀라 앞쪽 거울을 보았지만 아무것도 보이지 않는다.

"억! 억!"

겨우 숨을 뱉는 소리를 낸 카르니크가 발버둥을 치는 바람에 시트가 뭉개지면서 비대한 알몸이 나타났다. 드럼통 같다. 발버둥을 치는 바람에 침대가 출렁거렸지만 김승구의 조이는 힘은 더 강해졌다. 김승구의 팔을 카르니크가 움켜쥐었지만 거울에는 아무것도 보이지 않는다. 곧 발버둥을 치던 카르니크의 얼굴이 검붉게 상기되었다.

눈알이 튀어 나오기 시작했고 딱 벌린 입에서 혀가 빠져나온다. 김승구는 더욱 힘을 주었다. 카르니크가 마지막 발악을 하듯이 두 다리로 허공을 찼다가 떨어뜨렸다. 그러고는 사지를 뻗기 시작했다. 갑자기 소변이 뿜어져 나왔다. 이윽고 카르니크의 몸이 늘어졌다. 거울에 비친 입에서 혀가 길게 뻗어 나왔고 두 눈은 밖으로 쏟아져 나올 것처럼 겨우 매달려 있다. 김승구는 그때서야 카르니크의 목을 감은 팔을 빼었다. 그때다.

"잘 한다."

악마의 목소리가 김승구의 귓속으로 파고들었다. 김승구가 눈을 부릅떴더니 곧 사라졌다.

잠시 후 욕실에서 나온 리자가 물에 묻은 머리를 타월로 털면서 침대로 다가갔다.

"으악!"

리자의 입에서 비명이 터졌다. 카르니크가 침대에 사지를 뻗고 누워 있는 모습이 척 보기만 해도 시체다. 혀가 길게 빠져나왔고 튀어나온 두 눈에는 생기가 없다. 오줌 지린내가 와락 풍겨왔다. 수건을 떨어뜨린 리자가 뒤로 물러섰다. 리자도 알몸이다. 벽에 기대선 김승구의 얼굴에 쓴웃음이 떠올랐다. 그러고는 고개를 돌리더니 발을 떼었다.

신족통(神足通).

50분 후, 하바로프스크 경찰청 수사과 계장 바라스키의 등장. 부하 형사 둘과 함께 방으로 들어선 바라스키가 카르니크의 시체를 보고는 혀를 찼다. 카르니크의 시체는 신고할 때 경찰의 주의를 받았기 때문에 그대로 보존되어 있다.

"어이구, 지린내."

이맛살을 찌푸린 바라스키가 따라온 지배인에게 물었다.

"리자 오네긴이 방을 잡았다고?"

"예, 형사님."

"나, 계장이야."

"예, 계장님."

"도망치듯 나가는 것을 보고 이상해서 방을 열었더니 이 꼴이란 말이지?"

"예, 계장님."

숨을 고른 지배인이 말을 이었다.

"젖은 머리도 안 말리고 엘리베이터를 타는 것이 수상했답니다. 그러고는 열쇠도 안 맡기고 뒷문으로 나가더란 겁니다."

"그것 참, 병신 같은 살인자네."

바라스키가 굳어지기 시작한 카르니크의 알몸을 노려보았다.

"이 친구, 볼 일은 다 본 것 같구먼그래."

"예. 일 끝낸 겁니다."

옆에 서 있던 형사가 거들었다.

"저기 휴지가 흩어져 있구먼요."

"제 호텔에서 놀지. 남의 호텔에 왔다가 일을 당했군."

"제 호텔에서는 놀기 힘들겠지요."

형사가 말을 받았기 때문에 바라스키가 눈을 치켜떴다.

"건방지게 말대답 말고 당장 리자 오네긴을 잡아와."

형사가 몸을 돌리자 그때서야 바라스키가 몸을 굽혀 카르니크의 목을 보았다.

"목을 졸랐군. 엄청난 힘인데."

사무실로 들어선 토머스와 제이슨은 앞쪽에 나란히 앉는다, 생기 띤 표정.

"보스, 부르셨습니까?"

토머스가 먼저 묻는다. '사장님'보다 보스라고 부르는 것이 더 좋은 것 같다. 그래서 김승구는 놔두었다. 고개를 든 김승구가 둘을 번갈아

보았다.

"하바로프스크는 러시아에 발을 딛기 위한 전초기지 역할로 필요했어."

둘이 정색했고 김승구가 말을 이었다.

"그리고 어느 정도 기반이 잡혔어. 아직 매장 건립이 끝나지도 않았지만 말이야."

"예, 보스."

토머스가 고개를 끄덕였다.

"하바로프스크는 좁지요. 이것으로 만족할 수는 없습니다."

"맞다. 그래서 너희들을 불렀다."

"말씀하시지요."

"이르쿠츠크다."

"그러실 줄 알았습니다."

토머스가 제이슨과 눈을 맞추더니 둘이 동시에 웃었다.

"거기가 시베리아의 중심이죠."

"너희들 둘이 먼저 이르쿠츠크로 가."

"예, 보스."

둘이 동시에 대답했을 때 김승구가 한마디씩 말을 이었다.

"팩스코 지점을 세우고 토머스가 지점장을 맡아라."

"예, 보스."

어깨를 부풀린 토머스가 김승구를 보았다.

"당장 준비하겠습니다."

"지금은 팩스코 간판을 이용해서 사업을 벌이는 거다, 명심해."

"압니다, 보스. 킹스턴을 위해서 일할 생각은 눈곱만큼도 없습니다."

"러시아는 시작이야. 여기서 남쪽으로 내려가 중국을 먹고 서쪽의 유럽으로 들어간다."

김승구의 목소리에도 열기가 띠어졌다.

"그리고 또, 이제는 너희들이 직접 해치울 일이 있어."

"뭡니까?"

고개를 든 토머스와 제이슨의 눈이 번들거리고 있다. 그때 김승구가 한마디씩 말을 잇는다.

"킹스턴이 중국으로 보내는 비자금 회수다."

"예, 보스."

토머스와 제이슨이 동시에 대답했고 김승구가 말을 이었다.

"당분간 킹스턴의 팩스코는 우리의 미래를 위해서 이용하는 거야."

김승구의 눈빛이 강해졌다.

"우리들의 목표는 악덕 기업의 재산 회수와 사회 환원이다."

그것이 1차 목표다. 그 이상까지 알려줄 필요는 없다.

"손님이 오셨는데요."

방으로 들어선 비서 욜가가 말했다. 두 손을 모으고 선 욜가는 30대 중반으로 풍만한 몸매의 미인이다. 6년 전에 이혼하고 어머니하고 두 아이까지 네 식구가 산다. 욜가가 말을 이었다.

"리자 오네긴이라는 여자분입니다."

"뭐?"

놀란 김승구가 상반신을 세웠다. 이게 무슨 일인가, 그 사이에 리자가 이곳으로? 더구나 나를 어떻게 알고.

악마의 농간이다.

머릿속에서 순식간에 일어난 생각들이다. 그러나 어쩔 것인가? 리자의 눈빛을 받을 때의 고통이 떠올랐지만 김승구가 어깨를 폈다.

"들어오라고 해."

욜가가 나갔을 때 김승구는 자리에서 일어섰다. 이제는 가슴이 뜨거워지면서 머릿속이 번쩍이는 느낌이 온다. 전의(戰意)다. 좋다. 이제는 나 혼자서 상대하리라.

그때 방문이 열리더니 리자가 들어섰다. 욜가는 따라오지 않았다. 어금니를 문 김승구가 리자의 시선을 받는다. 그러나 이게 웬일인가? 가슴에 창날이 날아오지 않았다. 숨을 들이켰던 김승구가 어깨를 늘어뜨렸을 때 리자가 말했다.

"식당에서 뵌 분 맞죠?"

김승구는 눈도 깜박이지 않은 채 시선만 주었고 리자가 다시 묻는다.

"페트로, 페트로 블라디노비치 아닌가요?"

"누구라고?"

엉겁결에 되물었지만 페트로가 누구인가? 전생(前生)의 김승구. 리자의 전신(前身)이었던 라냐의 남편 아닌가. 그때 리자가 말했다.

"누가 당신한테 가서 페트로 블라디노비치 이야기를 하면 날 구해준다고 했어요."

리자의 눈에서 눈물이 흘러내렸다.

"나 좀 살려주세요, 페트로, 아니 김승구 사장님."

김승구가 얼굴을 일그러뜨리며 웃었다. 악마, 이놈. 이제는 이렇게 내 앞을 막는구나.

"누구야?"

김승구가 리자를 쏘아보았다.

"널 나한테 보낸 놈이 누구야?"

"라냐 파블로바."

리자가 바로 대답했다.

"내 머릿속에서 자기 이름을 말했어요."

손가락으로 머리를 가리킨 리자가 김승구의 시선을 맞받는다.

"호텔방을 나왔을 때요. 라냐가 당신이 페트로 블라디노비치라는군요."

"그것뿐이야?"

"당신이 팩스코러시아 사장 김승구라는 것도 알려줬어요."

"네 머릿속의 라냐가?"

"네."

"지금도 있어?"

"모르겠어요."

"그럼 라냐라는 여자한테 지금 물어 봐."

"어, 어떻게요?"

당황한 리자의 눈동자가 흔들렸다. 그때 김승구가 다그치듯 다시 물었다.

"페트로 블라디노비치하고 라냐는 어떤 사이냐고 물어 봐."

"전생(前生)에 부부 사이였다는군요."

리자가 바로 대답했는데 표정이 밝아졌다.

"지금 들어와 있어요."

손으로 머리를 누른 리자가 김승구를 보았다.

"내가 전생(前生)에 라냐였다네요."

"난 너 같은 창녀를 아내로 가진 적 없어."

"아, 기억나요."

리자가 입을 딱 벌리더니 크게 뜬 눈에서 금방 눈물이 흘러내렸다.

"자기, 페트로, 여기서 만나다니."

"이런, 젠장."

놀란 김승구가 한 걸음 뒤로 물러났다. 악마가 리자에게 라냐를 주입시킨 것이다. 리자가 한 걸음 다가섰다. 두 손을 내밀었는데 김승구를 잡으려는 것 같다.

"페트로, 페트로, 왜 그런 옷을 입고 있는 거야?"

"정신 차려, 이 창녀야."

그 순간 리자의 눈빛을 받은 김승구가 가슴을 움켜쥐고 신음했다. 악마가 창으로 찌른 것이다. 라냐의 눈빛이 살아났다.

"으으윽!"

신음을 뱉은 김승구가 신족통(神足通)으로 사무실을 빠져 나왔다. 이번에는 몸체까지 함께 나왔기 때문에 사무실에는 리자만 남았다.

"아, 보스."

갑자기 방에 김승구가 나타났기 때문에 고개를 든 토머스가 깜짝 놀랐다. 김승구가 신족통으로 옮겨왔기 때문이다. 토머스는 그것도 모르고 자기가 고개를 숙이고 있는 사이에 들어온 줄 안다. 김승구가 거두절미하고 말했다.

"내 방에 리자 오네긴이란 여자가 와 있어. 여자를 잡아놓고 경찰에 신고를 하도록. 무단 침입을 했다고만 해. 서둘러. 부하들을 데리고 가는 게 좋아."

"옛, 보스."

순발력이 빠른 토머스는 방문을 박차듯이 열고 뛰어나갔다. 김승구가 심호흡을 했다. 악마가 재주를 부린다고 해도 리자 오네긴의 몸뚱이를 실어갈 수는 없을 것이다.

"인정머리 없는 놈 같으니."

그때 악마의 목소리가 귀를 파고들었다. 웃음 띤 목소리다.

"네 심성(心性)이 어느덧 그렇게 된 것은 어쨌거나 기쁘기 짝이 없구나."

"갓 댐."

김승구의 얼굴에도 웃음이 떠올랐다.

"네 판단 착오지. 라냐 파블로바와 페트로 블라디노비치 시리즈를 김승구 앞에 틀다니. 이건 '방탄소년단'을 듣는 나한테 네가 '황성옛터'를 틀어준 것이나 같아, 이 멍청아."

"무슨 말이냐?"

"네 말대로 내 악마의 심성이 너를 능가할지도 모른다는 말이지."

"라냐가 어떻게 죽었는지 아느냐?"

순간 김승구가 숨을 들이켰다. 악마에게는 타심통(他心通)이 통하지 않는다. 그러나 예감이 느껴진다, 불길한 예감. 그때 악마가 말했다.

"네가 라냐의 숙명통(宿命通)으로 들어가 보아라."

"닥쳐!"

"네 어미의 마지막 순간을 보았다면 전생(前生)의 네 처가 떠나는 장면도 봐야 될 것 아닌가?"

그러고는 악마가 떠났다.

라냐 파블로바 앞에 장교 두 명이 서 있다. 저택 응접실 안, 라냐 뒤쪽에 하인 서너 명이 모여 있다. 어둡고 긴장된 분위기, 라냐의 얼굴은 사색(死色)이 되었다. 사형 선고를 기다리는 분위기, 두 손은 늘어뜨리고 있는데 손이 눈에 띄게 떨리고 있다. 그때 장교 하나가 입을 열었다.

"페트로 블라디노비치 대령은 레닌그라드 전투에서 장렬히 전사했습니다. 적의 포탄에 맞아 유해를 모을 수 없었지만 장갑 한 짝은 찾았습니다."

그때 다른 장교가 작은 상자를 내밀었다. 뚜껑이 열린 상자 안에 낡은 가죽장갑 한 짝이 들어 있다. 라냐가 두 손으로 상자를 받는다. 얼굴은 백짓장처럼 희었고 눈은 충혈되어 있었지만 울지도 않고, 이제는 손을 떨지도 않는다.

러시아군 참모본부, 독일군을 패퇴시킨 참모본부 안은 활기에 차 있다. 1944년 7월, 라냐에게 페트로의 전사 소식을 전했던 장교가 안으로 들어섰다. 장교가 책상에 앉아 있는 고급장교에게 다가가 보고했다.

"대령님, 임무 마치고 돌아왔습니다."

고개를 든 고급장교는 페트로다.

"잘 끝냈나?"

"예, 대령님."

"수고했다, 대위."

고개를 끄덕인 페트로의 얼굴에 웃음이 떠올랐다.

그때 숙명통(宿命通)으로 보고 있는 김승구의 귀에 악마의 목소리가 들렸다.

"내가 가만있지 못하겠군. 봐라, 저 웃음. 나도 저렇게 못 웃는다."

김승구가 도망치듯이 신족통(神足通)을 써서 다른 장면으로.

전쟁이 끝난 후 1947년, 라냐 파블로바에게 달려온 이모 소냐가 소리쳤다. 응접실 안.

"라냐! 페트로가 살아있다!"

소냐의 목소리가 커서 하인들이 다 쳐다보았다. 소냐의 얼굴은 벌겋게 상기되어 있다.

"네 이모부가 레닌그라드에서 만났단다. 지금 레닌그라드 방위군 사령관이 되어 있다는 거다!"

자리에서 일어선 라냐가 입만 딱 벌렸을 때 소냐가 달려들어 두 팔을 움켜쥐었다. 그러고는 눈물을 흘렸다.

"그런데 서부군 총사령관 고르도스키 대장의 딸 마리사하고 결혼을 했단다. 지금 레닌그라드 대저택에서 둘이 살고 있다는 구나!"

응접실 안은 물벼락을 맞은 듯이 조용해졌다. 라냐는 숨도 쉬지 않았고 눈동자도 움직이지 않았다. 하인들은 석상처럼 굳어 있다. 그때 소냐가 흐느꼈다.

"페트로 그놈이 네 이모부를 보더니 고개만 끄덕여 보이고는 그녀하고 차에 타더란다."

다른 장면을 봐야지. 이곳은 유리 고르도스키 대장의 대저택 안, 레닌그라드 북서쪽에 위치한 대저택은 왕궁 같다. 페트로는 고르도스키의 무남독녀 마리사하고 결혼한 후에 소장으로 진급해 있다. 마리사와 함께 응접실에서 이야기를 나누던 페트로가 웃음 띤 얼굴로 일어나더니 복도로 나왔다. 양탄자가 깔린 복도에 사내 하나가 서 있다. 페트로를 본 사내가 서둘러 다가왔다.

"지금 출발하겠습니다."

고개를 끄덕인 페트로가 웃음 띤 얼굴로 말했다.

"완벽하게 처리하도록."

라냐가 탁자 위에 펼쳐놓은 신문을 물끄러미 보았다. 소냐가 가져온 레닌그라드 신문이다. 신문에는 손바닥만 하게 페트로와 마리사의 사진이 찍혀 있다. 둘 다 웃는 얼굴이다. 밑에는 페트로가 이번에 '레닌무공훈장'을 받게 될 것이라고 보도되어 있다.

한동안 신문을 보던 라냐가 문득 선반으로 다가가 작은 상자를 집는다. 페트로의 장갑 한 짝이 담긴 상자다. 라냐가 상자를 페치카 안에 던져 넣는다. 상자에 금방 불이 붙는다.

오후 7시 반, 라냐가 차를 운전하고 저택으로 돌아오고 있다. 한적한 길. 경사가 심한 비탈길이다. 그때 뒤를 따라오는 트럭 한 대. 운전석에 앉은 사내는 페트로가 복도에서 만난 사내다. 백미러를 본 라냐가 차의 속력을 조금 높였을 때 앞쪽에서 트럭 한 대가 다가왔다. 트럭을 피하려고 조금 속력을 줄였던 라냐는 트럭이 길을 막는 것을 보았다. 그 순간 뒤에서 달려온 트럭이 라냐가 탄 승용차의 후미를 받아 비탈길 밑으로 떨어뜨린다. 비탈길로 굴러 떨어지는 승용차 안에서 라냐가 소리친다.

"페트로!"

승용차가 아래쪽 바닥에 부딪치면서 불길에 휩싸인다.

사무실 벽에 기대서 있는 김승구의 귀에 대고 악마가 말했다.

"들었느냐?"

김승구가 팔짱을 끼고 서서 경찰들에게 연행되어 가는 리자 오네긴을 본다. 사장실 주위에 토머스와 부하들이 서 있다. 그들이 리자를 사무실에 가둬두고 경찰을 부른 것이다. 지금 김승구는 신족통(神足通) 상황이어서 형체가 보이지 않는다. 몸이 아직 토머스의 방에 있다. 그때 다시 악마가 말했다.

“라냐가 떨어지면서 너를 불렀어.”

악마의 한숨 소리가 들렸다.

“네 소행인 줄도 알고 있었던 거다.”

“…”

“그래. 내가 왜 리자 오네긴을 데려왔는지 이제 알겠지?”

“…”

“리자 오네긴은 네 족쇄다, 이 개아들 놈아.”

“…”

“업보를 지지 않은 놈이 없느니라. 악행을 하지 않은 놈이 없다는 말이다.”

“…”

“날뛰지 마라, 이 개아들 놈아.”

그러고는 악마가 사라졌다. 악마가 사라진 것은 어떻게 아느냐고? 김승구의 능력이 향상되어서 그림자 소리도 듣는다.

“엄마, 엄마!”

이지현이 너무 서럽게 울어서 기어코 이용호의 눈에서도 눈물이 쏟아졌다. 눈물이 한번 터지더니 걷잡을 수 없이 흘렀고 그것이 울음으로 이어졌다.

“아이구, 아이구!”

이용호가 통곡했다.

“아이구, 여보. 내, 내 탓이야.”

흐느끼면서 말이 그렇게 나왔다.

"아이구우!"

대성통곡, 간절하고 격렬한 통곡이 주위의 가족들을 덮어 씌웠다. 영안실은 악마가 가장 즐기는 '노래'로 휩싸였다. 지금 김승구는 천이통(天耳通)으로 그것을 듣는다. 김승구에게도 그것이 노랫소리로 들리는 것이다.

"아니, 리자 오네긴이 왜 팩스코러시아 사장실에 들어가 있었느냐고?"

수사과장 토크슈나가 묻자 바라스키가 고개를 기울였다.

"글쎄요. 리자 오네긴의 정부(情夫)가 아닌 것은 확실합니다."

"그럼, 왜?"

"글쎄요."

"또 글쎄요냐?"

토크슈나가 어깨를 부풀렸을 때 바라스키 옆에 서 있던 형사가 말했다.

"리자가 사장실로 들어갔더니 김승구가 바로 나와서 직원들을 보내가둬 놓은 겁니다. 그리고 경찰에 신고를 해서 잡게 된 것이죠."

"리자는 아무 말 안 해?"

"카르니크가 죽어 있었기 때문에 무서워서 도망갔다고만 합니다. 왜 김승구한테 갔느냐고 물었더니 그 대답은 안 합니다."

"솔직히."

힐끗 토크슈나의 눈치를 본 바라스키가 말을 이었다.

"카르니크는 100킬로가 넘는 돼지입니다. 목이 두꺼워서 리자의 팔뚝으로 감을 수도 없을 겁니다."

"아니, 이거 왜 이래?"

꽥 소리를 지른 토크슈나가 두 손을 휘저었다.

"내 방에서 나가! 나가서 심문 조서를 정확히 써와! 개소리들 말고!"

"부처시어, 악마가 김승구와 자주 접촉하고 있습니다."

지장이 가라앉은 표정으로 말했다. 이곳은 아무르 강가의 빈 오두막집, 강가에는 폐가가 많다. 오래전에 고기를 잡아 팔던 어부들이 살던 집이다. 오늘 지장은 러시아인 노파 행색이었고 부처는 중년 남자의 모습이다. 오후 6시경, 흐린 하늘에서 눈가루가 조금씩 흩날리고 있다. 지장이 말을 이었다.

"악마는 자신이 있는 것 같습니다."

"내가 놔두라고 했지 않느냐?"

말은 그랬지만 부처의 표정은 부드럽다.

"김승구가 바로 세상 얼굴이다. 악마가 애를 쓴다고 해서 악마 세상이 되지는 않을 거다."

"부처께서 바라시는 세상은 무엇입니까?"

"김승구가 만드는 세상이지."

고개를 든 지장과 눈을 맞춘 부처가 빙그레 웃었다.

"김승구를 통해 악마의 본색을 보고 있다. 김승구가 곧 악마를 비추는 거울이야."

"부처시어, 악마는 김승구를 통해 부처를 보지 않겠습니까?"

"그렇겠지."

부처가 환하게 웃었다.

"그것은 김승구가 느끼지 않겠느냐?"

그 순간 지장이 두 손을 모았다. 얼굴이 환해졌다. 깨달은 얼굴이다.

'갓 댐.'

퇴근하는 차 안에서 김승구가 무의식중에 욕설을 뱉었다, 물론 속으로. 뒷좌석에 몸을 묻은 김승구가 어둠에 덮이는 하바로프스크 거리를 본다. 그러나 머릿속의 생각은 분주하다.

'리자는 꺼내야겠다.'

그렇게 결심이 섰다. 리자를 잡아가게 해놓고 빼내기로 한 것이다.

'그렇다면 어떻게 할 것인가?'

물론 오신통(五神通)을 활용하면 가능하다. 신족통(神足通)으로 옮길 수도 있을 것이다. 그러나 무작정 옮겨? 무작정 오신통을 써? 경찰서 담당자들이 잠깐 동안 정신이 나가도록 해서 풀어줘? 김승구의 얼굴에 쓴웃음이 번졌다. 안 된다. 부처는 나한테 '제한선'을 정해주지 않았지만 '가능한 한' 오신통을 드러내지 않는 범위에서 능력을 행사해야 된다. '역사'를 바꾸더라도 '마구잡이' 방법은 쓰면 안 된다.

그 순간 김승구가 퍼뜩 고개를 들었다. 차이, '공간'을 발견했기 때문이다. 라냐 파블로바가 자동차 사고로 위장된 타살을 당한 것이 1947년이다. 그리고 리자 오네긴은 지금 26세, 1995년생이다. 그러면 48년의 '공간'이 있다. 48년 동안 라냐 파블로바의 영혼은 '공간'에 떠 있었는가? 숙명통(宿命通)에도 라냐 파블로바의 후생(後生)은 리자 오네긴이었으니 '공간'은 분명하다. 그렇다면 김승구의 눈빛이 강해졌다. 그럼, 페트로 블라디노비치는?

"퍽!"

갑자기 권총에 소음기를 낀 총소리가 울렸다. 그 순간 김승구는 가슴에 격렬한 충격을 받고 숨을 들이켰다. 입을 딱 벌린 김승구의 앞에 중년 사내가 쓰러지고 있다, 신사복 차림. 이곳은 호텔방 같다. 사내는 가슴에 총을 맞았다.

"퍽! 퍽!"

이번에는 이마와 다시 가슴에 한 발씩. 사내가 그대로 자빠지더니 숨이 끊어졌다. 가슴을 움켜쥔 김승구가 사내를, 그리고 사내에게 총을 쏜 다른 사내를 보았다. 총을 들고 선 사내는 30대쯤, 차가운 표정, 전문 킬러다. 쓰러진 사내는 바로 페트로 블라디노비치다. 호텔방에서 암살을 당한 것이다.

'갓 댐.'

김승구가 가슴에 붙인 손을 떼었다. 총은 페트로가 맞았다. 후생(後生)인 김승구는 그 순간에 '느낌'을 받은 것 같다. 그러니 면역이 되어서 다시 이마와 가슴에도 총을 맞았지만 '느낌'이 없었지.

'젠장, 더럽게 죽는군.'

김승구가 혀를 차고는 옮겨갔다.

그다음 날 모스크바 시내의 '바' 안, 김승구가 벽에 기대서서 TV 방송을 본다. '바'의 손님들도 뉴스를 보고 있다.

"전(前) 육군소장 페트로 블라디노비치가 이르쿠츠크 호텔에서 강도를 만나 피살되었습니다."

김승구는 TV 화면에서 시선을 떼고, '바' 안을 둘러보았다. 있다. 주방 밖의 벽에 달력이 걸려 있다. 1965년이다. 라냐 파블로바가 죽고 나서 18년을 더 살았구나, 나쁜 놈.

김승구가 다시 이반이 운전하는 차 안으로 돌아왔다. 그렇다면 김승구도 1993년생이니 28년의 공간이 있는 셈이다. 이것이 '영혼의 휴식기' 인가?

차가 저택에 도착했을 때는 오후 7시 반, 오늘도 현관에서 미레카가 김승구를 맞는다. 학교에서 돌아온 미레카는 김승구가 저택에 오면 꼭 나와서 맞는다. 김승구가 이제는 숙녀 티가 풀풀 나는 미레카의 손을 잡고 웃었다.

"미레카, 내가 너 보는 즐거움 때문에 집에 빨리 들어온다."

미레카가 수줍어서 얼굴이 빨개졌지만 잡힌 손을 빼지 않는다.

"내일 토요일인데 친구들 데리고 집에 와도 돼요?"

계단을 따라 올라오면서 미레카가 묻자 김승구가 커다랗게 고개를 끄덕였다.

"물론이지. 아래층 방에서 자고 가도 된다고 해라."

계단에서 멈춰 선 김승구가 아래층에서 올려다보고 있는 하녀장 로시나에게 말했다.

"로시나, 미레카 친구들을 맞을 준비를 해주도록."

"예, 주인님."

로시나가 고분고분 대답했을 때 미레카가 김승구를 잡은 손에 힘을 주었다. 고개를 든 김승구가 미레카에게 말했다.

"미레카, 이층으로 올라가자."

이것은 처음 있는 일이다.

"미레카, 로시나가 어떠냐?"

2층 응접실로 들어섰을 때 김승구가 바로 물었다.

"너한테 잘 해줘?"

"네."

대답은 했지만 미레카가 시선을 내렸다. 그때 김승구의 천이통(天耳通)이 로시나에게로 옮겨갔고 곧 로시나의 목소리가 들렸다.

"조라, 원숭이가 미레카를 왜 데려갔지?"

"글쎄요."

대답한 여자는 하녀 조라다. 로시나가 말을 이었다.

"미레카, 저 고아년이 우리들 눈치챈 것은 아니겠지?"

"글쎄요."

"넌 만날 글쎄요냐? 내일이 레비탄 씨한테 보고하는 날인데 보고할 만한 것이 있어야지."

"어제 녹음기를 붙여 놓았으니까 지금 미레카 데리고 무슨 이야기 하는가 녹음이 되고 있겠지요."

김승구가 입맛을 다시고는 통화를 끊듯이 천이통을 중지시켰다. 그러고는 미레카에게 물었다.

"로시나가 어떠냐?"

"저한테 함부로 대해요."

외면한 채 미레카가 말했다.

"하지만 견딜 수 있어요. 이렇게 사는 것만으로도 과분한데요 뭐."

그러나 미레카는 이 말을 하려고 김승구의 손을 꽉 쥐었던 것이다. 김승구가 핸드폰을 집어 들면서 웃었다.

"네가 이 저택의 안주인이라고 했어. 당장에 쫓아내겠다."

로시나와 조라가 FSB 하바로프스크 지부장 레비탄의 정보원이라는 것도 이제 알았다. 오신통도 한계가 있는 법이다.

미레카가 아래층으로 내려갔을 때 김승구는 곧 손톱만 한 도청장치

5개를 찾아내었다. '러시아제 최신 도청장치'다. 교묘하게 숨겼지만 김승구가 숙명통(宿命通)을 발동해 금방 찾아내었다. 둘이 이층에 올라와 도청장치를 부착하던 날로 돌아가서 지켜보았기 때문이다.

그러나 떼어내지는 않고 놔두었다. 내일 아침에 로시나와 조라는 저택 옆쪽의 창고에 갔다가 사람들이 보는 데서 미끄러져 축대 아래로 떨어질 것이었다. 감자 바구니를 들다가 얼음길에 미끄러지는 것이다. 그리고 오후에 새 하녀장이 온다.

소파에 저고리만 벗고 앉은 김승구는 심호흡을 두 번이나 했다. 전신(前身)이 라냐 파블로바인 리자 오네긴을 경찰서에서 빼내려면 '밑바닥에서부터' 오신통(五神通)을 써야 무리가 없을 것 같다. 이 '시도'가 어떤 '영향'을 일으킬지 알 수 없지만 라냐는 48년의 '공간'이 지난 후에 리자로 환생했고 페트로는 28년의 '공간'을 겪고 나서 김승구가 되었다.

자, 이 '공간'이 기회다. 김승구는 신족통(神足通)으로 숙명통(宿命通)의 과거를 향해 옮겨갔다. 짠!

레닌그라드 북서쪽에 위치한 고르도스키 대장의 저택, 마리사와 함께 이야기를 나누던 페트로 블라디노비치 소장이 일어나 복도로 나왔다. 양탄자가 깔린 복도는 비었다. 그때 주위를 둘러본 페트로가 숨을 들이켰다. 앞에 김승구가 서 있었기 때문이다.

"누구냐?"

페트로는 김승구를 처음 본다. 얼굴도 전혀 다르다. 김승구는 동양인 얼굴에 저택 소파에 저고리만 놔두고 나왔기 때문에 셔츠에 바지 차림, 이런 21세기 차림도 페트로는 처음 본다. 그때 김승구가 페트로의 시선을 붙잡았다. 타심통(他心通)을 변형시킨 김승구의 능력. 페트로의 시선을 빨아들인 김승구가 말했다.

"넌 나다, 시발놈아."

이제 '뇌'가 통합되어서 페트로는 김승구의 '한국말'을 알아듣는다, 물론 '욕'도. '욕'을 얻어먹었지만 페트로는 시선만 주었고 김승구가 말을 이었다.

"너, 조금 있다가 네 부하한테 라냐를 죽이라는 지시를 할 텐데."

"이봐, 김승구."

페트로가 간신히 말꼬리를 잡고 끼어들었다. 어느덧 잘생긴 이마에 땀방울이 배어 있다. 얼굴은 절망감으로 일그러지는 중이다. 김승구의 의도를 알기 때문이다.

"김승구, 어쩔 수 없었어."

"라냐를 죽이려고 하지? 5분 후에 네 부하가 이곳에 올 것 아니냐?"

"내가 포기하겠다. 라냐한테 보내지 않겠단 말이야."

페트로가 상기된 얼굴로 말을 이었다.

"살려줘, 김승구."

"네 뒤쪽 창으로 올라가."

"김승구, 제발…."

"올라가, 시발놈아."

김승구의 눈빛이 강해지자 페트로는 홀린 듯이 창틀로 올라갔다.

"창문을 열어."

페트로가 창문을 열자 바람이 휘몰려 들어왔다. 3층 창 아래는 절벽이다. 30미터쯤 아래쪽은 바위로 뒤덮여 있다.

"뛰어내려!"

김승구가 말했을 때 뒤쪽에서 마리사의 목소리가 들렸다.

"페트로, 뭐 해요?"

마리사의 목소리는 밝다. 페트로가 창밖 경치를 보는 줄 아는 것 같다. 그때 김승구가 다시 소리쳤다.

"점프!"

그 순간 페트로가 창밖으로 뛰어내렸다.

"앗!"

뒤쪽에서 마리사가 짧게 외쳤지만 믿기지가 않는 것 같다. 그러나 달려온 마리사가 절벽 아래쪽을 내려다보더니 비명을 질렀다.

"꺄아악!"

바로 옆에 선 마리사의 비명이 컸기 때문에 김승구가 한 걸음 비켜섰다. 물론 마리사는 김승구가 보이지 않는다. 김승구는 한숨과 함께 신족통(神足通)을 썼다. 내가 나를 죽였다.

"젠장. 당신은 어쨌든 간에 베니 카르니크를 목 졸라 죽였다고."

버럭 소리를 지르고 난 바라스키가 주먹으로 책상을 내려쳤다. 오후 8시 45분, 바라스키는 리자 오네긴의 조서를 받는 중이다. 내일 아침까지 경찰청장에게 조서를 보여야 한다. 그러고는 바라스키가 고개를 들었다. 주먹으로 책상을 내려친 다음 고개를 들었을 때까지 0.3초쯤 걸렸을까? 반초도 안 걸렸다. 그 순간 주먹이 허공에 떠 있는 상태에서 바라스키가 앞쪽을 보았다. 없다. 아무것도 없다. 취조실 안에는 바라스키 하나뿐이다. 헛기침을 한 바라스키가 앞에 놓인 조서를 보았다. 그러고는 고개를 기울였다. 내용이 이상했기 때문이다.

'OO OOO의 심문 조서.'

이름 부분이 비어있다.

'이거, 내가 왜 여기 와 있지?'

갑자기 그 생각이 떠오른 바라스키가 고개를 기울였을 때 문이 열리더니 부하 형사가 들어왔다.

"여기서 뭐하쇼?"

부하가 물었기 때문에 바라스키가 버럭 성을 냈다.

"내가 물어볼 말이다! 내가 지금 뭐 하고 있지?"

"글쎄요, 지금 과장이 찾는데."

"왜?"

"모르겠는데요. 그냥."

"이 병신이."

자리에서 일어선 바라스키가 토슈크나 과장의 방으로 들어갔다.

"과장님, 불렀습니까?"

"어."

그래놓고 토슈크나가 이맛살을 찌푸렸다.

"조서 어떻게 되었어?"

"누구 조서 말입니까?"

"내가 어떻게 알아?"

버럭 소리친 토슈크나가 머리를 손바닥으로 쓸었다.

"급한 조서가 있었는데."

"글쎄, 제가 이걸 쓰고 있었는데요."

바라스키가 취조실에서 그냥 들고 나온 조서를 보였다. '이름'이 싹 빠진 조서. 베니 카르니크를 살해한 용의자 OO OOO의 조서 내용이다. 목을 졸라 살해한 용의자의 이름 칸이 다 비워졌고 바라스키도 기억나지 않는다.

"이거 누군지 모르겠어요."

"내가 아냐?"

토슈크나가 다시 성을 냈다.

"이 자식이 미쳤나? 이름도 없는 조서를 써들고 다녀."

당장 경찰서에서부터 소동이 일어났다. 베니 카르니크를 살해한 용의자가 사라진 것이다. 아무도 용의자의 존재를 모른다. 흔적도 없다.

답답해서 형사 하나가 카르니크가 살해된 호텔로 연락을 해봤지만 그 방을 빌린 사람은 공란으로 비워져 있었다. 지배인도 모른다. 프런트도 키를 누가 가져간 것 같기는 한데 모른다고 한다. 기가 막힌 것은 컴퓨터에도 이름이 지워져 있다는 것이다.

김승구가 그 꼴을 보고는 신족통(神足通)으로 리자 오네긴의 집으로 옮겨갔다. 리자의 어머니 바미냐는 남편 쿠슈딘과 식탁에 앉아 늦은 저녁을 먹는다.

"그런데."

쿠슈딘이 고개를 들고 바미냐를 보았다.

"저기, 서재 옆방 말이야. 거긴 소파하고 책상만 놓여 있는데 너무 황량해. 치워야겠어."

"그래야겠어요."

포크를 내려놓은 바미냐가 고개를 끄덕였다.

"아까 당신이 문 열어볼 때 보니까 왜 저 방을 그렇게 놔두었는지 모르겠네."

리자의 방이다. 리자의 방에는 옷가지와 책 등 온갖 장식물로 가득 차 있었는데 싹 사라졌다. 리자와 함께 증발한 것이다. 사람들의 기억에서는 물론이고 지금까지 인연이 닿았던 모든 물건들까지 없어졌다. 리자의 이름, 앨범의 사진, 신발장의 신발, 그리고 바미냐의 자궁에 있었던 흔적까지. 모든 생명체, 물질, 그리고 타인에게 전이되었던 리자의 기억까지 소멸되었다. 이것이 김승구가 전생의 '나'를 없앤 결과다. 연쇄반응.

다음 날 오전 9시 반, 하바로프스크 FSB 지부장 레비탄이 부하의 보고를 받는다.

"지부장님, 김승구 저택에서 사고가 났습니다."

고개를 든 레비탄에게 부하가 말을 이었다.

"하녀장 로시나하고 하녀 조라가 창고에서 감자를 꺼내다가 빙판에 미끄러져 석축 밑으로 추락사했습니다."

"어? 둘이?"

놀란 레비탄이 입을 짝 벌렸다.

"둘이 같이?"

"예. 하녀들, 정원사까지 보고 있는 데서 추락사를 했기 때문에 트릭이 있는 것 같지는 않습니다."

"이런 젠장."

애써서 포섭해놓은 정보원 둘이 동시에 없어진 셈이다. 아벨 저택의 대학살 사건 때문에 아직도 FSB 국장 우르펜스키가 하바로프스크에 머물고 있는 상황이다. 레비탄이 눈썹을 모으고 부하를 보았다.

"이거 도대체 요즘 하바로프스크가 왜 이래? 베니 카르니크 살인 사건은 어떻게 되었지?"

"글쎄요."

"호텔방에 누구하고 같이 있었다고 했지 않나?"

"모르겠습니다."

레비탄이 고개를 기울였다가 원위치를 했다. 어젯밤까지 둘은 리자 오네긴 이름을 각각 1백 번도 더 꺼냈었다.

토마스 메클럼과 제이슨 스튜드 일당은 이르쿠츠크 중심부에 위치한 5층 빌딩에 입주했다. 새 빌딩이었는데 아주 사버렸기 때문에 당장 이르쿠츠크에 소문이 확 퍼졌다.

"주지사 밀리아킨이 뒤를 봐준다는 소문입니다."

치차코프의 보좌관 노보비치가 말했다.

"밀리아킨이 그 빌딩도 보좌관을 시켜 소개했답니다."

"빌어먹을 자식."

쓴웃음을 지은 치차코프가 소파에 등을 붙였다.

"자, 마침내 이르쿠츠크에 상륙하셨단 말이지? 이곳이 하바로프스크 촌놈들과는 다르다는 것을 실감나게 해주지."

"지점장이 토마스 메클럼이란 놈인데 신원조회를 해봐도 나온 것이 없습니다. 부지점장인 제이슨 스튜드도 마찬가지입니다. 신분을 세탁해 놓은 해결사들 같습니다."

"밀리아킨이 팩스코 투자를 이르쿠츠크에 끌어들였다고 생색을 낼 텐데 당분간은 놔두지. 밀리아킨하고 원수를 질 필요는 없으니까."

치차코프가 결론을 냈다.

"하지만 놈들한테 우리 시장을 빼앗기면 안 된다. 특히 그놈들 수출팀을 경계해야 된다."

정미나는 이번에 자원해서 이르쿠츠크 지점에 파견되었는데 조수를 대동했다. 조수는 고려인으로 윤석호. 블라디보스토크에서 대학을 나와 트럭 운전사로 일하다가 이번에 팩스코 영업사원이 되었다. 30세, 정미나보다 연상이지만 적극적이고 성실한 성품이다.

"정 과장, 어려운 일 있으면 말해."

아직 어수선한 사무실을 지나다가 정미나를 본 토머스가 멈춰 서서 말했다. 주위 시선을 아랑곳하지 않고 토머스가 말을 이었다.

"사장님이 지시하셨어. 정 과장 도와주라고 말이야."

정미나가 웃기만 하자 토머스는 어깨를 으쓱이며 지나갔다. 김승구가 대놓고 그런 말을 했을 리가 없지만 주위 사람들은 다 믿을 것이다. 토머스는 김승구와 정미나가 은근한(?) 관계가 있다는 것을 아는 인물이다. 토머스 메클럼이 정상적인 회사 생활을 안 해봤기 때문이지만 정미나에게는 그것이 오히려 순수하게 느껴졌다.

"어휴, 팀장 '빽'이 좋습니다."

옆에서 들은 윤석호가 당장 그렇게 말하는 것이 그 증거다. 이제부터 정미나는 이르쿠츠크 지사의 '통뼈'가 될 것이었다. 정미나가 토머스의 흉내를 내는 것처럼 어깨를 으쓱였다. 로마에 가면 로마의 법을 따르라고 했던가? 토머스의 페이스에 따르는 것도 괜찮겠다.

"그래. 난 사장 빽이다."

정미나가 분명하게 말했다. 주위 사원들은 다 들었을 것이다.

"아니, 사장님."

고개를 든 토머스가 대경실색을 했다. 바로 앞쪽 소파에 김승구가 앉아있었기 때문이다. 잠깐 고개를 숙였다가 들었더니 김승구가 나타났다.

지점장실 안, 방금 정미나에게 사기 진작용 멘트(?)를 던져주고 들어온 길이다. 지점장실 안이다. 그때 김승구가 웃음 띤 얼굴로 말했다.

"내가 어떻게 나타났느냐 따위는 물어보지 말 것."

"예, 압니다."

토머스의 얼굴에 웃음이 떠올랐다.

"앞으로는 놀라지도 않겠습니다."

"그게 마음먹은 대로 되냐?"

"글쎄 말입니다. 그런데…."

"할 이야기가 있어서 왔어. 제이슨하고 둘이 듣는 것이 낫겠다."

"예, 부르지요."

토머스가 인터폰에 손을 뻗쳤다.

셋이 둘러앉았을 때 김승구가 말했다.

"중국으로 보낸 비자금이 곧 칭다오에 도착할 거야."

"칭다오입니까?"

토머스의 두 눈에 금방 생기가 떠올랐다.

"보스, 그거, 우리가 가져와야 합니다. 이번에는 중국 놈들이 뒤집어 쓰겠지요."

"우리가 가야되지 않겠습니까?"

제이슨이 엉덩이까지 들썩이며 말했을 때 김승구가 헛기침을 했다. 신족통(神足通)으로 킹스턴한테 옮겨가서 비자금의 운송 내역, 비자금의 처리 방법까지 듣고 보고 왔다고 설명할 필요는 없다.

"이번 비자금은 그동안 보류한 것까지 합해서 물량이 커, 4억 5천만 불이야."

"와, 크군요."

감동한 제이슨이 탄성을 뱉었다.

"그게 다 마약 거래로 번 돈입니다. 그 자금을 미국으로 가져갈 수는 없는 거죠. 어느 바닷가에 가도 돈 냄새 때문에 발각이 될 테니까요."

"받아줄 은행도 없습니다. 그렇다고 집 안 창고에 넣었다가는 그 즉시로 FBI, 재무부, 국세청, 마약부까지 덮칠 테니까요."

이번에는 토머스가 거들었다. 고개를 끄덕인 김승구가 말을 이었다.

"내가 칭다오에 도착하는 배에 먼저 손을 쓸 테니까 너희들이 기다리고 있다가 처리해."

"어떻게 말입니까?"

긴장한 토머스가 묻자 김승구가 주머니에서 서류를 꺼내 탁자 위에 놓았다.

"이것이 처리 과정이다."

"리자 오네긴은 지워진 것입니까?"

지장이 묻자 부처가 빙그레 웃었다. 이곳은 하바로프스크 교외, 아무르 강변의 오두막집 안. 오늘도 부처는 중년의 사내 모습, 지장은 할머니가 되어 있다. 지장의 굳어진 표정을 본 부처가 대답했다.

"그렇다. 인류의 역사에서 지워졌다, 아주 말끔하게."

"허망합니다."

"세상은 다 허망한 것이다. 본래 무(無)였지 않느냐?"

"환생 시기는 누가 정해주는 것입니까?"

"창조주가."

지장의 시선을 받은 부처가 두 손바닥을 모았다.

"너와 나까지 창조해주신 존재가."

"또 묻습니다. 그분이 누구십니까?"

"너는 알면서 묻는구나, 그것도 수억만 번이나. 그것도 무(無)다."

"라냐 파블로바는 1998년 77세의 나이로 죽었습니다. 라냐의 환생 시기가 48년이니 2046년에 태어날까요?"

"몰라."

"부처시어, 김승구가 저러다가 역사를 바꾸지 않을까요?"

"그럴 수도 있지."

부처가 잔잔한 표정으로 고개를 끄덕였다.

"그때 너도, 그리고 나도."

부처가 엄지를 구부려 자신의 얼굴을 가리켰다.

"김승구 덕분에 새 세상을 구경할 수도 있을 거다."

"나타샤."

김승구가 나타샤의 어깨를 감아 끌어당겼다. 침실 안, 둘은 빈틈없이 서로를 끌어안고 있다. 고개를 든 나타샤의 눈에 입을 맞춘 김승구가 말했다.

"나타샤랜드의 착공식 때 말렌코프 주지사가 푸틴 대통령을 초대한다는 거야."

"푸틴을?"

놀란 나타샤가 숨을 들이켰다. 김승구가 말을 이었다.

"말렌코프한테는 자기선전을 할 절호의 기회지. 모스크바로 옮겨가면 권력과 돈을 움켜쥘 수가 있으니까."

그때 나타샤가 김승구의 허리를 두 팔로 감아 안았다. 부드럽고 탄력 있는 몸이 빈틈없이 붙여졌다. 이곳은 아무르 강이 내려다보이는 아무르 호텔의 방 안, 오후 5시 반이다.

"김, 공사비가 엄청나게 들 텐데 팩스코에서 감당할 수 있을까요?"

"팩스코가 감당하는 것이 아냐."

김승구가 나타샤의 귀에 대고 속삭였다.

"돈을 내는 건 나야, 나타샤."

"아니, 그럼…."

눈을 크게 뜬 나타샤를 향해 김승구가 웃어보였다.

"요양원 건립기금도 내가 낸 거야. 나타샤, 이젠 밝힐 때가 되었어."

"김, 당신 부자예요?"

"신(神)께서 나한테 그런 능력을 주셨으니까 걱정하지 않아도 돼."

"돈을 모으는 능력인가요?"

"비슷한 거야."

나타샤랜드를 짓는 대공사 이야기를 주지사 말렌코프한테 했더니 바로 모스크바에 보고를 해버린 것이다. 이미 하바로프스크 서북방에 산림지대를 낀 사방 1백 킬로나 되는 대지(大地)를 구입해놓기는 했다. 얼어붙은 동토여서 버려진 땅이나 마찬가지였기 때문에 주정부에서는 1백년간 임대비로 1백만 불만 받았다.

디즈니랜드보다 더 큰 플로리다의 디즈니월드가 3천6백만 평인데 나타샤랜드는 그 20배인 8억 평의 대지에 시설을 설치할 예정이다. 그러나 이제 설계가 시작된 단계다. 김승구는 슬슬 '김승구' 브랜드를 인식시키기로 마음먹었다. 그것이 나타샤랜드를 계기로 '빅딜'을 하려는 것이다. 상대는? 당연히 러시아의 뉴 차르(NEW TSAR) 푸틴이다.

그동안 하바로프스크에 와 있던 FSB 국장 블라디미르 우르펜스키가 FSB 지부장실로 들어섰을 때는 오전 10시, 우르펜스키는 오늘 모스크바로 돌아가려는 것이다. '아벨 저택'의 대학살 사건 때문에 급히 날아왔지만 소득도 없이 돌아가게 된 것이다.

그러나 우르펜스키는 여유 있는 표정이다. 10일 동안 하바로프스크에만 머문 것이 아니다. 이르쿠츠크, 블라디보스토크, 사할린까지 방문해서 시베리아 지역의 각 지부를 '감사'했고 분위기도 파악했다. 러시아의 뉴 차르(NEW TSAR), 즉 새로운 황제 '블라디미르 블라디미로비치 푸틴'은 거대한 시베리아 지역을 러시아의 새로운 '도약의 땅'으로 기대하고 있는 것이다. 그것을 누구보다도 잘 알고 있는 '블라디미르 우르펜스키'는 푸틴에게 보고할 '한 보따리'의 보고서를 준비할 수 있었다.

"국장 각하, 제가 최선을 다해서 '아벨 저택'의 살인마를 추적하겠습니다."

지부장 레비탄이 말하자 우르펜스키가 건성으로 고개를 끄덕였다.

"알았어. 다음 사건이 일어났을 때 다시 만나자."

KGB 출신다운 이상(?)한 말이었기 때문에 레비탄이 숨을 죽였다. 우르펜스키가 함께 들어온 보좌관에게 눈짓을 했다. 그때 보좌관이 똑바로 레비탄을 보았다.

"지부장, 하바로프스크 북쪽에 건설 예정인 나타샤랜드에 대한 공정 보고를 빈틈없이 해주도록."

"예엣, 나타샤랜드 말입니까?"

놀란 레비탄이 우르펜스키를 보았다. 우르펜스키는 소파에 등을 붙이고 앉아 휴대폰 번호를 눌렀고 보좌관이 말을 이었다.

"명심해. 그것이 가장 중요한 업무야."

"알겠습니다."

"매일 일정을 보고하도록."

"예, 보좌관 동지."

보좌관이라고 해도 일개 지부장인 레비탄보다 직급이 한참 위다. 레비탄이 허둥거리며 대답했을 때 우르펜스키가 '푸틴의 비서실'과 통화 연결이 되었다. 지부장 레비탄은 꿈도 못 꿀 장면이다.

그 시간에 김승구는 사무실로 찾아온 스보르카를 맞고 있었다. 스보르카가 사무실로 찾아온 것은 드문 일이다.

"이것 봐, 큰일 났어."

소파에 앉자마자 스보르카가 말했다. 스보르카는 보좌관 카리스크와 동행이다. 김승구가 시선만 주었더니 스보르카가 입맛을 다셨다.

"이것 봐, 김, 이르쿠츠크에 팩스코 지점을 세웠잖아? 그 지점 놈들이 어젯밤 치차코프 애들하고 붙었어. 사고야."

고개만 끄덕인 김승구를 향해 스보르카가 물었다.

"보고 받았나?"

"예, 스보르카 씨."

보고는 받지 않았다. 방금 타심통(他心通)으로 스보르카의 머릿속 생각을 읽은 것이다. 어젯밤 제이슨의 부하 둘이 치차코프 소유의 클럽에 갔다가 시비가 붙어서 싸움이 일어난 것이다. 클럽 뒤쪽에서 치차코프 부하 셋이 습격을 했는데 오히려 하나가 죽고 둘이 중상을 입었다. 제이슨의 부하 후크와 딘이다. 둘은 총으로 쏜 것이다. 스보르카가 말했다.

"김, 치차코프가 CCTV로 증거를 잡았지만 경찰에 넘기지 않고 직접 해결하려는 것 같네."

스보르카 조직의 정보가 빠르다.

'악마가 나타나지 않는다.'

스보르카가 사무실을 나갔을 때 김승구의 머릿속에 선뜻 떠오른 생각이다. 전(前) 같으면 수시로 나타나 '말'을 송곳처럼 귓속에 쑤셔 넣던 악마가 잠잠해졌다. 다음 순간 김승구의 얼굴에 웃음이 떠올랐다. 그 이유를 깨달은 것이다.

'내가 악마가 되었기 때문이군. 내가 나한테 말을 할 수는 없지.'

악마의 마음에 드는 일을 하기 때문이라는 생각은 안 든다. 이제 악마의 지배를 받는 시기는 지났기 때문이다. 내가 바로 악마인 것이다. 그리고 또한 부처, 그리고 선(善)의 대리인이다. 그때 김승구가 목소리를 듣는다.

"여행이나 다녀오너라."

그 순간 김승구가 숨을 들이켰다. 이용호의 목소리다. 절대 잊지 못할 '원수'의 목소리, 천이통(天耳通)이다. 지금까지 머리 한쪽에서 이용호를 향해 '귀'가 열려 있었던 것 같다. 관심이 있다는 증거겠지.

"세상 구경을 하면 좀 잊게 되더라."

가라앉은 목소리로 말한 이용호의 앞에 이지현이 앉아 있다. 어느새 김승구가 신족통(神足通)으로 옮겨왔기 때문이다. 고개를 든 이지현의 두 눈이 번들거리고 있다. 얼굴은 핼쑥하게 야위었다.

"아버지, 엄마는 살해되었어요."

"경찰이 수사하고 있지 않느냐?"

"범인이 잡힐 때까지…."

이지현이 말을 그친 것은 김승구의 시선을 받았기 때문이다. 형체가 보이지 않는 상황에서도 타심통(他心通)의 전이가 가능하다. 김승구의 의사가 이지현의 눈을 통해 전달되었다. 김승구가 시선을 비꼈을 때 이지현이 이용호를 보았다.

"러시아에 가겠어요."

"러시아?"

어딜 간다니까 이용호의 목소리는 밝아졌지만 표정에는 의외라는 기색이 떴다.

"러시아는 왜?"

"시베리아 횡단 열차를 타고 싶어요."

"아. 좋지."

고개를 끄덕인 이용호가 소파에 등을 붙였다. 대양그룹의 회장실 안, 이지현은 계열사 중 하나인 대양디자인의 기초설계실 과장이다.

"네 친구하고 같이 가지 그래. 내가 여행 경비는 다 내주겠다, 친구 둘도 좋고 셋도 좋아."

"아뇨. 혼자 가겠어요."

"지난번처럼 혼자 다니다가 다치려고."

"시베리아 열차를 타는 것이니까요."

"좋아. 그럼 내가 예약을 해주마."

이지현의 마음이 변할까 봐 이용호가 서둘렀다.

"회사에는 휴가를 내도록 해라."

다음 순서는 이지현이다. 하바로프스크 사무실로 옮겨온 김승구가 이지현의 얼굴을 떠올리며 생각했다. 방법은 생각해 보기로 하지. 이용호는 복수가 시작된 것을 느낄지도 모른다. 하지만 인간들이 다 그렇듯이

'설마' 하는 생각으로 머릿속에서 지울 가능성도 있지. 이지현이 '연좌제'로 죄를 받느냐고? 그럼 나는? 악마가 나한테 자리 잡은 이유가 뭔데? 신과 대적하려는 의미도 있겠지만 아주 토양이 좋기 때문이 아니냐.

사무실로 비서 욜가가 들어왔다.

"사장님, 수입부 팀장 임하경 씨가 보고드릴 일이 있답니다."

부사장 클라크는 출장 중이다. 김승구가 고개를 끄덕이자 잠시 후에 임하경이 들어섰다. 김승구의 시선을 받은 임하경의 눈에 생기가 띠어졌다. 타심통(他心通)? 필요 없다, 임하경의 머릿속 생각이 그대로 나올 테니까.

"이곳 러시아백화점에 CK TV 제품을 들여오려는데 수입부장이 중국 베이징 TV하고 유착되어 있어요."

자리에 앉은 임하경이 바로 요점만 말했다. 군더더기가 없는 보고다. 임하경의 업무 능력도 뛰어났다. 수출보다 수입이 몇 배 더 어렵다. 그것은 수출부는 러시아산 제품을 수출해주는 것이라 정부의 도움을 받지만 수입은 그 반대다, 자국산 보호정책 때문. 그때 김승구가 물었다. 이쪽도 요점만.

"내가 어떻게 도와줘?"

"수입부장 유스크 알렉세이는 뇌물도 통하지 않습니다. 수입 금액의 5퍼센트를 리베이트로 주겠다고 했더니 바로 절 쫓아냈어요. 러시아백화점 출입금지가 되었어요."

"그런 놈도 다 있네."

"리베이트가 통하지 않는 놈이라고 소문이 났어요. 내가 경솔했던 것 같아요."

"베이징 TV 가격은 어때?"

"우리 CK TV보다 평균 가격이 10퍼센트 정도 높습니다."

"그놈과 베이징 TV와의 관계는?"

"모릅니다."

"유스크 알렉세이에 대해서 조사했을 것 아닌가? 말해 봐."

"42세 14살, 11살짜리 딸 둘, 부인까지 네 식구가 2층 통나무 저택에 삽니다. 개가 한 마리 있고요. 자가용은 한국산 소나타. 저택은 방 4개짜리 중류층으로 그 위치에 비하면 검소한 편이죠."

"성격은?"

"냉철하고 공사 구분이 확실합니다. 날 쫓아낼 때도 언성을 높이지 않더군요."

"좋아."

고개를 끄덕인 김승구가 임하경을 보았다.

"내가 도와주지."

"고맙습니다."

"인간은 불완전한 개체야. 업무 이외의 성격, 가정 문제까지 훑어보면 약점이 없는 인간이 없어."

그때 임하경이 똑바로 김승구를 보았다.

"우리 언제 만나요?"

어느덧 임하경의 얼굴이 붉어져 있다. 김승구가 저도 모르게 벽시계를 보았다. 오전 12시도 안 되었다.

"나, 부지점장인데 누구쇼?"

제이슨이 묻자 수화구에서 사내 목소리가 울렸다.

"나, 소냐클럽 지배인이야. 거기 후크하고 딘 출근했지?"

제이슨이 숨을 들이켰다. 어젯밤 둘이 '사고'를 일으켰다는 보고를 받은 것이다. 이미 소냐클럽 사건은 언론에 보도되었고 경찰이 수사 중이다. 중상자 둘이 외국인이라고 증언을 한 것이다. 그러나 근처 CCTV에는 찍히지 않은 것 같아서 조금 마음을 놓은 상태, 제이슨이 핸드폰을 스피커로 돌리고는 탁자 위에 놓았다. 마침 토머스의 방에 둘이 같이 있던 중이다. 제이슨이 물었다.

"용건이 뭐냐?"

"보상금 3백만 불."

"미친놈."

"팩스코쯤 되면 그쯤 내놓아야지. 러시아에 어렵게 기반을 굳히기 시작했는데 이것으로 폐쇄되면 안 되지."

"진짜 미친놈이네, 이 병신 같은 놈이."

"너 내가 누군지 모르지?"

"병신이 네 배후 이야기 하려고?"

제이슨과 토머스가 서로의 얼굴을 보았다. 그때 사내가 말했다.

"네 핸드폰으로 어젯밤 살인 장면을 보내주지. 이 장면이 언론에 보도되면 너희들은 철수해야 될 거다."

사내의 목소리에 웃음이 띠어졌다.

"이미 러시아에 투자한 금액이 2억 불 가깝게 되지? 나타샤랜드도 포기할 거냐?"

그때 토머스가 핸드폰의 정지 버튼을 눌렀다.

"보스한테 보고해야겠다."

통화를 끝내버린 토머스가 정색하고 말을 잇는다.

"후크하고 딘은 하바로프스크로 보내고."

제이슨은 말을 덧붙일 면목도 없다.

손을 닦은 정미나가 휴지를 버리고 나서 화장실을 나왔을 때다. 러시아인 두 사내가 앞에 지켜 서 있다가 와락 다가왔다. 정미나가 미처 소리를 지를 새도 없이 사내 하나가 손바닥으로 입을 막으면서 뒷머리를 주먹으로 내려쳤다. 그 순간 다른 사내가 정미나의 겨드랑이에 팔을 끼더니 옆에서 껴안았다. 사내 둘이 식당 뒷문으로 나와 바로 앞에 주차시킨 차에 정미나를 태울 때까지는 20초도 걸리지 않았다.

30분 후 제이슨은 정미나의 팀원 윤석호로부터 보고를 받는다.

"러시아호텔 건너편 중식당에서 화장실에 다녀온다고 했다가 연락이 안 됩니다!"

윤석호가 소리치듯 보고했다.

"가방하고 핸드폰까지 놓고 사라졌어요!"

납치다. 오전에 소냐클럽 지배인으로부터 협박 전화를 받았던 제이슨이다. 더구나 정미나가 누구인가?

"일이 겹치는데?"

제이슨의 보고를 받은 토머스가 어깨를 부풀리며 말했다, 지사장실 안.

"치차코프 놈들이겠지?"

"십중팔구 그놈들일 겁니다."

"빠르네."

"그렇군요."

“보스한테 또 보고해야겠지?”

“면목 없네요.”

“어쩔 수 없지.”

“정미나가 보스하고 가까운 사이라는 걸 알고 데려갔을까?”

“그럴 가능성이….”

“십중팔구냐?”

“치차코프 정보력이 보통이 아니라고 했지 않습니까?”

오기 전에 스보르카한테서 받은 조언이다.

“갓 댐.”

투덜거린 토머스가 다시 핸드폰을 쥐고는 한숨부터 뱉었다.

“이거 한 시간에 한 번꼴로 사고 보고를 하는 거야?”

“중국에 가야하는데 저 개자식들이 사고를 치는 바람에….”

둘은 말을 하지 않아도 어젯밤 소냐클럽 뒤의 사건에 대한 보복으로 정미나가 납치된 것으로 추정하고 있다. 해결사 출신들이라 생각이 빠르다.

두 번째 보고는 클라크하고 함께 들었다. 스피커로 들어서 통화가 끝났을 때 클라크가 말했다.

“선 오브 비치. 이거 가자마자 전쟁이야?”

“3백만 불 내라고 했다가 바로 정미나를 납치한 셈이군.”

“보스, 찾을 수 있지?”

“갑자기 왜 보스야?”

“신(神)이라고 하긴 좀 뭐하지.”

“사장이라고 해.”

"아, 사장은 친밀감이 떨어져서."

"지금 농담할 상황이냐?"

"내가 보스를 믿으니까."

그때 잠깐 김승구의 눈동자에서 초점이 멀어졌다가 3초쯤 후에 돌아왔다. 그러고는 김승구가 한숨을 쉬었다.

"갓 댐. 정미나한테 가 봐야겠군."

"아니, 왜?"

"커크, 넌 나가고 내가 부를 때까지 기다려."

"갓 댐."

자리에서 일어선 클라크가 투덜거렸다.

"토머스, 그놈들은 제 앞가림도 못하나?"

"다리를 잡아!"

바지를 내린 사내 하나가 소리치자 두 사내가 정미나의 다리 한 짝씩을 잡아 눌렀다. 사내 하나는 정미나 위에서 두 손을 잡아 누르고 있다.

"아악!"

정미나가 비명을 질렀지만 지하실 안을 울렸을 뿐이다. 정미나는 상반신은 찢어진 셔츠만 걸쳤고 하반신은 알몸이다. 사내가 땅바닥에 눕힌 정미나의 다리 사이에서 무릎을 꿇었다. 그때다. 구석에 쌓여 있던 철근 파이프가 날아와 사내의 뒷머리를 쳤다.

"퍽석!"

바가지 깨지는 소리와 함께 사내가 정미나의 몸 위로 엎어졌다.

"와악!"

정미나가 몸을 비틀었기 때문에 사내는 시멘트 바닥에 머리를 부딪치며 엎어졌다. 그때 다리를 잡았던 사내 하나의 머리가 위쪽에서 부서졌다.

"빠석!"

소리는 이렇게 났다.

"어엇!"

그때서야 남은 두 사내가 놀라 제각기 허리를 폈다. 지하실은 창문도 없어서 위쪽에 형광등만 켜져 있다. 그래서 피는 보이지 않았어도 두 사내의 부서진 머리에서 쏟아진 흰 뇌수가 더 선명했다.

"이게 무슨…."

사내 하나가 놀라 외쳤지만 옆머리가 부서지는 바람에 처참한 몰골이 되면서 쓰러졌다. 얼굴이 반 조각이 난 것이다.

"으악!"

남은 사내 하나가 비명을 질렀다. 사내가 이번에는 똑똑히 본 것이다. 철근 파이프가 날아가 머리를 두 조각으로 내었다. 그때 정미나는 몸이 풀렸기 때문에 정신없이 몸을 굴려 아랫도리를 가린 채 구석에 붙느라고 다 못 보았다.

"아이구!"

겁에 질린 사내가 문 쪽으로 몸을 돌리더니 내달렸다.

"귀신이다!"

사내가 세 발짝을 떼었을 때다. 그때는 시멘트벽에 등을 붙이고 웅크린 정미나도 사내 뒤에서 날아오는 철근 파이프를 보았다.

"빽!"

뒤통수 위쪽을 정면으로 맞은 사내의 머리통이 수박이 부서지는 것처럼 산산조각이 났다.

"으악!"

정미나가 비명을 질렀다. 두 주먹을 입 앞에 붙인 정미나가 몸을 굳혔을 때 바로 귀 옆에서 목소리가 울렸다.

"자, 옷 찾아 입어."

사내지만 억양 없는 목소리다.

잠시 후에 남자 바지에 점퍼를 걸치고 머리를 뒤에서 끈으로 묶은 정미나가 지하실을 나왔다. 발에는 남자용 부츠를 신었는데 컸지만 불편하게 보이지는 않는다. 이곳은 이르쿠츠크시 북쪽의 공항 단지. 지하실 계단을 올라왔을 때 정미나는 숨을 들이켰다. 계단 입구에 두 사내가 쓰러져 있었기 때문이다. 둘도 머리가 수박을 시멘트 바닥에 떨어뜨린 것처럼 부서져 있다.

"왼쪽으로."

옆에서 사내 목소리가 들렸기 때문에 정미나는 벌벌 떨면서도 왼쪽 모퉁이를 돌았다. 그때 목소리가 다시 울렸다.

"끝 쪽 문으로 가."

정미나는 복도를 걸어 끝 쪽 문으로 다가갔다. 이곳은 폐창고 같다. 옆쪽 사무실 유리창도 부서졌고 공간에 쓰레기가 가득 쌓여 있다. 건물 밖은 환하다.

<3권에 계속>